海倫·費爾汀 Helen Fielding ── 著　謝靜雯 ── 譯

Bridget Jones's Diary: A Novel

BJ 單身日記 1
── 內在安定

獻給我母親 Nellie，謝謝她不像布莉琪的母親。
To my mum, Nellie, for not being like Bridget's

致謝
Acknowledgments

特別感謝 Charlie Leadbeater，謝謝他最初建議我在《獨立報》（*Independent*）撰寫專欄。也要感謝 Gillon Aitken、Richard Coles、Scarlett Curtis、費爾汀全家、Piers、Paula 以及 Sam Fletcher、Emma Freud、Georgia Garrett、Sharon Maguire、Jon Turner、Daniel Woods，謝謝他們提供的靈感、奧援，一如既往，要特別感謝 Richard Curtis。

目次

新年新志向　009

1月——特別糟糕的開端　015
2月——情人節慘案　047
3月——跟三十多歲生日有關的嚴重恐慌　077
4月——內在安定　103
5月——準媽媽　133
6月——哈！男朋友　159
7月——哼　183
8月——分崩離析　203
9月——攀上消防員滑柱　231
10月——跟達西約會　253
11月——家族裡的罪犯　281
12月——噢，老天　315

1月—12月／摘要　341

新年新志向
New Year's Resolutions

我不會

- 一星期喝超過 14 單位*的酒。
- 抽菸。
- 浪費錢在：製麵機、冰淇淋機，或其他永遠不會用到的烹飪器材；為了令人折服而擺在架子上，但自己根本讀不下去的文學書；有異國風情的內衣褲，既然沒男朋友，買了也沒意義。
- 在家裡邋裡邋遢，而是要想像有人在注視著妳。
- 花得比賺得多。
- 收件匣拖著不處理，最後累積到失控的地步。
- 愛上以下任何一種類型的男人：酗酒、工作狂、害怕承諾、有女友或有妻子、厭女、狂妄自大、沙文主義、情感操弄、愛佔便宜、變態。
- 生老媽、尤娜·厄康伯利或柏珮嘉的氣。
- 為男人心傷，要當個沉著冷靜的冰山美人。
- 迷戀男人，而是對人格做出成熟評估，並據此跟對方建立關係。

---

* Unit（單位）計算方式按酒類各有不同，比方說：小份烈酒 25 ml 為 1 單位、330 ml 啤酒一罐為 1.7 單位。

- 在別人背後講壞話,而是要正面看待每一個人。
- 執著於丹尼爾‧克利弗,因為以曼尼潘尼小姐*那種方式來暗戀老闆,還滿可悲的。
- 因為沒有男朋友而生悶氣,而是要以有內涵的女性身分,發展出內在安定與權威以及自我感知,即使**沒有**男友,我也是完整的,這才是交到男友的最好方式。

---

* 曼尼潘尼小姐(Miss Moneypenny)是《007》詹姆士龐德系列小説和電影裡的角色,擔任英國情報機構總管的私人祕書。

我會

- 戒菸。
- 每星期喝不超過 14 單位的酒。
- 利用減脂餐,讓大腿腿圍減掉 3 吋(也就是每邊大腿各減 1.5 吋)。
- 清掉公寓裡的雜物。
- 把兩年或更久沒穿的衣服捐給遊民。
- 讓事業更上一層樓,找到有發展潛力的新工作。
- 把錢好好存起來,可能也要開始存退休金了。
- 更有自信。
- 更果斷。
- 更善用時間。
- 不要每天晚上都出門鬼混,而是乖乖待在家裡看書、聽古典音樂。
- 把部分收入捐給慈善機構。
- 更善待別人,更常幫助別人。
- 吃更多豆類。
- 早上醒來以後馬上起床。

- 一個星期去三次健身房,不要只是去買三明治。
- 把相片整理進相簿裡。
- 按照「氛圍」製作錄音帶合輯,將最愛的浪漫／舞曲／振奮精神／女性主義等等的曲目分門別類。不要變成那種錄音帶撒滿地、老是喝茫了的 DJ 那種類型的人。
- 跟有責任感的成人建立運作良好的關係。
- 學習怎麼設定預約錄影的功能。

1月／特別糟糕的開端
An Exceptionally Bad Start

1月1日星期日

58.5 公斤（不過是在聖誕節過後），酒 14 單位（但實際上橫跨了兩天，因為跨年派對有四個小時落在新年那一天），菸 22 根，卡路里 5424。

今天吃掉的食物：
2 包瑞士艾曼塔乳酪片
14 顆冷的小馬鈴薯
2 杯血腥瑪麗（因為含有伍斯特醬和番茄，算成食物）
1/3 條夾了布里乳酪的巧巴達麵包
香菜——1/2 包
12 顆牛奶巧克力（最好一口氣把聖誕節的甜點都掃光，明天重新起步）
13 串乳酪加鳳梨
1 份尤娜·厄康伯利的火雞咖哩、豆子加香蕉
1 份尤娜·厄康伯利的覆盆子驚喜蛋糕，用巧克力夾心餅乾、罐裝覆盆莓、8 加侖的打發鮮奶油做成，裝飾了糖漬櫻桃和歐白芷。

中午。倫敦：我的公寓。呃，無論在身體、情緒或心理上，我目前最不想要的，就是開車到格拉夫頓安德伍，參加尤娜和傑佛瑞·厄康伯利的新年火雞咖哩餐會。傑佛瑞和尤娜·厄康伯利是我父母的摯友，傑佛瑞叔叔總是不厭其煩地提醒我，打從我兒時沒穿衣服在草坪上跑來跑去，他們就認識我了。去年八月的銀行

放假日，老媽早上八點半打電話來，逼我保證會去參加。她拐彎抹角，狡猾地說服了我。

「噢，哈囉，親愛的，我打來是想問妳聖誕節想要什麼。」

「聖誕節？」

「想要來個驚喜嗎？親愛的？」

「不要！」我吼道，「抱歉，我是說……」

「我在想妳會不會想要一組行李箱的輪子。」

「可是我沒有行李箱啊。」

「那我替妳找個帶輪的小行李箱吧。妳知道的，就像空姐用的那種。」

「我已經有個行李袋了。」

「噢，親愛的，妳不能老是背著那個破爛的綠色帆布袋來來去去，看起來就像生活困頓的保母包萍。只是個小巧的箱子，有個可以拉出來的把手。妳會很驚奇裡頭可以塞進多少東西。妳想要紅底襯海軍藍，還是海軍藍底襯紅色？」

「媽，現在是早上八點半，而且現在是夏天，天氣很熱，我不想要空姐那種行李箱。」

「茱麗・安德比就有一個。她說用了這款之後，別種款式她都看

不上眼了。」

「誰是茱麗·安德比？」

「妳認識茱麗啊，親愛的！梅薇絲·安德比的女兒，茱麗啊！她在安達信會計師事務所有一份超級讚的工作……」

「媽……」

「她出門老是拉著那個行李箱……」

「我不想要附輪子的小行李袋。」

「這樣好了。不然我、爸爸、傑米一起出錢，替妳買個新的大行李箱加一組備用輪子。」

我筋疲力盡，將電話從耳邊拿開，納悶老媽這股「送行李箱當聖誕禮物」傳道般的熱忱是打哪來的。把電話貼回耳邊時，老媽正在說：「……其實，可以找有隔間裝妳的泡泡浴罐和其他東西的那種。我想到的另一樣就是購物車。」

「那妳聖誕節有沒有想要的東西？」我心急如焚地說，在銀行放假日的耀眼陽光中眨著眼。

「沒有，沒有，」她語氣輕快地說，「我需要的全都有了。好了，親愛的，」她突然降低音量，「妳今年會來參加傑佛瑞和尤娜的新年火雞咖哩餐會吧？」

「啊,其實,我……」我驚慌失措。我要假裝自己有什麼事得忙?「……我想我新年那天可能要工作。」

「不要緊。妳可以在下班後開車過去。噢,我剛剛有沒有提到?麥爾康和伊蓮‧達西會來,也會帶上馬克一起。妳記得馬克吧?親愛的?他是頂尖的辯護律師,多的是錢,已經離婚了。餐會八點才開始。」

噢,天啊。該不會又是什麼奇裝異服、濃密頭髮側分的歌劇迷怪人。「媽,我跟妳說過,我不需要別人幫我撮合……」

「來就對了,親愛的。打從妳渾身光溜溜在草坪上跑來跑去,尤娜和傑佛瑞就已經開始辦新年餐會了!妳當然要來。而且妳到時就可以用到新的行李箱。」

11:45 p.m. 呃。新年的頭一天糟透了。不敢相信我又要在爸媽家裡的單人床上開啟這一年。以我這個年紀來說也太丟臉了。我納悶,如果對著窗外抽菸,爸媽會不會聞到。整天在家裡鬼鬼祟祟走來走去,巴望宿醉快點散去,最後索性放棄,慢了好久才出發去火雞咖哩餐會。抵達厄康伯利家的時候,按響他們市政廳掛鐘風格的門鈴,我還陷在自己那個怪異的世界裡──噁心想吐、頭痛不適、胃酸逆流。也還沒擺脫開車的暴躁情緒,之前不小心開上了 M6 而不是 M1 公路,必須開往伯明罕一半的路程,才找到地方可以迴轉。我當時氣到把油門一路踩到底,用這種方式發洩情緒,實在很危險。我無奈地看著尤娜‧厄康伯利的身影──透過波紋玻璃門產生有趣的扭曲效果──穿著兩件式桃紅套裝朝

我衝來。

「布莉琪！我們差點以為妳不來了！新年快樂！正準備不等妳就先開始了。」

她動作一氣呵成，成功吻了我，替我脫掉外套並掛在樓梯扶手上，再將口紅印從我臉頰上抹掉，讓我覺得很有罪惡感。我倚著放裝飾品的架子支撐自己。

「抱歉，我迷路了。」

「迷路？哎！我們要拿妳怎麼辦才好？快進來！」

尤娜領著我穿過霧面玻璃門，進入起居室，「她竟然迷路了，各位！」

「布莉琪！新年快樂！」傑佛瑞・厄康伯利說，他穿著方塊圖紋的黃色毛衣。他玩笑似地模仿藝人布魯斯・佛西斯[1]的動作跨出一步，然後給我沖洗店會把照片直接向警局舉報的那種越線擁抱。

「嗯哼，」傑佛瑞說，泛紅著臉，揪著褲頭將長褲往上拉，「妳下了哪個交流道啊？」

「19號交流道，可是那裡有個岔路⋯⋯」

---

[1] 布魯斯・佛西斯（Bruce Forsyth, 1928-2017），英國長青藝人及電視主持人。

「19號交流道！尤娜，她竟然從19號交流道下來！妳還沒真正上路之前就已經讓自己的路程多添一個鐘頭了。來吧，弄杯喝的給妳。不管這些了，妳的感情生活怎麼樣啊？」

噢，老天。為什麼結了婚的人就是不懂，問這種問題很沒禮貌？我們就不會衝到他們面前，大吼：「你們的婚姻生活如何？還有性生活嗎？」大家都知道三十幾歲人的約會不像22歲那樣無憂無慮、任意妄為，而誠實的回答更可能是：「其實，昨天晚上我那個已婚的情人穿著吊帶搭安哥拉兔毛露臍小上衣，跟我說他其實是男同志／有性成癮／有毒癮／有承諾恐懼症，然後用假陽具打我了一頓。」而不是「很好，謝謝。」

我天生就不是說謊的料，最後只能愧疚地對傑佛瑞咕噥地說：「還好。」這時他中氣十足地說道，「所以妳還是沒找到對象嘛！」

「布莉琪！我們到底要拿妳怎麼辦！」尤娜說，「妳們這些事業心強的女生！我真不懂！總不能一拖再拖，妳知道的，時間滴滴答答不等人的。」

「是啊。女人怎麼會到妳這把年紀還沒結婚？」布萊恩·安德比吼道（他是梅薇絲·安德比的先生，以前在凱特林鎮擔任扶輪社長），在空中揮著他的雪莉酒杯。幸運的是，老爸前來替我解圍。

「很高興看到妳來了，布莉琪，」老爸說，勾起我的手臂，「妳媽差點要整個北安普敦郡出動警力，用牙刷地毯式搜遍整個鄉間，看能不能找出妳被肢解的遺骸。過來讓大家都看到妳來了，這樣我才能真正好好享受餐會。那個帶輪行李箱如何？」

「大到離譜。那把剪耳毛的剪刀如何？」

「噢，棒透了──妳知道的──很俐落。」

不要緊，我想。如果我不出席，我是會覺得自己有點過分，不過馬克·達西……嗯。過去幾個星期，老媽每次只要打電話來，就會說：「妳當然記得達西一家了，親愛的。我們住白金漢的時候，他們都會過來找我們，妳跟馬克會在充氣游泳池裡一起玩！」或是「噢！我有沒有提過，伊蓮·達西要帶馬克一起來參加尤娜的新年火雞咖哩餐會？看樣子他剛從美國回來，離婚了。他正在荷蘭公園那邊找房子，看來跟他前妻過得很慘。她是日本人，很殘酷的民族。」

另一回，彷彿無來由的，老媽會說：「妳記得馬克·達西嗎？親愛的？麥爾康和伊蓮的兒子？他是數一數二超棒的律師，離婚了。伊蓮說他老是在忙工作，寂寞得不得了。其實，我想他可能會來參加尤娜的新年火雞咖哩餐會，真的喔。」

我不懂老媽為什麼不乾脆直說：「親愛的，要在火雞咖哩餐會上跟馬克·達西上床喔。他很有錢。」

「過來見見馬克。」尤娜·厄康伯利用唱歌般的語氣說，我都還來不及把飲料喝完。在違反意願下被人跟某位男性撮合是某種程度的羞辱，可是我還在處理因為宿醉而胃酸逆流的狀況下，硬被尤娜·厄康伯利拖進這個情境裡，整個房間的父母友人都盯著看，又是另一種層次的羞辱。

那位有錢而且被殘忍妻子離了婚的馬克——身材高挑——正背對房間站著，仔細看著厄康伯利一家的書櫃：主要是講第三帝國皮革裝幀的套書，是傑佛瑞從《讀者文摘》訂購來的。被人稱作達西先生，還在派對上一臉傲慢地獨自佇立，讓我覺得很荒謬。感覺就像被人叫做希斯克里夫[2]，然後堅持整晚都要在花園裡度過，一面高喊「凱西」並且用腦袋撞樹。

「馬克！」尤娜說，彷彿是聖誕老人的小精靈之一，「我有個很不錯的人想介紹你認識。」

他轉過身來，從背後看來無傷大雅的海軍藍毛衣，正面卻是 V 字領，黃和藍的方塊圖樣——是本國比較年長的體育播報員偏好的設計。就如我朋友湯姆常說的，留意細節不知可以讓人在約會世界裡省下多少時間和金錢。往往只需要看到白襪子、一雙紅吊帶、灰色懶人鞋、萬字符，妳便知道記下對方的電話號碼，或砸錢和他吃頓豪華午餐是沒有意義的，因為他絕對不會是妳可以談長久感情的對象。

「馬克，這是科林和潘姆的女兒，布莉琪，」尤娜臉色微紅，興奮地說，「布莉琪在出版界工作，對吧，布莉琪？」

「沒錯。」不知怎地，我說，彷彿我剛撥通電話，打到首都廣播電台，正準備問尤娜，我能不能在線上跟我朋友茱德、雪倫、湯姆、我哥哥傑米、辦公室的每個人、我爸媽，最後是參加火雞咖

---

[2] 小說《咆哮山莊》的主人翁。

1月／特別糟糕的開端 | 23

哩餐會的每個人「說聲哈囉」。

「唔,那我就不打攪你們兩位年輕人了,」尤娜說,「哎!我想你們一定受夠我們這些老頑固了。」

「完全不會,」馬克‧達西彆扭地說,努力擠出笑容但沒成功,尤娜轉動眼珠子之後,一手貼上胸口,歡喜地發出清脆的笑聲,頭一甩,將我們拋棄在可怕的沉默之中。

「我。嗯。妳有沒有讀什麼,啊……近來有沒有讀到什麼好書?」馬克說。

噢,我的老天。

我絞盡腦汁拚命地想我上次什麼時候好好讀了本書。在出版業工作的問題是,在閒暇時間閱讀,有點像是白天清運垃圾的清潔工,晚上還要到豬圈聞臭味。茱德借我的《男人來自火星,女人來自金星》,我看了一半,可是我想馬克‧達西,雖然顯然很古怪,應該還沒準備接受自己是火星人。接著我靈機一動。

「其實呢,我看了蘇珊‧法露迪的《反挫》。」我得意地說。哈!其實我根本沒讀,只是因為雪倫滔滔不絕地說了一堆這本書的事,讓我覺得自己都讀過了,總之,這是百分之一百安全的選擇,因為這位穿著方塊圖樣毛衣、道貌岸然的傢伙,絕對不可能讀過那本厚達五百頁的女性主義專書。

「啊,真的嗎?」馬克說,「剛出版的時候我就讀了。妳不覺得

裡頭有不少雙重標準嗎?」

「噢,這個嘛,也不算太多啦……」我急亂地說,絞盡腦汁想轉移話題,「你新年期間都待在父母家嗎?」

「對,」他熱切地說,「妳也是嗎?」

「是,也不是。我昨天晚上在倫敦參加派對。其實還有點宿醉。」我緊張地瞎說個不停,免得尤娜和老媽以為我拿男人沒轍,連跟馬克·達西都聊不起來。「不過話說回來,我確實覺得新年新志向嚴格來說不能在新年這天開始,你不覺得嗎?因為新年是跨年夜的延伸,通常菸槍總是在輪番吞雲吐霧,體內有那麼多尼古丁,總不可能期待他們午夜鐘聲一響說停就停。還有,在新年節食也不是好點子,因為你沒辦法吃得很節制,為了緩和宿醉狀態,必須盡快自由攝取必要的東西。我想新年新志向在一月二號開始執行,才比較合理。」

「也許妳應該去拿點東西吃。」馬克說完突然拔腿衝到餐台那裡,留我獨自站在書櫃旁邊,大家全都盯著我看,暗想,「難怪布莉琪嫁不出去,男人都被她嚇跑了。」

最糟的是,尤娜·厄康伯利和老媽不肯善罷甘休。她們急著把我再送到馬克·達西面前,一直逼我用托盤端著酸黃瓜和一杯杯雪莉甜酒走來走去。最後,她們沮喪到快要發狂,等我端著酸黃瓜,距離馬克·達西不到四英尺的時候,尤娜·厄康伯利就像橄欖球員威爾·卡林那樣衝過房間,說道:「馬克,你離開以前一定要

記下布莉琪的電話號碼,等你們都回倫敦以後,就可以保持聯絡了。」

我忍不住滿面通紅。我可以感覺一路漲紅到脖子了。現在,馬克會以為是我要尤娜這麼做的。

「布莉琪在倫敦的生活肯定已經活動滿檔,厄康伯利太太,」他說。哼,我也不是希望他跟我要電話號碼什麼的,但我也不希望他讓每個人都看出來他就是沒興趣。我往下一瞧,赫然看到他穿著有大黃蜂圖案的白襪子。

「要不要來點酸黃瓜?」我說,為了表示我有正當理由走過來,重點是酸黃瓜而不是電話號碼。

「謝謝,不了。」他說,一臉警覺地看著我。

「確定?有內餡的橄欖呢?」我鍥而不捨。

「真的不用。」

「醋漬小洋蔥?」我慫恿,「甜菜根塊?」

「謝謝。」他走投無路地說,拿了一顆橄欖。

「希望你喜歡。」我得意地說。

餐會快結束的時候,我看到他被自己的媽媽跟尤娜訓斥一頓,然後被她們押著過來找我。她們站在他背後,他僵硬地說:「妳需

要搭便車回倫敦嗎？我會留在這裡，不過我可以叫我的車載妳回去。」

「什麼？車會自己開嗎？」我說。

他對我眨眨眼。

「哎！馬克公司有配車跟司機啦，傻瓜。」尤娜說。

「謝謝，你人真好，」我說，「不過我早上應該會搭火車回去。」

2 a.m. 噢，我為什麼這麼沒魅力？為什麼？連一個穿大黃蜂圖案的男人都覺得我很可怕。真討厭新年。我討厭每個人。除了丹尼爾・克利弗之外。總之，梳妝檯上有一大盒聖誕節吃剩的吉百利牛奶巧克力，還有神奇的迷你瓶裝琴酒和通寧水。打算掃個精光，再來根菸。

1月3日星期二

59公斤（可怕啊，進入了病態胖的範圍——為什麼？為什麼？），酒6單位（棒極了），菸23根（很好），卡路里2472。

9 a.m. 呃，無法面對又要上班的念頭。唯一讓它足堪忍受的，就是想到又要見到丹尼爾了，不過即使那點也令人卻步，因為我

現在不只發胖、下巴也冒出了痘子,只想窩在椅墊上啃巧克力、看聖誕特輯節目。聖誕節對個人的財務和情感帶來龐大壓力跟難以招架的挑戰,先是違反個人意願,強押在個人身上,等個人開始逐漸進入狀況時,卻又一把奪走,真是離譜又不公平。真的開始享受這種感覺:正常服務一時暫停,想在床上賴多久都隨自己高興,想往嘴裡塞什麼吃的都行,只要有機會碰到酒就縱情暢飲,即使在早上也可以。可是現在突然間我們都該像結實的年少獵犬一樣自我約束。

10 p.m. 呃,柏珮嘉只比我資深一些,所以認為我歸她管,現在正處於最惹人厭的狀態,頤指氣使。她跟有錢但祖上常搞近親通婚的男友雨果,近來打算合購價值 50 萬英鎊的物件,這件事她滔滔說個沒完,到了令人生厭的地步:「沒錯,沒錯,雖然房子朝北,但採光上做了超級高明的設計。」

我惆悵地看著柏珮嘉,她寬闊圓胖的臀部裹在緊身紅裙裡,上面繃著詭異的七分長細紋背心。生來就有上層階級的高傲,真是一種福分。柏珮嘉可以胖到跟雷諾 Espace 休旅車一樣,也不會有絲毫顧忌。我花了多少鐘頭和歲月在擔心自己的體重,同時柏珮嘉只是到富勒姆路歡歡喜喜尋找瓷貓底座的檯燈?反正她錯過了一種快樂的泉源。問卷調查證明,快樂不是來自愛、財富或權勢,而是追求可達成的目標,節食不正是這樣嗎?

陷在聖誕節即將結束的否認情緒裡,回家的路上買了一包折扣的聖誕樹巧克力裝飾,另外花了 3.69 英鎊買了從挪威、巴基斯坦

之類的地方進口的氣泡酒。我在聖誕樹的光線中猛吃狂喝,加上兩個百果甜派、剩下的聖誕蛋糕、一些藍紋乳酪,一面看《東區人》影集,想像它是聖誕特別節目。

不過,現在我覺得慚愧可憎。可以感覺肥肉從身體鼓了出來。算了,有時你就是必須先墜入有毒脂肪包覆的谷底,就為了之後像浴火鳳凰一樣,經過淨化,以影星密雪兒‧菲佛(Michelle Pfeiffer)的美麗身姿,從化學荒地裡騰飛而起。明天即將展開健康和美麗的新斯巴達養生之道。

嗯嗯嗯。丹尼爾‧克利弗。就愛他同時具有放蕩不羈和成功事業、聰明睿智的樣子。他今天幽默風趣,跟每個人說他阿姨以為他媽媽送的聖誕禮物(縞瑪瑙廚房紙巾立架)是陰莖模型。他描述這件事的方式很有趣,還用挑逗的態度問我,聖誕節是否收到了不錯的禮物。考慮明天上班穿黑色短裙。

1月4日星期三

59.4 公斤(目前進入緊急狀態,彷彿脂肪在聖誕期間以膠囊形式貯存起來,正慢慢在皮膚底下釋放),酒 5 單位(好了點),菸 20 根,卡路里 700(非常好)。

4 p.m. 辦公室。緊急事態。茱德剛用行動電話打來,哭得稀里

嘩啦,最後好不容易用綿羊的聲音解釋說,她剛剛不得不先離開董事會議(茱德是未來公司布萊特靈分部的負責人),因為她就快爆哭出聲,現在正困在女廁裡,眼線花得跟搖滾歌手艾利斯‧庫珀(Alice Cooper)似的,但化妝包又不在身邊。她跟男友卑鄙李察(這傢伙是自我放縱的承諾恐懼症)斷斷續續約會了一年半。她問李察要不要一起去度假,結果李察竟然就甩了她。這種反應很典型,可是想當然耳,茱德把一切都怪在自己身上。

「我有共依存症。為了滿足自己的依賴,而不是需求,結果向對方要求過多。噢,要是我能讓時間倒轉就好了。」

我立刻打電話給雪倫,安排六點半到紅咖啡館召開緊急高峰會議。希望該死的柏珮嘉不會找我麻煩,讓我可以順利離開。

11 p.m. 尖銳刺耳的夜晚。雪倫立刻針對李察的狀況大放厥詞。「情感操弄」這點,在超過三十歲的男人之中像野火一樣擴散。小雪說,女人從二十幾歲進入三十幾歲的時候,權力的平衡精微地變動了。連最放浪形骸的輕挑女子都會失去勇氣,為了頭一波湧現的存在焦慮感掙扎不休;這種恐懼會油然而生:孤獨死去,三個星期後才被發現,而且已經被德國狼犬啃掉一半。不管妳花多少時間思考影星喬安娜‧拉姆利(Joanna Lumley)[3]和蘇珊‧莎蘭登(Susan Sarandon),剩女敗犬、老處女、在婚姻市場上貶值,這些刻板概念加總起來都會讓妳覺得自己很蠢。

---

[3] 喬安娜‧拉姆利(1946-),英國知名演員和主持人。

「然後李察那樣的男人，」雪倫氣呼呼地說，「為了擺脫承諾、成熟、榮譽以及男女關係的自然進展，專門找漏洞鑽。」

到了這時，我跟茱德只是用嘴角發出「噓、噓」聲，往外套裡縮起身體。說到底，對男人來說最缺乏魅力的莫過於咄咄逼人的女性主義。

「妳邀他一起去度假，他怎麼好意思說妳對這段關係太認真？」雪倫吼道，「他在說什麼鬼？」

我恍惚地想著丹尼爾・克利弗，我壯起膽子說，不是所有的男人都像李察。到了這時，雪倫開始列出我們朋友當中，那一長串情感操弄進行式作為例證：有人交往十三年的男友連同居這件事都拒絕討論；另一個朋友跟男人約會四次，可是男人後來因為關係變得太過認真而甩掉她；另一個朋友被某個傢伙猛烈追求，連續求婚了三個月，在她終於首肯的三個星期後，卻發現男人突然不告而別，然後對她的死黨發動攻勢，重複這整個過程。

「我們女人之所以這麼容易受傷，只是因為我們是先驅世代，面對愛情時勇於拒絕妥協，而且經濟上自立自強。再過二十年，看看男人敢不敢耍操弄情感這一招，因為女人到時只會當面嘲笑他們。」雪倫吼道。

在這時，在雪倫公司上班的艾利克斯・沃克漫步走了進來，旁邊伴著魅力比他多八倍的金髮女郎。他緩緩走過來打招呼。

「這是你的新女友嗎？」雪倫問。

「唔,嗯,妳知道的,她以為自己是,可是我們不出門約會,純粹上床。說實在的,我早該喊停了,可是,這個嘛……」他沾沾自喜地說。

「噢,一堆屁話,你這個沒膽沒用的小白痴。好,我要去找那個女人聊聊,」雪倫邊說邊站起來。我和茱德使勁壓制她,艾利克斯則一臉驚慌,轉身衝了回去,神不知鬼不覺地繼續他的情感操弄。

最後,我們三人為茱德想出了一個策略。她千萬不能再跟著《愛得太多的女人》的思路走了,想法必須更貼近《男人來自火星,女人來自金星》才行,這樣才能協助她看清李察的行徑,她不能認為自己有依附問題、愛得太多,而是要把李察想成火星橡皮筋,需要先拉扯開來,然後才能彈回來。

「嗯,但那表示我要打電話給他,還是不要?」茱德說。

「不要。」雪倫說,而我同時說的卻是:「要。」

茱德離開以後——因為她早上 5:45 就得起床,在 8:30(好瘋狂)上班以前趕到健身房,還要見她的私人購物顧問——李察這麼卑鄙,我們當初卻沒勸茱德甩掉他,我跟雪倫突然滿腔懊悔跟自我厭惡。可是話說回來,有如雪倫強調的,我們上次勸離不勸和,結果他們兩人復合之後,茱德在追求和解的自白時,一時衝動,將我們說過的話一股腦兒地告訴李察,以至於現在每次我們見到他,都尷尬得不得了,而他認為我們是來自地獄的大賤人——有如茱德指出的,這根本是誤會一場,雖然我們確實發掘了自己內

在的賤人,但尚未將她們釋放出來。

1月5日星期四

58.5公斤(進度極佳——因為喜悅以及有望享受性生活,0.9公斤的脂肪立刻燃燒掉了),酒6單位(就派對來說非常好),菸12根(好表現要持續),卡路里1258(愛情讓人根除了暴飲暴食的需求)。

11 a.m. 辦公室。噢,我的天。丹尼爾·克利弗剛剛發了個訊息給我。我趁柏珮嘉沒注意,偷偷寫履歷(準備讓事業更上一層樓),這時未讀訊息突然在螢幕頂端閃現。唔,只要跟工作無關,什麼都能逗我開心,向來如此。我趕緊點進收件匣,看到訊息底部寫著克利弗,我差點嚇得魂飛了。我立刻想到他肯定能夠潛進電腦系統,看出我並不是在忙正事,可是接著我讀到這則訊息:

> 收件:瓊斯
> 妳顯然忘了自己的裙子。我想妳的雇用契約裡寫得很清楚,員工應該隨時穿戴整齊。
> 克利弗

哈!肯定是調情無誤。思索片刻,一面假裝詳讀瘋子投來乏味到難以置信的書稿。以前從沒發訊息給丹尼爾·克利弗過,可是訊息系統有個很棒的地方,就是可以很放肆又不正式,即使對老闆

也一樣。也可以花老半天練習。這是我寄出去的內容。

> 收件：克利弗
> 長官，剛剛的訊息令人驚駭。這件裙子雖然布料走極簡風（「簡約」是編輯台這裡的核心目標），但如果將這件裙子描述為缺席，可說是嚴重的不實陳述，考慮聯絡工會提出抗議。
> 瓊斯

興奮難抑地等待回覆。當然了。未讀訊息迅速閃現。按下收件：

> 隨手拿走我辦公桌上「卡夫卡的摩托車」那份編輯過的稿子，不管是誰，請行行好，立刻歸還。
> 黛安

啊啊啊。在那之後：杳無音訊。

中午。 噢，天啊。丹尼爾還沒回覆。肯定氣炸了吧。也許關於裙子的事，他是認真的。噢，天啊，噢，天啊。我屈服於非正式訊息系統的誘惑，結果對老闆出言不遜。

12:10 也許他還沒收到。要是可以回收訊息就好了。考慮起身離座散個步，看看有沒有辦法溜進丹尼爾的辦公室刪掉訊息。

12:15 哈。真相大白。原來他跟行銷部的西蒙在開會。我路過的時候，他瞥了我一眼。啊哈。啊哈哈哈哈。未讀訊息：

> 收件：瓊斯
> 如果路過辦公室是為了展示裙子的存在，只能說是一敗塗地。裙子缺席了，這點不容置疑。裙子請病假了嗎？
> 克利弗

未讀訊息再次閃現——立刻。

> 收件：瓊斯
> 倘若裙子真的掛病號，請查看一年以來裙子請過多少天病假。裙子近來不時缺席的狀況，恐怕有裝病逃避工作的嫌疑。
> 克利弗

我剛剛回傳：

> 收件：克利弗
> 裙子顯然既沒生病也沒缺西。主管工然以尺寸歧視的態度對待裙子，著實令人心驚。對裙子如此執著，看來生病的是主管而非裙子。

嗯嗯。考慮把最後一部分刪掉，因為微微帶有指控性騷擾的意味，但同時又很享受被丹尼爾‧克利弗性騷擾。

啊啊啊。柏珮嘉剛剛路過，開始從我背後看來。幸好在千鈞一髮之際按下了切換視窗，但只是犯了個大錯，讓履歷跳回螢幕上。

「稿子看完跟我說一聲，可以吧？」柏珮嘉說，露出討厭的假笑，「讓妳大材小用，我會過意不去。」

她回頭去講電話。「老實說,伯克特先生,明明過去看屋的時候,第四間臥房小到只能拿來當烘乾衣物用的櫃子,你說可以隔成四房,有什麼意義?」——現在安全了,我回頭去上班。這就是我正準備寄出去的。

> 收件:克利弗
> 裙子顯然既沒生病也沒缺西。主管工然以尺寸歧視的態度對待裙子,著實令人心驚。對裙子如此執著,看來生病的是主管而非裙子。考慮要向勞資糾紛法庭或小報等提出申訴。
> 瓊斯

噢,老天。這是我收到的訊息。

> 收件:瓊斯
> 是缺「席」,瓊斯,不是缺「西」。是「公」然,不是「工」然。至少也花點心神留意錯別字。不過我絕對不是想建議一成不變的語言,語言是時時調整、變動不停的通訊工具(可參閱德國語言學家洪尼斯華爾德)。電腦選字檢查可能會有幫助。
> 克利弗

我正垂頭喪氣,丹尼爾跟行銷部的西蒙這時路過,對我挑眉,以非常性感的表情朝裙子瞥了一眼。我真愛電腦通訊這種好東西。不過一定要努力把字寫對。說到底,我可是有英語學位的。

1月6日星期五

5:45 p.m. 不能更開心了。整個下午電腦通訊的主題持續繞著裙子是否存在打轉。無法想像可敬的老闆在工作上是否有絲毫進度。柏珮嘉（第二大老闆）一知道我忙著傳訊之後非常生氣，但是一發現我傳訊的對象是大老闆時，就跟我陷入了詭異的場面，因為對上司的忠誠，讓她產生自相矛盾的感受——擺明了就是個不平等的競爭環境，只要有點理智的人都會說握有實權的是大老闆。

最後一則訊息寫著：

> 收件：瓊斯
> 希望週末能送個花束給掛病號的裙子。請儘早提供住家聯絡號碼，原因無須贅述，因為用「瓊斯」在檔案裡搜尋未果。
> 克利弗

耶耶耶！耶耶耶！丹尼爾・克利弗想要我的電話號碼。我是個令人驚嘆、魅力無法擋的性感女神。萬歲！

1月8日星期日

58.1公斤（要命的好，可是有什麼意義？），酒2單位（棒極了），菸7根，卡路里3100（差勁）。

2 p.m. 噢，天啊，我為什麼這麼缺乏魅力？真不敢相信我說服自己，整個週末都要先空下來，而事實上我只是痴痴等著丹尼爾來約。爛透了，浪費了整整兩天，像個神經病似地怒瞪著電話，一面吃東西。他為什麼不打來？為什麼？我有什麼毛病？要是他不打算打來，當初又何必跟我要電話號碼？如果他真的要來電，肯定會在週末期間打吧？我一定要更聚焦在自己身上。要問茱德有什麼勵志書可以看，最好以東方信仰為基礎。

8 p.m. 電話鈴響，結果只是湯姆，他問我有沒有接到丹尼爾的電話。湯姆習慣自貶為又醜又老的男同志，對於這場丹尼爾危機，貼心地對我表達了支持。湯姆有個理論就是，三十幾歲的同性戀和單身女性自然會產生羈絆：兩者都習慣於讓父母失望，被社會當成怪胎。他放任我反覆訴說自己缺乏魅力的危機——首先是因為該死的馬克·達西，再來是該死的丹尼爾，湯姆當時說（我不得不說，他的反應不是特別有用）「馬克·達西？他不是那個出名的律師嗎？——那個提倡人權的傢伙？」

嗯嗯嗯。哼，總之，那我不管走到哪裡老是煩惱自己魅力不足，讓我免於這種煩惱的人權又怎麼說？

11 p.m. 太晚了，丹尼爾不會打來了。非常傷心，大受打擊。

1月9日星期一

58.1公斤，酒4單位，香菸29根，卡路里770（非常好，但是代價是什麼？）

在辦公室度過惡夢般的一天。整天早上盯著門口想看丹尼爾的身影：什麼都沒有。到了11:45 a.m.，我擔心死了。我是不是應該報警？

接著柏珮嘉對著電話低吼。「丹尼爾嗎？他到克羅伊登開會去了，明天才會進辦公室。」她使勁掛掉電話，並說：「老天，一堆該死的小妞打電話來找他。」

我恐慌起來，伸手去拿絲卡菸。什麼小妞？什麼？好不容易撐過了一整天，回到家，一時神智不清，在丹尼爾的答錄機上留了個訊息，說道（噢，不，真不敢相信我做了這種事）：「嗨，我是瓊斯，只是在想你還好嗎，想不想開個裙子健康高峰會？就像你說的那樣。」

我一掛掉電話，就意識到事態緊急，連忙打電話給湯姆。湯姆平靜地說，交給他處理即可：如果他一連打好幾通電話到那個答錄機，就能查出密碼，到時可以回播並且刪除那則留言。最後就在湯姆以為快成功了的時候，好巧不巧丹尼爾接起了電話。湯姆沒說「抱歉打錯電話」，而是直接掛斷。所以現在丹尼爾不只接到了那則瘋狂的留言，也會以為今晚打了十四通電話進他答錄機，

又在他接起電話時狠狠掛掉的人是我。

1月10日星期二

57.6公斤，酒2單位，菸0根，卡路里998（好極了，非常好，完美如聖人）。

悄悄溜進辦公室，為了那則訊息尷尬至極。我決心徹底斬除對丹尼爾的依戀。但當他出現的時候，模樣性感到令人忐忑，而且開始逗得大家哈哈笑，結果我整個人瞬間崩潰了。

突然間，電腦螢幕頂端閃現未讀訊息。

> 收件：瓊斯
> 謝謝妳的來電。
> 克利弗

我的心一沉。之前那通電話暗示著約會。有誰會回覆「謝謝」之後便擱著不管，除非對方⋯⋯可是思索片刻之後，我這樣回覆：

> 收件：克利弗
> 請閉上嘴巴。我很忙，責任重大。
> 瓊斯

過了幾分鐘之後，他回答：

收件：瓊斯
抱歉打攪，瓊斯，壓力肯定山大，通話完畢。
PS. 我喜歡妳包在上衣裡的胸脯。
克利弗

……然後我們就開始了。整個星期瘋狂地來回傳訊，最後他提議星期天晚上約會，而我頭暈目眩、幸福滿溢地接受了。有時候環顧辦公室，看到大家都答答答地打著字，我納悶到底有沒有人真正在工作。

（只是我的問題？還是說頭一次約會訂在星期天晚上確實很奇怪。很不對勁，就像約在星期天早上或是星期一下午兩點。）

1月15日星期日

57.2公斤（棒極了），酒0單位，菸29根（非常、非常糟，尤其在兩個小時內），卡路里3879（糟透了），負面思緒942（大約，以每分鐘平均值為依據），花在數著負面思維的時間：127分鐘（大約）。

6 p.m. 為了約會準備一整天，累壞了。身為女人比當農夫還糟——有那麼多採摘和噴灑工作要完成，腿要上蠟去毛、腋下要除毛、眉毛要修、雙腳要磨掉死皮、皮膚要去角質跟抹保濕乳液、痘子要清、髮根要染、睫毛要染、指甲要銼、橘皮組織要按摩、

腹部肌肉要運動。為了追求最高層次的效果，一切都必須拿捏得非常精準；才置之不理幾天，就會打回原型。有時候我不禁納悶，要是放任不管，一切順其自然，我最後會變成什麼樣子——每邊小腿肚都會長出大鬍子，加上翹八字鬍，會有丹尼斯・希利[4]的粗眉，臉龐變成死皮細胞的墓園，痘子爆開，德國童話蓬頭彼得那樣長長捲捲的指甲，沒戴隱形眼鏡，就瞎得跟蝙蝠似的，變成我們這個物種最弱最蠢的咖，拖著鬆垮肥軟的身體走來走去。啊，啊，這也難怪女生會缺乏自信。

7 p.m. 真不敢相信發生這件事。為了完成最後的妝點，走向浴室的路上，我注意到答錄機的燈光正在閃動：丹尼爾。

「欸，瓊斯，真是抱歉。我想我今天晚上要爽約了。我明天早上十點得上台報告，現在有一大疊四十五張報表等著我審閱。」

真不敢相信。我被放鴿子了。下了整天該死的功夫，以及用了一大堆電器，全都浪費掉了。不過，人絕對不能透過男人來度過人生；身為有內涵的女性一定要能夠自給自足。

9 p.m. 不過，他做的畢竟是高階工作。也許他只是不希望因為工作的焦慮感而毀掉頭一次約會。

11 p.m. 嗯哼，他大可以再打一通電話過來啊。搞不好跟某個更瘦的人約會去了。

---

[4] 丹尼斯・希利（Denis Healey, 1917-2015），英國工黨政治人物。

5 a.m. 我是怎麼搞的？竟然孤伶伶的自己一個人。恨死丹尼爾‧克利弗了。再也不要跟他扯上關係。要去秤秤體重。

1月16日星期一

58.1公斤（多的重量是哪來的？為什麼？為什麼？），酒0單位，菸20根，卡路里1500，正面思緒0。

10:30 a.m. 辦公室。丹尼爾還在忙開會走不開。也許那個藉口是真的。

1 p.m. 只是看到丹尼爾出去吃午餐。他沒發任何訊息給我或什麼的。非常沮喪。去逛街。

11:50 p.m. 剛剛跟湯姆在哈維尼克斯百貨五樓吃晚餐。一個聽起來很做作、名叫傑若姆的「自由電影業者」把湯姆迷得團團轉了。我對湯姆大發關於丹尼爾的牢騷；丹尼爾整個下午都在開會，頂多在4:30的時候說了一句「嗨，瓊斯，裙子還好嗎？」湯姆叫我別胡思亂想，要我多給點時間，可是我可以看出湯姆根本不專心，整個人意亂情迷，只想聊傑若姆的事。

1月24日星期二

天降吉日。傍晚5:30，有如天賜的贈禮，丹尼爾出現了，靠坐在

我辦公桌邊緣,背對著柏珮嘉,拿出日誌,喃喃說:「妳星期五有事嗎?」

耶耶耶!耶耶耶!

1月27日星期五

58.5公斤(可是塞滿了熱內亞料理),酒8單位,菸400根(感覺起來),卡路里875。

啊,在丹尼爾公寓附近一家氣氛親密的小熱內亞餐廳,有了場夢寐以求的約會。

「嗯……好了,我要叫計程車。」飯後我們兩人彆扭地站在街頭上時,我脫口而出。然後他輕輕撥開我額頭上的髮絲,單手貼住我的臉頰,然後熱烈又急切地吻了我。片刻之後,他牢牢擁住我,貼住他身體,沙啞地低聲說:「我想妳不需要趕搭計程車,瓊斯。」

我們一進他的公寓,就像野獸一樣撲向對方:鞋子、外套,一路灑在房間裡。

「我想這件裙子看起來狀況不怎麼好,」他喃喃地說,「我想它應該好好躺在地上休息。」他開始要拉下拉鍊時,小聲說:「這

只是玩玩,可以吧?我想我們不應該投入感情。」醜話說在前頭之後,他繼續扯著拉鍊。要不是因為雪倫、「情感操弄」、加上我只喝不到一瓶的酒,我想我早已無力地陷入他的懷抱。反之,我跳起身來,拉好了裙子。

「說什麼屁話,」我口齒不清地說,「你這個愛調情的大騙子,沒膽又沒用。我對情感操弄沒興趣。再見。」

太棒了,你應該瞧瞧他的表情。可是現在我回到家,墜入了憂鬱。我也許說得沒錯,可是我得到的回報,我很清楚,就是孤伶伶死去,被德國狼犬啃掉一半身軀。

2月／情人節慘案
Valentine's Day Massacre

2月1日星期三

57.2公斤,酒9單位,菸28根(可是不久就是大齋期,到時不能碰菸,索性趁現在發狠狂抽),卡路里3826。

在丹尼爾情感操弄大潰敗之後,整個週末我都拚命想維持開朗的態度。為了擺脫負面情緒,我一直反覆說著「自尊」和「哼」這些字眼,再三轟炸自己,說到頭昏腦脹。為了擺脫負面情緒。「可是我愛他。」抽菸真的很不好。馬丁・艾米斯[1]筆下有個角色,菸癮嚴重到誇張,即使正在抽菸,也想要再來一根。我就是這樣。打電話給雪倫,吹噓自己之前表現得像個有原則的鐵娘子,感覺還不錯。可是當我打電話給湯姆,他立刻看穿我並說:「噢,親愛的,妳真可憐。」我不禁沉默下來,拚命忍住不要流下自憐的淚水。

「妳等著瞧,」湯姆警告,「他現在肯定受盡慾火的折磨。折磨!」

「不會,他才不會,」我哀傷地說,「都被我搞砸了。」

星期天到爸媽家吃一頓超級豐盛、油膩膩的午餐。老媽容光煥發,比之前更固執己見,她才剛跟尤娜・厄康伯利、奈吉・柯爾斯的老婆奧德莉,一起到葡萄牙阿爾布費拉玩了一星期回來。

---

[1] 馬丁・艾米斯(Martin Amis, 1949-2023),英國小說家、散文家。

老媽上了教堂一趟,以「聖保羅前往大馬士革的路上被一道神光照瞎眼」的方式,突然頓悟教區牧師是同志。

「只是懶惰,親愛的,」這就是老媽對整個同志議題的看法,「他們就是懶得花心思在異性身上。瞧瞧妳的湯姆。我真心認為,要是那個小子有點腦袋,早該好好跟妳約會去了,而不是扯那些『純友誼』的荒唐鬼話。」

「媽,」我說,「湯姆十歲就知道自己是同志了。」

「噢,親愛的!拜託喔!妳也知道那些傻念頭是怎麼來的。總是可以說服他們甩掉那些想法的。」

「那是不是表示,如果我用很有說服力的方式跟妳談談,妳就會離開老爸,開始跟奧德莉阿姨談婚外情?」

「現在妳就是在說傻話,親愛的。」老媽說。

「沒錯,」老爸加了進來,「奧德莉阿姨看起來像個跨性別女人。」

「噢,拜託喔,科林。」老媽喝叱,我覺得很奇怪,因為她通常不會用這種態度對老爸。

有點詭異的是,老爸堅持要在我離開老家以前,替我的車做整套保養,雖然我向他保證我的車完全沒問題。結果我當場出糗,連引擎蓋都忘了怎麼開。

「妳有沒有注意到妳媽有什麼地方怪怪的？」老爸一面撥弄機油尺，一面用僵硬尷尬的語氣說。他用抹布擦了擦棒子，再扔回去的手勢，信奉佛洛伊德理論的人（我並不是）肯定會擔心。

「你是說除了容光煥發之外嗎？」我說。

「唔，對，然後……唔，妳知道的，就是平常那些，呃，特質。」

「她對同性戀的話題，似乎激動得超於平常。」

「噢，沒啦，她只是因為今天早上看到牧師的新禮袍，才有這種反應。老實說，那套禮袍有點偏花俏。牧師剛跟鄧弗里斯修道院長從羅馬回來，穿得一身玫瑰粉紅。不，我的重點是，妳有沒有注意到妳媽不尋常的地方？」

我絞盡腦汁。「老實說，除了看起來朝氣蓬勃跟自信滿滿，沒什麼不尋常的。」

「嗯嗯嗯，」他說，「總之。妳最好趁天黑以前出發吧。替我跟茱德打聲招呼，她都還好嗎？」

然後老爸猛拍引擎蓋，意思是「出發吧」，力道大到我覺得他搞不好弄斷手了。

想說星期一可以跟丹尼爾把事情攤開來講，可是他不在。昨天也沒來。工作就像是為了跟某個人上床而去參加派對，卻發現對方根本沒出席。為了自己的抱負、事業前景、道德原則感到憂心，

似乎把一切都降格為童子軍舞會的層次。最後好不容易才從柏珮嘉口中套出話來，原來丹尼爾到紐約去了。他現在肯定跟什麼又瘦又酷、叫做薇歐娜的美國女人打得火熱，那女人來者不拒、隨身帶槍，跟我天差地別。

除此之外，今天晚上還得到瑪格妲和傑瑞米的家，參加沾沾自喜已婚人士晚餐派對。這樣的場合總是讓我的自我縮小成蝸牛大小，我不是說我不感激自己受邀。我愛瑪格妲和傑瑞米。有時候我會在他們家過夜，欣賞乾爽的床單和放了各式乾麵條的儲藏罐，想像他們是我爸媽。可是當他們跟已婚友人在一起的時候，我總覺得自己搖身變成了《遠大前程》[2]裡的郝薇仙小姐。

11:45 p.m. 噢，我的天。是我，四對已婚夫婦加上傑瑞米的兄弟（別想。他穿著紅吊帶，臉紅通通，而且把女生叫成「妞兒」）。

「所以，」科斯莫中氣十足地說，替我倒了杯酒，「妳的感情生活如何？」

噢，不。他們為什麼要做這種事？為什麼？也許沾沾自喜已婚人士只會跟其他的沾沾自喜已婚人士相處，再也無法體會單身人士的心境。也許他們真心覺得高我們一等，讓我們覺得自己是失敗的人類。也或許他們陷在一成不變的性愛裡，暗想「外頭的世界多麼遼闊」，要我們跟他們說說我們雲霄飛車般的性愛生活細

---

[2]《遠大前程》(*Great Expectations*) 是英國小說家查爾斯・狄更斯於 1861 年推出的作品。

節,間接體會到刺激感。

「對啊,為什麼妳還不結婚?布莉琪?」沃妮(費歐娜的童稚暱稱,嫁給傑瑞米的朋友科斯莫),撫搓著有身孕的肚子,表面故作關心。

因為我不想落得跟妳一樣的下場,妳這個肥胖無聊的上流搖錢樹,我原本應該這麼說,或者如果我必須替科斯莫煮晚餐,然後跟他爬上同一張床,只要一次,更不用說每個晚上,我肯定會扯下自己的腦袋吃掉它,或是說因為其實呢,沃妮,在衣服底下,其實我全身長滿了鱗片。可是我沒這麼做,因為諷刺的是,我不想傷她的感情。所以我只是面帶歉意傻笑著,就在這時有個叫艾利克斯的傢伙出聲了,「唔,妳知道的,等妳過了一定的年紀⋯⋯」

「沒錯⋯⋯好男人都被搶走了。」科斯莫說,拍著自己的肥肚腩,得意地笑著,臉頰肉搖搖晃晃。

晚餐的時候,瑪格姐把我放在科斯莫和傑瑞米那個無聊透頂的兄弟之間,被這兩人包夾,簡直像3P亂倫。「妳真的該要加快腳步,快點懷孕,知道吧,老女孩,」科斯莫說,直接往喉嚨灌下1/4品脫的82年分波雅克紅酒。「時間快來不及了。」

到了這時,我自己喝了半品脫的82年分波雅克紅酒。「現在離婚率是三對有一對,還是兩對有一對?」我口齒不清,徒勞地嘗試語帶諷刺。

「說真的，老女孩，」他說，不理會我，「辦公室有一大堆超過三十的單身女性。體格明明都還不錯，但就是找不到對象。」

「其實我的問題不在那裡。」我吸氣，在空中揮動香菸。

「噢，跟我們多說一點。」沃妮說。

「所以是誰？」科斯莫說。

「還是有點床上運動的機會？老女孩？」傑瑞米說。大家的目光牢牢盯著我，張著嘴，興奮過頭。

「不干你們的事。」我高傲地說。

「所以她還沒找到對象呢！」科斯莫得意地說。

「噢，我的天，都11點了，」沃妮尖聲說，「臨時保母！」他們全都跳起身來，開始準備打道回府。

「老天，我為那些人跟妳道歉，妳會好好的吧？親愛的？」瑪格姐說，她知道我的感受。

「想搭個便車什麼的嗎？」傑瑞米的兄弟說，說完打了個嗝。

「其實我要去夜店，」我高聲說，匆匆往外踏上街頭，「今晚超棒，謝啦！」

然後我坐上計程車，哭了出來。

午夜。哈,哈。剛剛打了電話給雪倫。

「妳當時應該說,『我之所以未婚,就因為我是單身貴族,你們這些自鳴得意、未老先衰、心胸狹窄的蠢蛋,』」小雪痛罵,「因為有不只一種該死的生活方式:四個家庭裡有一個是單身,大多皇室家族都是單身,而且根據調查,這國家的年輕男人完全不適合結婚,所以會有一整個世代跟我一樣的單身女生,有自己的收入和住家,盡情吃喝玩樂,不需要替別人洗襪子。如果你們這樣的人不要因為嫉妒,想方設法讓我們覺得愚蠢,我們會開心得不得了。」

「單身貴族!」我開心地大喊,「為單身貴族大喊萬歲!」

2月5日星期二

還是沒有丹尼爾的消息。無法面對眼前漫長的星期日,全世界除了我之外,每個人都跟某個人在床上嘻笑做愛。最糟的是,再過一星期又一點,情人節的羞辱即將到來。我不可能會收到卡片。考慮跟任何有可能送我卡片的人積極調情,可是想想這樣不道德,還是算了。必須勇敢面對這樣的侮辱。

嗯,我知道了。想說可以再回家探望爸媽一下,滿擔心老爸的,這樣我就會覺得自己是個關懷別人的天使或聖人。

2 p.m. 最後剩餘的一丁點安全感也被硬生生奪走了。慷慨地說

要前往探望,表達關懷,給爸媽一個驚喜,結果老爸在電話另一端用古怪的語氣講話。

「呃⋯⋯我不確定,親愛的。妳能不能等等?」

我一時暈頭。青春的傲慢(唔,我竟然說「青春」)有一部分就是假設,在你決定要現身的那一秒,父母永遠會拋下手邊的事情,敞開手臂歡迎你。老爸回到線上。「布莉琪,欸,我跟妳媽之間目前有些問題。我們這週晚點再打電話給妳好嗎?」

問題?什麼問題?我試著要老爸解釋,可是怎麼都問不出所以然來。出什麼事了?全世界都注定要蒙受情感創傷嗎?可憐的老爸。除了其他事情,我現在也要成為破碎家庭的悲劇受害者了嗎?

2月6日星期一

56.2公斤(無形的悲慘消失了,跟著減輕重量——真是個謎),酒1單位(非常好),菸9根(非常好),卡路里1800(不錯)。

丹尼爾今天會回辦公室。我會表現得沉著平靜,謹記自己是個有內涵的女人,無須仰賴男人就能完整,尤其不需要靠他。不打算主動發訊息給他,也不會注意他的動向。

9:30 a.m. 真是的,丹尼爾似乎還沒到公司。

9:35 a.m. 還是不見丹尼爾的蹤影。

9:36 a.m. 噢,天啊。也許他在紐約墜入愛河,留在那裡了。

9:47 a.m. 或是到賭城結婚去了。

9:50 a.m. 嗯嗯嗯。考慮去檢查一下臉妝,免得他進公司來。

10:05 a.m. 從廁所回來以後,看到丹尼爾跟行銷部的西蒙站在影印機前面,心猛地一抽。我上次看到他的時候,他躺在沙發上一臉窘狀,我拉緊裙子,針對操弄行為痛斥一番。現在他卻一副「我出去一陣子回來了」——一臉清新健康。我路過的時候,他刻意地瞅了我裙子一眼,對我咧嘴一笑。

10:30 a.m. 未讀訊息在螢幕上閃現。按下接收以便收取訊息。

> <u>收件:瓊斯</u>
> 性冷感母牛。
> <u>克利弗。</u>

我笑了出來,我就是忍不住。我將視線投向他那間小小的玻璃辦公室,他一臉如釋重負,對我露出深情的笑容。反正,我才不要回訊息給他。

10:35 a.m. 不過,不回訊息好像沒禮貌。

10:45 a.m. 老天,好無聊。

10:47 a.m. 我剛發了個友善的小小訊息,毫無挑逗意味,只是為了修補關係。

11 a.m. 嘻嘻,剛剛為了嚇唬丹尼爾,用柏珮嘉的身分登錄。

> 收件:克利弗
> 要達成你設定的營業目標就已經夠難的了,更不要說有人一直用不重要的訊息,浪費我團隊的時間。
> 柏珮嘉
> 備註:布莉琪的裙子不大舒服,已經要它先回家休養了。

10 p.m. 嗯嗯嗯。我跟丹尼爾整天訊息往返,可是我不可能跟他上床。

今天晚上再次打電話給爸媽,可是沒人接聽。非常詭異。

2月9日星期四

58.1公斤(應該是因為身體為冬季貯存了額外的脂肪),酒4單位,菸12根(非常好),卡路里2845(非常冷)。

9 p.m. 非常享受海德公園的冬季嘉年華,想起人類任憑天候擺布,不該放那麼多注意力在故作世故或勤奮工作上,而是只要好

好保暖、看電視。

這是我本週第三次打電話給爸媽，還是沒人接聽。也許電話線路被風雪截斷了？情急之下，我拿起電話撥了我哥哥傑米在曼徹斯特的號碼，結果只聽到他可笑的答錄訊息：流水聲，還有傑米裝成柯林頓總統在白宮，再來是沖馬桶的聲音，還有他可悲的女友在背景裡吃吃笑。

9:15 p.m. 剛剛連打三次電話給爸媽，每次都讓電話響個二十聲。最後老媽接了電話，語氣怪怪的，說她現在沒辦法講話，不過週末會打給我。

2月11日星期六

56.7公斤，酒4單位，菸18根，卡路里1467（可是因為忙著逛街燃燒掉了）。

剛剛血拼完回到家，聽到老爸的留言，問我星期天能不能跟他碰面吃午餐。我心裡七上八下。老爸平常星期天不會沒事單獨跑來倫敦找我吃午飯。他星期天一般會跟老媽待在家裡吃烤牛肉或鮭魚搭小馬鈴薯。

「不要回電，」那則留言說，「我明天直接跟妳會合。」

「怎麼回事？」我發抖著，繞過街角去買絲卡菸。回到家的時候

接到老媽的留言。她顯然明天也要跟我碰面吃午餐,說會帶一塊鮭魚過來,大約一點會抵達。

我再次打電話給傑米,聽了20秒布魯斯‧史普林斯汀（Bruce Springsteen）的歌聲,然後傑米吼著:「寶貝,我生來就⋯⋯答錄機的時間不夠了。」

2月12日星期日

56.7公斤,酒5單位,菸23根（幾乎不意外）,卡路里1647。

11 a.m. 噢,老天,我總不能讓他們同時抵達吧。這種情境也太像布萊恩‧李克斯[3]的鬧劇了吧。也許整個午餐事件只是個家長的惡作劇,起因是我爸媽接觸太多電視主持人諾爾‧艾德蒙[4]、熱門電視節目等之類的東西。也許老媽會用牽繩帶著一條活跳跳、緊張翻動的鮭魚過來,宣布她要為了這條魚離開老爸。也許老爸會倒掛在窗戶外頭,打扮得跟莫里斯民俗舞者一樣,闖進屋裡,開始用羊膀胱痛打老媽的腦袋;或是突然從烘衣櫥,頭下腳上跌出來,背上插了把塑膠刀。而能讓這一切回歸正軌的,可能

---

[3] 布萊恩‧李克斯（Brian Rix, 1924-2016）,英國的演員經理人,在倫敦劇場破了紀錄,製作演出時間最長的鬧劇系列。
[4] 諾爾‧艾德蒙（Noel Edmonds, 1948- ）,英國電視節目主持人、廣播DJ、製作人。

只有一杯血腥瑪麗了。反正已經快下午了。

12:05 p.m. 老媽打電話來。「那就讓他來吧，」她說，「讓他像一直以來那樣他媽的我行我素。」（老媽平日不罵髒話，一般會用委婉的說法，像是「要命」和「見鬼」。）「我自己一個人也會他媽的好好的。我會像該死的吉曼‧基爾[5]和《隱形女人》[6]一樣打掃房子。」（她有沒有可能喝醉了？老媽從1952年以來就不碰酒，頂多在星期天晚上來一杯甜雪莉。1952年她在梅薇絲‧安德比21歲生日派對上，只不過喝了一品脫蘋果酒喝到微醺，做出了讓自己或他人永生難忘的事。「沒有比女人喝醉還糟糕的事，親愛的。」）

「媽，別這樣，我們難道不能三個人一起吃個午飯，把事情講清楚嗎？」我說，彷彿這是《西雅圖夜未眠》，等午餐吃完，老爸和老媽最後會手牽手，而我背著螢光背包、對著鏡頭俏皮眨眼。

「妳等著吧，」老媽陰沉地說，「妳會發現男人的真面貌。」

「可是我已經……」我才開口。

「我要出門去了，親愛的，」老媽說，「我要去找人上床。」

下午兩點，老爸帶著整齊摺好的《星期日電訊報》來到門口。他

---

[5] 吉曼‧基爾（Germaine Greer, 1939- ），澳洲作家、記者，二十世紀下半葉第二波女性主義運動的代表人物之一。
[6] 《隱形女人》（*The Invisible Woman*）是英國傳記小說家克萊兒‧湯瑪琳的小說，描寫狄更斯和女演員伊蓮‧泰亞蘭的禁忌之戀，曾改編為電影《狄更斯的祕密情史》。

往沙發上坐下的時候，臉一垮，淚水開始淌下臉頰。

「她跟尤娜・厄康伯利、奧德莉・柯爾斯去了阿爾布費拉以後，就一直這樣，」老爸抽泣，用拳頭抹去淚水，「她回來以後就開始說她做家務事要拿薪水，說她過去當我們的奴隸，耗擲了自己的人生。」（我們的奴隸？我就知道。都是我的錯。要是我表現得更好，老媽就不會停止愛老爸。）「她要我先搬出去一陣子，她說，還有……還有……」老爸整個大崩潰，默默啜泣。

「還有什麼，爸？」

「她說我以為 clitoris（陰蒂）是奈吉・柯爾斯的鱗翅目昆蟲蒐藏裡的東西。」

2月13日星期一

57.6公斤，酒5單位，菸0根（靈性的豐饒消除了抽菸的需求——巨大的突破），卡路里2845。

雖然為了父母的煩惱而心碎，但我不得不承認，同時我對於自己的新角色——照顧者以及（往自己臉上貼金）睿智的諮商師，有點可恥地得意著。我已經好久不曾為其他人付出，這種感受既新穎又令人陶醉。這就是我人生中缺乏的東西。我一直幻想自己成為見義勇為的善心人士，或是教會主日學老師，不然就是替遊民煮熱湯（或像我朋友湯姆提議的，做迷你烤麵包配青醬），或甚

至重新接受醫學訓練當個醫師。也許跟醫師約會更好,在性愛和靈性上都會收穫滿滿。我甚至開始忖度,要不要在《柳葉刀》醫學雜誌的「寂寞芳心」專欄裡登廣告。我可以幫他接訊息,叫那些希望他夜間出診的病人滾開,替他烤山羊乳酪舒芙蕾,最後在我六十歲的時候跟他翻臉,就像老媽那樣。

噢,天啊。明天就是情人節了。為什麼?為什麼?為什麼全世界都要讓沒有戀愛對象的人覺得自己很蠢,而大家明明知道浪漫愛情根本不會成功。看看英國王室。看看老爸跟老媽。

反正情人節純粹是利字當頭的商業炒作,我完全不感興趣。

2 月 14 日星期二

57.6 公斤,酒 2 單位(浪漫情人節的享受——兩瓶貝克啤酒,全都自己喝掉,哼),菸 12 根,卡路里 1545。

8 a.m. 噢,好耶。情人節。好奇郵件送到了沒有。也許丹尼爾或是什麼祕密仰慕者會寄張卡片來。或是鮮花啦,或是心型巧克力。其實還滿興奮的。

發現走廊上有一束玫瑰時,瞬間湧起短暫的狂喜。丹尼爾!衝下樓去,歡喜地拿起花束,這時樓下那戶公寓的門打開,凡妮莎走了出來。

「噢,看起來真不錯,」她羨慕地說,「是誰送的?」

「我不知道!」我靦腆地說,往下瞥了一眼卡片,「啊⋯⋯」我越說越小聲,「是給妳的。」

「別介意,欸,這是給妳的。」凡妮莎打氣地說,是電訊公司帳單。

為了逗自己開心,決定在上班前的路上來杯卡布其諾和巧克力可頌。不管身材了。反人沒人愛我或在乎我,注意身材也沒意義。

搭地鐵的途中,可以看出誰收到情人節卡片,誰沒有。大家都東張西望想要捕捉對方的視線,要不是得意地笑,不然就是帶著防衛別開視線。

走進辦公室,發現柏珮嘉的辦公桌有一束鮮花,大得跟一頭綿羊似的。

「唔,布莉琪!」她大聲說,好讓大家都聽見,「妳收到幾束啊?」

我沉重地坐進自己的座位裡,像是受辱的青少年,用嘴角說,「閉嘴啦。」

「說嘛!幾束?」

我還以為她打算揪住我的耳垂,開始扭動什麼的。

「整件事荒唐又沒意義。完全是商業剝削。」

「我就知道妳一束也沒收到。」柏珮嘉得意地說。就在這時我才注意到丹尼爾在房間對面聽我們說話,呵呵笑著。

2月15日星期三

出乎意料的驚喜。剛剛要離開公寓上班去,這時注意到樓下桌上有個粉紅信封——顯然是遲來的情人節卡片。上頭寫著:「給黑美人。」一時片刻我興奮起來,想像是給我的,對外頭街上的男人來說,我就是個黝暗神祕的慾求對象。接著我想起該死的凡妮莎跟她那一頭柔順的深色鮑伯頭。哼。

9 a.m. 剛剛回去,卡片還在。

10 p.m. 還在。

11 p.m. 真不敢相信。卡片還在那裡。也許凡妮莎還沒回來。

2月16日星期四

56.2公斤(因為走樓梯而減重),酒0單位(棒極了),菸5根(棒極了),卡路里2452(不怎麼好),為了檢查有沒有情人節類型的信封,走下樓梯18次(對心理來說不佳,但就運動來說很好)。

卡片還在那裡！顯然就像吃掉牛奶巧克力盒裡的最後一顆，或是拿走最後一片蛋糕，我們都因為太客氣而沒動手。

2月17日星期五

56.2公斤，酒1單位（非常好），菸2根（非常好），卡路里3241（不好，但反覆上下樓梯燃燒掉了），檢查卡片12次（執著）。

9 a.m. 卡片還在。

9 p.m. 還在。

9:30 p.m. 還在。再也受不了。可以看出凡妮莎在家，因為料理的味道從公寓瀰漫出來，所以我敲了敲門。「我想這一定是給妳的。」我說，在她打開門的當兒，將卡片遞出去。

「我還以為一定是給妳的。」她說。

「我們要不要打開來看看？」我說。

「好啊。」我把卡片遞給她，她又嘻嘻笑著塞回來給我。我又遞給她。女生最好了。

「來嘛。」我說，她用手上的菜刀劃開信封。卡片設計還滿文青

風的——看起來可能是在藝廊買的。

她拉長了臉。

「看不出意思。」她說，把卡片傳過來。

裡頭寫著：「一點荒唐沒意義的商業剝削——送給我親愛的性冷感小母牛。」

我尖聲叫了一下。

10 p.m. 剛剛打電話給雪倫，把來龍去脈說給她聽。她說我不應該因為一張廉價卡片就沖昏頭，說我應該拋開丹尼爾，因為他不是什麼好東西，這樣下去不會有好結果。

我打電話給湯姆尋求第二建議，尤其是我該不該在週末打電話給丹尼爾。「絕對不行！」湯姆嚷嚷，問了我各種深入的問題，比方說，丹尼爾寄了卡片之後，過去幾天沒有得到我的回應，他表現如何。我回報說他更常跟我打情罵俏。湯姆建議我維持高冷的態度，等下星期再說。

2月18日星期六

56.2公斤，酒4單位，菸6根，卡路里2746，樂透號碼押對2個（非常好）。

最後我跟爸媽打破砂鍋問到底。我開始懷疑老媽去了葡萄牙度假回來之後，發生了電影《第二春》[7]風格的情節，我會翻開《週日人物》小報，看看老媽是否染了一頭金髮、穿著豹紋上衣，跟某個穿著石洗牛仔褲、名叫岡薩爾斯的男人一起坐在沙發上，對大眾解釋說，如果妳真心愛著某人，即使年齡相差46歲也無所謂。

今天老媽要我到迪根斯與瓊斯百貨的咖啡店碰面吃午餐，我單刀直入，問她是不是在跟別人交往。

「沒有，沒有別人。」她說，面帶憂鬱勇敢的表情望向遠方，我敢發誓這種表情是她在模仿黛安娜王妃。

「所以妳幹嘛對老爸這麼壞？」我說。

「親愛的，那只是因為我領悟到，妳老爸退休的時候，我等於前後花了三十五年時間，打理他的家、拉拔他的孩子長大，毫無喘息的時候。」

「我跟傑米也是妳的孩子啊。」我打岔，覺得受傷。

「——就他來說，他一生的工作已經結束，而我的工作卻還看不到盡頭。妳還小的時候，每次到了週末，我就有這種感覺。人生只有一次。我只是下定決心做點小改變，把剩下的人生拿來照顧

---

[7] 《第二春》（Shirley Valentine）是1989年英國喜劇浪漫電影。主婦雪莉・華倫汀在朋友的邀請下，前往希臘展開一場冒險之旅，在異地陷入熱戀並追求自己夢想中的生活。

自己。」

我走到櫃檯那裡要付錢的時候，將整件事情重新思考一遍，試著以女性主義的角度去看老媽的觀點。然後我的目光被一個身材高䠷、相貌堂堂的灰髮男人攫住了，他穿著歐洲風格的皮夾克，揣著紳士型手提包。他朝咖啡店裡看來，輕拍手錶、挑起眉毛。我轉過身便看到老媽用嘴型說：「再一下下，」然後帶著歉意朝我的方向點點頭。

當時我什麼都沒對老媽說，只是說了再見，然後折返回去尾隨她，確定事情不是我想像出來的。當然了，我最後發現老媽跟那位風度翩翩的高䠷男人在香水部門走走逛逛，凡是擺在眼前的香水，老媽都拿起來朝自己的手腕噴，然後舉到男人臉前，嬌媚著笑著。

回到家，接到哥哥傑米的留言。立刻回電給他，把事情一五一十都說了。

「噢，老天，布莉琪，」傑米說，放聲狂笑，「妳對性愛那麼執著，要是看到老媽領聖餐，搞不好會以為她在替牧師吹簫。今年有沒有收到情人節卡片啊？」

「其實有。」我怱怱地吐氣，這時他又爆出笑聲，然後說他得掛電話了，因為要跟蓓嘉去公園練太極。

2月19日星期日

56.7公斤（非常好，但純粹因為憂慮），酒2單位（畢竟是主日星期天），菸7根，卡路里2100。

打電話給老媽，跟她對質，關於午餐過後跟她同行的那個迷人熟男。

「噢，妳指的一定是朱利安。」老媽高聲說。

這等於立刻露出馬腳。因為我爸媽提到朋友時，從來不會直呼名字，而總是連名帶姓地叫：尤娜・厄康伯利、奧德莉・柯爾斯、布萊恩・安德比。「妳認識大衛・李克特啊，親愛的——就是跟救生艇俱樂部的安席亞・李克特結婚的那位。」這個起手式就表示，爸媽心知肚明，我根本不知道梅薇絲・安德比是誰，雖然他們接下來四十分鐘會大聊特聊布萊恩跟梅薇絲・安德比的種種，彷彿我從四歲以來就跟他們熟得不能再熟。

我立刻明白，最終我會發現，朱利安並未參與救生艇俱樂部的慈善午宴，也不會有個太太屬於任何一個救生艇俱樂部、扶輪社或聖喬治之友的分會。我也察覺老媽是在葡萄牙認識他的，在跟老爸的關係陷入僵局以前，搞不好我最後會發現他其實不叫朱利安，而是朱力歐。老實說，我覺得朱利安就是老爸身陷泥沼的原因。

我用這個直覺跟老媽對質。她否認了。老媽甚至精心編了個複雜

的故事，關於「朱利安」怎麼在瑪莎百貨大理石拱門分店撞上她，害她鬆手將新買的琺瑯鑄鐵烤皿摔在腳邊，然後對方帶她到塞爾福里奇百貨喝咖啡，從此奠定了柏拉圖式的堅定友誼，兩人一律只在百貨公司的咖啡店碰面。

當大家為了跟別人談婚外情而拋下原有的伴侶時，為什麼會覺得假裝不涉及任何對象，看起來會比較好？他們是不是認為，讓伴侶以為自己之所以一走了之，是因為再也受不了伴侶，這樣伴侶受到的傷害會比較小，然後兩個星期之後，運氣好到可以巧遇一個提著紳士包包，相貌肖似奧馬・雪瑞夫[8]的高䠷男子，而前任伴侶每天晚上單是看到放牙刷的馬克杯就會痛哭失聲？就像那些寧可編造謊言當藉口，也不願面對真相的人，縱使真相比謊言更好。

我曾經聽過我朋友西蒙取消跟某個女生的約會──他對那個女生很有好感──可是因為他的鼻子右邊有個黃頭的痘子，而且因為衣服洗出了問題──只好穿著荒謬的 70 年代末期風格的外套，想說可以趁午休時間到洗衣店拿正常的外套，可是洗衣店還沒處理好。

所以，西蒙突然決定跟那個女生說，他姊姊傍晚突然跑來，他必須接待姊姊，然後還瘋狂地補充說，他也必須趕在隔天早上上班以前看完一些影片；到了這時，女孩提醒西蒙，他提過自己沒有

---

[8] 奧馬・雪瑞夫（Omar Sharif, 1932-2015），埃及影星，代表作包含《阿拉伯的勞倫斯》、《齊瓦哥醫生》等。

兄弟姊妹，並提議他來她家看影片，她會煮晚餐招待他。不過，沒有工作的錄影帶可以帶過去看，所以西蒙只好編織更複雜的謊言。事情演變到最後，女孩深信西蒙腳踏兩條船，於是在兩人第二次約會的時候，一把甩掉了西蒙。而西蒙那天晚上，頂著臉上的痘子，穿著70年代的外套，孤伶伶地喝個爛醉。

我試著跟老媽解釋說她並未說實話，但她色慾薰心，根本看不清，唔，什麼都看不清了。

「妳真的變得看什麼都不順眼，疑神疑鬼的，親愛的，」她說，「朱力歐——」啊哈！被我抓到了吧！啊哈哈哈哈哈哈！——「只是普通朋友。我只是需要一點空間。」

所以，為了配合老媽，老爸要暫時搬到厄康伯利夫婦的奶奶生前住的公寓，就在他們家花園的盡頭。

2月21日星期二

好累。老爸只是為了講講話，養成了晚上打好幾通電話來的習慣。

2月22日星期三

57.2公斤，酒2單位，菸19根，脂肪8單位（意料之外的討厭念頭：從來不曾面對這個事實，皮下脂肪從臀部跟大腿湧出來，

明天一定要回頭去算卡路里）。

湯姆說得完全沒錯。我放太多心思在老爸老媽身上，老爸心煩意亂打來的電話我接到累壞了，幾乎不怎麼留意丹尼爾：結果奇蹟出現了，他竟然對我大獻殷勤。不過，我今天大出洋相。我踏進電梯，準備出去買個三明治，卻發現丹尼爾跟行銷部的西蒙就在裡頭大談橄欖球員，說他們因為打假球[9]被逮捕。「布莉琪，妳有沒有聽說這件事？」丹尼爾說。

「噢，有啊，」我扯謊，拚命想要發表意見，「其實，我覺得這樣太小心眼了，我知道這樣做實在很凶殘，不過只要沒有人真的著火，就沒什麼好大驚小怪的。」

西蒙看著我的表情，彷彿我發了瘋似的。丹尼爾怔怔盯著我片刻，然後爆笑出聲。他笑了又笑，直到跟西蒙走出電梯，然後轉過頭來並說：「嫁給我吧。」電梯門在我們之間關了起來。嗯嗯嗯。

2月23日星期四

56.7公斤（要是體重可以維持在57公斤以下，不要像溺死——在脂肪裡——的屍體那樣上上下下浮動就好了），酒2單位，

---

[9] 原文 throw matches 字面的意思是亂丟火柴，因而布莉琪才說「沒有人著火」，她不知道「打假球」的意思。

菸 17 根（愛愛之前抒解緊張用——情有可原），卡路里 778（趕在明天以前減到 58.9 公斤的最後嘗試）。

8 p.m. 媽呀。電腦訊息往返莫名地陷入了狂熱狀態。到了六點，我決心穿上外套，離開辦公室，搭著電梯才往下一樓，丹尼爾就走了進來。他跟我，只有我們兩個，困在巨大的電荷場裡，難以抗拒地被拉在一起，就像一組磁鐵。

接著電梯突然停下，我們分了開來，喘著氣，行銷部的西蒙走了進來，肥大身軀上套著醜斃了的米色雨衣。「布莉琪，」他嘻嘻笑著說，我不由自主調整自己的裙子，「妳看起來好像打假球被逮到。」

我離開辦公大樓時，丹尼爾從我背後冒出來，邀我明天跟他一起吃晚飯。耶耶耶！

午夜。呃，筋疲力盡。為了一場約會做功課，彷彿是一場工作面談，這樣肯定不正常吧？如果事情有所進展，我懷疑丹尼爾那顆閱書無數的腦袋可能會有些煩人。也許我應該戀上年輕一點的無腦傢伙，會替我煮煮飯，洗我所有的衣服，同意我說的一切。下班以來，我險些弄得椎間盤突出，匆匆上完一堂階梯有氧課，用一把硬刷子刷身體七分鐘，清掃公寓，補貨塞滿冰箱，修整眉毛，快速瀏覽報紙和《終極性愛指南》，把髒衣服拿去洗，替雙腿上蠟除毛，因為已經來不及預約除毛。最後跪在毛巾上，試著扯掉緊緊黏在小腿背面的膠條，同時打開電視看《新聞之夜》，為了

到時擠出有趣的見解來發表。我的背部發疼，頭在痛，雙腿亮紅，上面到處沾著蠟塊。

睿智的人會說丹尼爾會喜歡我的本貌，可是我是個《柯夢波丹》文化底下的產物，因為超級名模而內心受創，在雜誌裡做過太多測驗，清楚知道，我的人格或我的身體如果放任不管，就永遠達不到標準。我扛不了這種壓力。我要取消約會，穿著沾了蛋的羊毛衫，整晚大啃甜甜圈。

2月25日星期六

55.3公斤（奇蹟：性愛證明是最佳的運動型態），酒0單位，菸0根，卡路里200（終於找到了可以不吃東西的祕密：只要用性愛取代食物即可）。

6 p.m. 噢，真歡喜。整天都陷在我只能形容為做愛的醉意裡，面帶微笑在公寓裡遊蕩，拿起東西又放下。真是太美妙了。唯一的缺點是（1）一結束，丹尼爾就說，「該死，我本來要把車送到雪鐵龍修車廠去的。」（2）我起身要去浴室時，他說我的小腿肚上卡了一雙絲襪。

不過，隨著粉紅泡泡散去，我心裡的警鈴開始響起。再來如何？沒有任何計畫。突然間我意識到自己又在等電話了。在共度首夜之後，為什麼兩性之間的關係還是不平衡到令人痛苦？感覺剛剛考完一場試，又不得不等結果公布。

11 p.m. 噢,天啊。為什麼丹尼爾不打電話來?我們現在到底要出門約會還是不要?老媽為什麼能夠這麼輕易地從一段關係滑向另一段關係?而我甚至連最簡單的事情都無法順利開始?也許他們那個世代的人比較擅長維繫關係?也許他們不會因為胡思亂想跟缺乏自信而無所適從。也許,如果你這輩子不曾讀過任何勵志書籍,反倒會有幫助。

2月26日星期日

57.2公斤,酒5單位(借酒澆愁),菸23根(用菸驅走憂愁),卡路里3856(用脂肪棉被悶死憂愁)。

醒著,獨自一人,發現自己在想像老媽跟朱力歐同床共枕。因為對家長或半個家長的性愛想像而滿心反感;為了老爸而怒火中燒;想到我可能跟老媽一樣(跟近來時常想到喬安娜‧拉姆利和蘇珊‧莎蘭登也不無關係),往後還會有三十年奔放無羈的熱情,便任性和自私地樂天起來。可是主要是對於星期日早上單獨在床上,覺得自己失敗又愚蠢,而年過六旬的老媽卻可能正要床戰第二回合,我心中湧現極端的嫉妒……噢,我的天,想到就難以忍受。

3月／跟三十多歲生日有關的嚴重恐慌
Severe Birthday-Related Thirties Panic

3月4日星期六

57.2公斤（3月初的體重跟2月初一模一樣，整個2月都在節食又有什麼意義？哼。打算停止每天秤重，計算菸酒數量，反正他媽的沒意義）。

老媽成了一股我再也認不得的力量。今天早上她衝進我的公寓，我當時披著浴袍，彎腰駝背坐著，悶悶不樂塗著腳趾甲油，一面看著賽馬的開場。

「親愛的，我能不能把這些留在這裡幾小時？」老媽高聲說，丟下滿懷的購物袋，朝著我的臥房走去。

幾分鐘之後，我微微起了好奇心，懶洋洋地跟在後頭走去，想看看她要做什麼。老媽正坐在鏡子前面，穿著看起來很貴的咖啡色連罩長襯裙，大大張著嘴，塗著睫毛膏（使用睫毛膏時必須張著嘴巴，是個難以解釋的謎團）。

「妳不覺得該換衣服了嗎？親愛的？」

老媽看起來令人驚豔：皮膚清透、頭髮閃亮。我瞥見鏡子裡的自己。我昨天晚上真該卸妝的。頭髮有一邊扁扁貼在頭上，另一邊的髮絲以各種尖起和角狀凌亂突起。彷彿我腦袋瓜上的頭髮擁有自己的生命，成天表現得理智得體，等我睡著之後開始孩子氣地跑跑跳跳，說道：「我們現在要幹嘛？」

「妳知道的，」老媽說，在乳溝那裡抹抹紀梵希II號香水，「這

些年來，關於繳帳單和報稅的事，妳爸老是大驚小怪——彷彿這樣就可以給他藉口三十年不洗碗。唔，報稅都逾期了，所以我想，管他的，我自己來。我完全搞不懂，所以就打電話到稅捐處去。那男人態度盛氣凌人。『說真的，瓊斯太太，』他說，『我真的看不出這到底有什麼困難的。』我說，『聽著，你會做布里歐[1]嗎？』他懂了我的意思，一步步教我怎麼處理，我們 15 分鐘之內就解決了。總之，他今天要請我吃午餐。稅務員耶！想像一下！」

「什麼？」我支支吾吾，抓住門框，「那朱力歐怎麼辦？」

「我跟朱力歐是『朋友』，不代表我不能有其他『朋友』。」老媽用甜美的語氣說，套上了兩件式黃色套裝。「喜歡嗎？剛買的。超級檸檬黃，妳不覺得嗎？總之，我得走了。我 1 點 15 分要跟他在德本漢姆百貨的咖啡店碰面。」

老媽離開之後，我用湯匙直接從袋子挖了點多穀燕麥片吃，然後把冰箱的剩酒喝完。

我知道老媽的祕密是什麼：她找到了力量。她掌控了老爸；老爸想要她回去。她掌控了朱力歐，還有那個稅務員也是。大家都察覺了她的力量，而且都想要分一點，這又讓她的魅力更難以抵擋。所以我必須做的，就是找個人或東西來支配，然後……噢，老天，我連自己的頭髮都控制不了。

---

[1] 布里歐（Brioche）是一種法式奶油麵包，使用大量的蛋、奶油和鮮奶製成。

好沮喪。丹尼爾整個星期雖然還是很健談，態度友善，甚至一直跟我打情罵俏，但是遲遲沒有給我一點暗示，透露我們之間到底是怎麼回事，彷彿跟同事上床是稀鬆平常的事，擱著不必處理。工作——原本是惹人煩心的事情——現在成了令人痛苦的折磨。每次他消失去吃午餐或是下班時穿上外套要離開，我都受到重創：他要去哪裡？跟誰一起？是跟誰？

柏珮嘉似乎成功把工作都丟給我，然後一直跟艾拉貝拉或佩吉在電話上瞎扯不停，討論她準備跟雨果合購、在富勒姆路上那戶五十萬英鎊的公寓。「對，不，對，不，沒錯。可是問題是，到底想不想為了第四間臥房而多付三萬英鎊？」

星期五傍晚 4 點 15 分，雪倫打電話到辦公室找我。「明天要不要跟我、茱德約出來？」

「呃……」我默默恐慌，暗地想著，丹尼爾今天下班以前，肯定會約我週末碰面吧？

「如果他沒開口，再打給我吧。」小雪停頓一下之後說，語氣平淡。

5 點 45 分，看到丹尼爾穿好外套，就要走出門口。我受創的表情肯定連他也覺得慚愧，因為他露出閃避的笑容，朝電腦螢幕點點頭，快步走了出去。

當然了，未讀訊息閃動著。我按下接收，裡面寫著：

收件：瓊斯
祝週末愉快。掰掰。
克利弗

我慘兮兮地拿起電話，撥給雪倫。

「我們明天幾點碰面？」我窘迫地咕噥。

「八點半，紅咖啡館。別擔心，我們愛妳。跟他說我要他滾開。情感操弄鬼。」

2 a.m. 噢，我的天，跟小雪、茱德過了個超讚的夜晚。不想管丹尼爾那個超蠢呆瓜了。不過好不舒服喔。嗯。

3月5日星期日

8 a.m. 啊。好想死。下半輩子永遠、永遠不要再碰酒了。

8:30 a.m. 噢噢噢。好想來點洋芋片。．

11:30 a.m. 好想喝水，可是最好一直閉著眼睛，讓腦袋乖乖待在枕頭上別動，免得打擾了腦袋裡的機械零件跟雉雞。

中午。昨天的聚會該死的有趣，可是關於丹尼爾的建議讓我困惑不已。必須先聽茱德講講她跟卑鄙李察之間的問題，因為兩人的問題顯然更嚴重，畢竟他們不是一夜情，而是約會了十八個月。

我謙卑地等待輪到我發言的時候，然後描述丹尼爾最近一回合的故事。大家有志一同的初步宣判是：「王八蛋情感操弄。」不過，有趣的是，茱德介紹了「男生時間」這個概念——電影《獨領風騷》[2]裡提過：做愛之後的五天（我打岔，說是「七天」）期間，新關係懸而不決，這段時間對男性來說並非痛苦的漫長時光，而是正常的冷卻時期，在這期間可以整頓情緒，然後才繼續往下走。茱德辯說，丹尼爾肯定對工作狀況等等感到焦慮，所以給他一個機會，表現出友善、挑逗：好讓他放心，表示妳信任他，也表示自己不會變得很黏人或隨便發脾氣。

聽到這個，雪倫差點對著磨好的帕馬森乳酪啐口水，她說做愛之後，讓女人懸著心兩個週末是不人道的行為，嚴重破壞信賴感，說我應該跟丹尼爾直說我對他的想法。嗯嗯嗯。總之。要再來補點眠。

2 p.m. 剛剛結束英勇的長征並勝利回歸，就是到樓下去拿報紙，還有倒一杯水。感覺水像清澈的溪流流進腦袋最缺水分的區域，不過我也不確定，仔細想來，如果水真的可以進腦袋的話，有可能是透過血流進去的。既然宿醉是脫水造成的，也許水是由毛細管作用進腦袋裡的。

2:15 p.m. 報紙上有篇文章說兩歲孩子必須接受測驗才能進幼兒園，害我大吃一驚，突然想起我該去參加教子哈利的慶生茶會。

---

[2]《獨領風騷》（Clueless）是1995年推出的美國青春高校浪漫喜劇。

6 p.m. 飆速開車趕往瑪格姐家，穿過下了雨、濕答答又灰撲撲的倫敦，感覺命在旦夕，沿途在水石書店停留買生日禮物。想到遲到又宿醉，四周都是離開職場的媽咪跟她們的育兒競賽，我的心不免一沉。瑪格姐以前是商品經紀人，針對哈利的年紀說了謊，只是為了讓他看起來發展得比實際上超前。連受孕的時候，手段都很激烈，瑪格姐試著服用比其他人多八倍的葉酸跟礦物質。生產很棒。她跟大家連續預告好幾個月，說她打算自然生產。結果，分娩才 10 分鐘，她整個大崩潰，開始狂喊：「你這頭大肥牛，快把止痛藥給我！」

那場茶會簡直是惡夢一場：我加上一整個房間的超能媽媽，其中一位有個四週大的嬰兒。

「噢，他是不是好可愛？」莎拉・德里梭先是柔聲哄著，然後厲聲說，「他的『阿帕嘉』[3] 分數怎樣？」

我不知道這種兩分鐘檢測有什麼大不了的——這個「阿帕嘉」是他們必須在兩分鐘之內完成的測驗。兩年前，瑪格姐害自己難堪，因為她在一場晚宴上吹噓說，哈利的阿帕嘉得了 10 分，結果客人之中有一位是護理師，指出阿帕嘉測驗最多只有 9 分。

不過，瑪格姐不屈不撓，開始在保母圈裡吹噓自己兒子是個排便神童，觸發了其他媽媽的一輪吹噓跟反吹噓。所以這個年紀的幼

---

[3] 阿帕嘉（APGAR）是美國女麻醉科醫師維吉妮亞・阿帕嘉（Virginia Apgar）在 1952 年發明的一種快速檢核新生嬰兒健康狀況的方法。

兒明明該用一層層尿布牢牢裹住，這時卻穿著 Gap 牌寶寶丁字褲，搖搖晃晃走著。我才抵達不到 10 分鐘，地毯上就有三坨屎。表面上幽默但實則凶狠的爭議頓時爆發開來——針對便便是誰拉的。接著媽媽們氣氛緊繃地紛紛扯下孩子的毛巾布長褲檢查，這又立即引發另一場競賽，關於這些小男孩的生殖器尺寸，以及相應的，她們老公的生殖器尺寸。

「這種事誰也無能為力，就是遺傳。科斯莫在那方面沒問題吧？」

我覺得喧嘩聲快讓我腦袋爆掉了，最後找了藉口開車回家，慶幸自己是單身。

3月6日星期一

11 a.m. 辦公室。筋疲力盡。昨天晚上泡了個熱水澡，在水裡滴了些天竺葵精油，享用伏特加加通寧水，這時門鈴響了。是老媽，涕淚縱橫，站在門前階梯上。我花了點時間才搞清楚狀況。老媽在廚房裡到處走來走去，更大聲地爆哭了一陣又一陣，說她不想談這件事，最後我開始納悶是不是因為老爸、朱力歐、稅務員同時都對她失去了興趣，使得她永續噴發的性感魅力有如紙牌屋整個坍掉。但不是，她只是染上了「擁有一切」症候群。

「我覺得自己好像是整個夏天都在唱歌的蚱蜢，」老媽主動說（一感應到我對她的情緒崩潰漸漸失去興趣），「現在是我人生

的寒冬，我卻什麼都沒為自己貯藏。」

我正準備強調，有三個理想的伴侶急著跟她纏綿，加上可以分到半棟房子還有退休金方案，不算什麼都沒有，但我忍住不說。

「我想要事業。」老媽說，

我內在某個惡劣的部分覺得開心又得意，因為我有事業，唔——反正是份工作。我是隻做好過冬準備的蚱蜢，蒐集了一堆草或蒼蠅或不管蚱蜢平常都吃些什麼，即使我沒有男朋友。

最後，好不容易才逗老媽開心起來，因為我准許她翻看我的衣櫃，批評我所有的衣服，然後告訴我為什麼我應該開始到 Jaeger 和 Country Casuals 買所有的服飾。經過我這樣的「款待」之後，老媽大致恢復了正常，最後還有力氣打電話給朱力歐，安排跟他碰面「睡前小酌」一下。

等老媽離開時已經過了晚上十點，於是我打電話給湯姆通報壞消息：丹尼爾整個週末都沒來電。我問湯姆，他對茱德和雪倫互相抵觸的建議有何想法。湯姆說兩種我都不應該聽，他要我別調情、別說教，只要保持冷淡，沉著地當個專業的冰山美人。

湯姆說，男人認為自己永遠在某種性愛階梯上，所有的女人要不是在他們上方，就是在他們下方。如果女人居於「下風」（就是願意跟他上床，對他興趣濃厚），然後以格勞喬・馬克斯[4]的弔詭方式，他明明想跟這女人上床，卻又因為覺得這女人太隨便，而不想加入這女人的「俱樂部」，不想跟她扯上關係。這整個心

態讓我沮喪至極，可是湯姆叫我別天真了，要是我真的愛丹尼爾，想贏得他的心，我就必須無視他，盡可能冷淡以待，態度疏離。

終於在午夜就寢，滿心困惑，可是夜裡被老爸的電話吵醒。

「當有人愛你，你的心就像有毛毯裹著，」老爸說，「然後當它被一把抽走……」老爸哭了出來。他從厄康伯利夫婦花園盡頭的奶奶公寓打電話來。老爸暫時借住那裡，懷抱希望地說：「直到事情解決了為止。」

我突然意識到一切都有了轉變，現在輪到我照顧父母，而不是由他們照顧我了。這感覺不自然又不對勁。我沒那麼老吧？

3 月 6 日星期一

56.2 公斤（非常、非常好——剛剛領悟到節食的祕密就是不去秤體重）。

可以拍板確定，這年頭，通往男人的心不是透過美色、食物、性愛或個性上的魅力，而是只要有能力表現出對他興趣缺缺。

---

[4] 格勞喬‧馬克斯（Groucho Marx, 1890-1977），美國知名喜劇演員，他曾說：「我拒絕隸屬於願意接受我成為俱樂部會員的俱樂部。」

整天在上班期間,完全不理會丹尼爾,假裝在忙工作(盡量不要笑出來)。未讀訊息一直在閃動,但我只是頻頻嘆氣、甩動頭髮,彷彿我是個風情萬種的大人物,承受了龐大壓力。到了一天末尾,我意識到,就像學校化學實驗室的奇蹟(磷、石蕊測試或類似的東西),這招果然起了效用。丹尼爾一直盯著我看,頻頻投來意味深長的眼神。最後,柏珮嘉一走出去,丹尼爾就路過我的辦公桌,停步片刻,然後喃喃說:「瓊斯,妳這個美人兒,怎麼理都不理我?」

我心中湧現一陣喜悅和深情,正準備脫口說出湯姆、茱德和小雪相互矛盾的理論,但幸好上天眷顧我,這時電話響了。我帶著歉意**翻翻**白眼,接起電話,接著柏珮嘉急急忙忙走過來,一屁股撞掉了桌上的一疊校樣,然後中氣十足說:「啊,丹尼爾。現在……」轉眼將他帶走。我真幸運,因為電話是湯姆打來的,他說我必須維持冰山美人的模樣,還給了我咒語,要我在軟弱下來的時候可以反覆唸誦。「高冷高冷、遙不可及的冰山美人;高冷高冷、遙不可及的冰山美人。」

3月7日星期二

59、58.1或59.4??公斤,酒0單位,菸20根,卡路里1500,刮刮樂6張(結果頗差)。

9 a.m. 啊啊啊。從半夜以來我怎麼可能多了1.4公斤?我上床的

時候是 59 公斤，4 a.m. 變成 58.1 公斤，等我起床的時候又變成 59.4 公斤。我可以理解重量下滑——可能蒸發掉，或是排出體外到馬桶裡——可是怎麼會增長？食物難道會跟其他食物起化學作用，加倍自己的密度和體積，然後固化成更沉重、密度更高的飽和脂肪？我看起來不會更胖。雖然我鈕扣扣得起來，但是，唉，我的八九年牛仔褲拉鍊卻拉不起來。所以也許我全身縮小了，但密度變得更高。似乎有種女性健美選手的味道，讓我湧現某種詭異的不適感。打電話給茱德抱怨節食失敗，她要我把入口的東西全部老老實實記下來，看看自己是否嚴格遵循節食計畫。清單如下：

早餐：十字香料甜麵包（史卡斯代節食法[5]——原本是全麥土司，稍作變化）；瑪式巧克力棒（史卡斯代節食法——原本是半個葡萄柚，稍作變化）

點心：兩根香蕉、兩顆西洋梨（換成水果餐，因為餓壞了，無法面對史卡斯代用紅蘿蔔當零嘴）。一盒柳橙汁（消脂的裸食節食法[6]）

午餐：帶皮烤馬鈴薯（史卡斯代蔬食節食法）以及鷹嘴豆泥（黑式節食法[7]——搭帶皮烤馬鈴薯沒問題，因為都是澱粉，早餐和點心都是鹼性食物，除了十字香料甜麵包和瑪式巧克力棒之外：小小脫軌）

晚餐：四杯酒，炸魚和薯條（史卡斯代節食法以及黑式節食法——形成蛋白質）；一份提拉米蘇；薄荷巧克力奧利奧泡泡餅（喝

醉了）。

我領悟到，只要想吃什麼，就可以輕鬆找到相應的節食法，不過節食法不能挑選跟混用，而是在選定之後就要從一而終，等我先吃完這個巧克力可頌就會這麼做。

3月14日星期二

災難。徹底的災難。因為湯姆的冰山美人理論大獲成功而興奮難抑，結果我開始往茱德的理論傾斜，再次主動發訊息給丹尼爾，要他放心，說我信得過他，說我不會變得很黏人，沒有正當理由時也不會亂發脾氣。

上午過半的時候，冰山美人和《男人來自火星，女人來自金星》結合得如此成功，我站在咖啡機旁邊時，丹尼爾朝我走來，並說：「下個週末要不要一起到布拉格去？」

「什麼？呃哈哈哈哈，你是說這個週末之後的那個週末？」

---

[5] 史卡斯代節食法（Scarsdale Diet）是高蛋白、低碳、低脂、低卡路里的減重節食法，旨在十四天之內快速減重。
[6] 裸食節食法（Raw-food diet）以天然、無加工的蔬果生食為主，加上不破壞食物的營養和酵素的低溫烹調。
[7] 黑式節食法（Hay Diet）：美國醫生威廉・豪爾・黑（William Howard Hay）認為身體酸化是所有疾病的根本，因此將食物分成鹼性食品（蔬菜、水果）、中性食品（全穀類等）和酸性食品（肉類等），並宣揚「分離式飲食」的概念，以便追求體內酸鹼平衡。

「對,下個週末。」他說,鼓勵中帶有微微高人一等的感覺,彷彿正在教我怎麼說英文。

「噢噢噢,好啊,麻煩了。」我說,興奮之中忘了冰山美人的咒語。

下一次他過來的時候,問我想不想到附近吃中餐。我們約好在辦公大樓外面碰頭,免得有人起疑,這一切都令人亢奮,如此隱密,直到他在我們一起走向酒吧的時候,說:「聽著,小琪,真的很抱歉,我搞砸了。」

「為什麼?什麼?」我說,在我說話的時候,邊說邊想起了老媽,納悶我是不是應該說,「請再說一遍?」

「下個週末我去不了布拉格了。我不知道我之前在想什麼。不過,也許我們可以找別的時間去。」

我的腦袋裡警報大作,有個巨大的霓虹燈開始閃動,中間是雪倫的腦袋,喊著:「情感操弄,情感操弄。」

我在人行道上站定不動,抬頭怒瞪著他。

「怎麼了?」他說,一臉興味。

「我受夠你了,」我憤慨地說,「你頭一次試著解開我裙子的時候,我已經明確告訴過你,我對情感操弄沒興趣。你繼續對我打情罵俏,跟我上床之後連一通電話也沒打來,想要假裝整件事從未發生,這種做法爛透了。你之前邀我去布拉格,是不是只是想

確保只要你想要,我就會跟你上床?好像我們在某種階梯上?」

「什麼階梯?小琪?」丹尼爾說,「哪種階梯?」

「閉嘴啦,」我忿忿地說,「跟你就是變來變去,捉摸不定。要不是跟我約會、好好對我,不然就少來煩我。就像我說的,我對情感操弄沒興趣。」

「妳這一週的表現又怎麼說?一開始完全不理我,像是某種希特勒青年團的高冷美人,然後又變成令人難以抗拒的性感小貓,越過電腦看著我,不是『咱們上床去』,而是『咱們直接來』的眼神,然後轉眼又變成了咄咄逼人的傑瑞米・派克斯曼[8]。」

我們直直盯著對方,就像大衛・艾登堡[9]的節目裡,兩頭非洲動物開始決鬥之前的反應。然後丹尼爾突然轉身,朝酒吧走去,丟下我目瞪口呆,踉踉蹌蹌走回辦公室。我衝進廁所,鎖上門並坐下來,瘋狂地盯著門板。噢天啊。

5 p.m. 嘿嘿。我超棒的,我對自己非常滿意。在紅色咖啡館跟雪倫、茱德、湯姆開了個高層下班後危機會議,他們對丹尼爾事件的結果都很滿意,各個深信都是因為我遵循了他們的建言。茱德也在廣播上聽到一個問卷調查,說到了千禧時代之交,有三分之一的家戶都會是單身,由此終於證明我們不是可悲的怪胎。小

---

[8] 傑瑞米・派克斯曼(Jeremy Paxman, 1950-),英國廣播員、新聞工作者與作家。
[9] 大衛・艾登堡(David Attenborough, 1926-),英國自然科學家,也是英國 BBC 自然科學頻道著名的金牌主持人。

雪哈哈笑並說:「三個裡就有一個?說十個裡有九個還差不多。」雪倫堅持,男人——顯然除了眼前的同伴(也就是湯姆)之外——說來悲慘,毫無進化的跡象,應該讓女人豢養當作滿足性慾的寵物,因為到時會把男人放在屋外的狗屋裡,所以不算是共享一個家戶。總之,感覺充滿了力量,太棒了。考慮來讀點蘇珊‧法露迪的《反挫》。

5 a.m. 噢,丹尼爾的事情讓我好難過。我愛他。

3月15日星期三

57.2公斤,酒5單位(丟臉:撒旦的尿),菸14根(撒旦的大麻——等生日的時候會戒掉),卡路里1795。

哼。醒來了而且受夠了。除此之外,再兩週就要過生日了,到時必須面對這個事實:一年又過去了,在這期間大家都變成了沾沾自喜已婚人士,孩子一個接一個蹦出來,動作飛快,賺進幾十萬英鎊,進入了機構核心,而我還茫茫然找不到方向,沒有男友,快速經歷了失能的關係和專業上的停滯。

發現自己時時在鏡子裡尋找皺紋,瘋狂閱讀《哈囉!》[10],查詢每個人的年紀,急著想找效法的模範(珍‧西摩兒[11],42歲!),抗拒那種長期揮之不去的恐懼:妳三十多歲的某一天,會突然無預警地穿起寬鬆的普綸[12]洋裝,提著購物袋,一頭極捲髮,臉皮

就像電影特效那樣垮下來，這樣就完了。試著專注在喬安娜‧拉姆利和蘇珊‧莎蘭登上。

我也擔心要怎麼慶祝生日。礙於公寓的大小跟銀行存款，沒辦法舉辦正式的派對。也許來個晚餐聚會？但生日當天就必須做牛做馬，到時就會忍不住痛恨出席的客人。也可以到外頭聚餐，可是要叫大家平攤費用，自私地擅自強迫他人花大把鈔票度過無聊的夜晚，只是為了慶祝自己的生日，又覺得有罪惡感——但又沒能力替每個人出錢。噢，天啊。該怎麼辦？真希望當初沒出生，而是以類似耶穌但不是完全相同的方式，奇蹟似地直接現身在世界上，這樣就不會有所謂的生日了。對耶穌感到同情，因為這兩千年來祂一定（或許也應該）覺得很尷尬，因為社會將祂的生日強推給全球的大片區域。

午夜。對生日有了很好的構想。打算邀大家過來喝個調酒，以顯赫的社交名媛之姿招待賓客，也許可以喝「曼哈頓」[13]。如果之後有人想去吃晚餐，欸，這也沒問題……話說回來，我不確定什麼是「曼哈頓」。但也許可以去買本雞尾酒專書，也可能不會買，老實說。

---

[10] 《哈囉！》（Hello!）是英國美容時尚雜誌，提供關於名人和王室的報導。
[11] 珍‧西摩兒（Jane Seymour, 1951），英國演員，成名作為電影《似曾相識》和電視劇《荒野女醫情》。
[12] 普綸（crimplene）是一種不易起皺的人造布料。
[13] 曼哈頓（Manhattan）是一份香艾酒、兩份威士忌、一匙的苦精調製而成的調酒。

3月16日星期四

57.6 公斤，酒 2 單位，菸 3 根（很好），卡路里 2140（可是主要是水果），花在列派對賓客表的時間：237 分鐘（差勁）。

　　我　　小雪
　　茱德　　卑鄙李察
　　湯姆　　傑若姆（噁）
　　~~麥可~~
　　瑪格妲　　傑瑞米
　　西蒙
　　蕾蓓嘉　　無聊鬼馬丁
　　沃妮　　科斯莫
　　喬安娜
　　丹尼爾？柏珮嘉？（咿）還有雨果？

噢，不，噢，不，我該怎麼做？

3月17日星期五

剛打電話給湯姆，他非常睿智地說，「那是妳的生日，妳應該只邀自己想邀的人。」

所以我只打算邀下面這些：

小雪

茱德

湯姆

瑪格妲　傑瑞米

——然後親自下廚煮給大家吃。

回電給湯姆跟他說這個計畫,他說:「傑若姆呢?」

「什麼?」

「還有傑若姆吧?」

「我還以為,就像我們聊過的,我只邀自己⋯⋯」我越說越小聲,意識到如果我說出「想要」,那就表示我並不「想」,也就是不「喜歡」湯姆那個令人難以忍受、裝模作樣的男朋友。

「噢!」我說,瘋狂地矯枉過正,「你是說你的傑若姆嗎?當然會邀傑若姆啊,會啦,傻瓜。當然!可是你想如果不約茱德的卑鄙李察可以嗎?還有富家女沃妮——雖然她上星期邀我去參加她的生日派對?」

「我不會說出去的。」

我跟茱德說誰要來參加時,她快活地說:「噢,所以要攜伴參加嗎?」那就表示卑鄙李察也得約。既然算起來不只6個人了,我必須邀麥可。這個嘛,9個人也可以啦。10個呢,也不會有事的。

接著雪倫打電話來。「真希望我沒說溜嘴。我剛剛遇到蕾蓓嘉，問她會不會參加妳的生日派對，她一臉很不高興。」

噢，糟糕，我現在還得邀蕾蓓嘉和無聊鬼馬丁了。可是那就表示我也得邀喬安娜。幹。幹。我都說我要下廚了，總不能突然宣布要改到餐廳去，不然我會顯得偷懶又小氣。

噢，老天。剛剛回到家，答錄機裡有沃妮留的冰冷不悅的訊息。

「我跟科斯莫想知道，妳今年生日想要什麼禮物。麻煩回電給我們一下？」

這時我領悟到，今年生日我要下廚餵飽 16 個人。

3 月 18 日星期六

56.7 公斤，酒 4 單位（受夠了），菸 23 根（非常、非常差，尤其是在兩個小時內抽完），卡路里 3827（噁心）。

2 p.m. 哼。這正是我最不需要的。老媽一頭闖進我的公寓，神奇地將上週「整個夏天都在唱歌的蚱蜢危機」拋到腦後。

「我的老天，親愛的！」老媽喘著氣說，快步穿過我的公寓，直直往廚房走來。「妳這週過得很不順還是怎樣？氣色好差，看起來差不多有九十歲。總之，猜猜怎樣，親愛的。」她說，轉過身

來,提著水壺,先謙遜地垂下視線,再抬起目光,像邦妮‧蘭福德[14]準備開始跳一套踢踏舞那樣露出燦爛的笑容。

「什麼?」我沒好氣地嘟噥。

「我找到電視主持人的工作了。」

我要出門血拼。

3月19日星期日

56.2公斤,酒3單位,菸10根,卡路里2465(可是主要是巧克力)。

萬歲。對生日有了全新的正面觀感。這陣子跟茱德聊到她目前正在讀的書,關於原始文化的慶典和成年禮,感覺快樂安詳。

覺得公寓太小,無法招待19個客人;好懶得把生日這天時間花在下廚上,寧可好好打扮一番,讓擁有高額度金卡的性感男神帶到高檔餐廳去──我意識到這種想法淺薄有誤。我要把朋友們想像成一個龐大溫暖的非洲家族,或者是土耳其家族。

---

[14] 邦妮‧蘭福德(Bonnie Langford, 1964-),英國演員、歌手、舞者,早在70年代便以童星身份走紅。

我們的文化太執著於外貌、年齡和階級。愛才是最重要的。這19個人是我朋友；他們希望我歡迎他們來到我家慶祝生日，懷著深情，享受簡單的療癒食物——不是來批評的。我打算為大家烤牧羊人派[15]——英國家常菜。這會是個精彩溫暖、第三世界風格的民族家族派對。

3月20日星期一

57.2公斤，酒4單位（為了培養情緒），菸27根（戒菸前的最後一天），卡路里2455。

決定供應牧羊人派，加上炭烤比利時苦苣沙拉，法國洛克福乳酪加鹽醃肉條，煎脆的辣味香腸；為了加點時髦的感受（以前沒試過，但肯定滿簡單的），每人會有一份香橙舒芙蕾。非常期待生日那天的到來。期待在大家的眼中成為厲害的廚子和女主人。

3月21日星期二：生日

57.2公斤，酒9單位*，菸42根*，卡路里4295*。
* 如果不能在生日的時候放縱一下，更待何時？

---

[15] 烤牧羊人派（shepherd's pie）是肉派的一種，有多種變化。肉類剁碎後，加入蔬菜拌炒，最後抹上厚厚的馬鈴薯泥並加以烘烤。

6:30 p.m. 無以為繼了。剛剛穿著新的低跟黑色麂皮鞋，踩到了一鍋馬鈴薯泥。鞋子的品牌是 Pied A Terre（腳貼地），說是 Pied-à-pomme-de-terre（腳在馬鈴薯裡）還差不多；忘了廚房地板和檯面上全都放滿了餡料和馬鈴薯泥。已經 6:30 了，我得到庫倫斯超市買香橙舒芙蕾的材料，還有其他忘記準備的東西。噢，我的天──突然想到那管避孕凝膠可能放在洗手檯邊邊。一定要把令人難為情、土里土氣的松鼠圖案儲藏罐，還有傑米寄來的生日賀卡藏起來；卡片正面有小綿羊的圖片，寫著「生日快樂，猜猜哪隻是妳？」然後卡片裡頭是「妳就是已經越過山丘[16]那一隻。」真是的。

時程表：

6:30 出門購物。

6:45 帶回遺忘的生鮮雜貨。

6:45-7:00 將牧羊人派組合起來，放進烤箱（噢，天啊，希望塞得進去）。

7:00-7:05 準備香橙舒芙蕾（其實想要現在先喝點香橙干邑。今天畢竟是我生日。）

7:05-7:10 嗯嗯。香橙干邑真好喝。檢查盤子和餐具，看看有沒有洗得太隨便的痕跡，排成迷人的扇子造型。啊，一定也要買紙巾（還是應該說是餐巾？永遠記不得哪種說法比較普遍）。

7:10-7:20 打掃乾淨，將家具推去靠牆。

---

[16] Over the hill 字面意思是越過山丘，延伸意義是過了顛峰期，漸走下坡，年老不中用的含意。

7:20-7:30 處理鹽醃肉條菊苣沙拉、煎脆辣味香腸。

最後只剩半小時的空檔可以打扮，所以不需要恐慌。一定要來根菸啊啊啊，再 15 分鐘就 7 點了。怎麼會這樣？啊啊啊。

7:15 p.m. 剛剛購物回來，發現忘了買奶油。

7:35 p.m. 幹，幹，幹。牧羊人派還在鍋子裡，擺滿整個廚房地板，而且我還沒洗頭髮。

7:40 p.m. 噢，老天，剛剛要找鮮奶，結果發現我把那個購物袋留在店裡了。裡頭還有雞蛋。那就表示……噢，老天，還有橄欖油……所以沒辦法做那個菊苣沙拉了。

7:40 p.m. 嗯嗯。最棒的計畫肯定就是拿著一杯香檳進浴室，好好打扮。至少如果我看起來不錯，可以在大家到齊以後繼續下廚，搞不好還可以叫湯姆去跑跑腿，張羅那些漏掉的材料。

7:55 p.m. 啊啊啊。門鈴響了。我穿著胸罩和內褲，頭髮濕答答。滿地都是派。突然討厭起客人來。前前後後辛苦了兩天，現在他們全都會湧進來，像布穀鳥一樣，咕咕叫著討東西吃。真想打開門大吼：「噢，回家吃自己啦！」

2:00 a.m. 情緒激動。在門口的是拿著一瓶香檳的瑪格姐、湯姆、小雪和茱德。他們要我快點打扮好。我把頭髮吹乾、穿好衣服的時候，他們已經幫忙將廚房打理乾淨，扔掉牧羊人派。原來瑪格

姐在 192 餐廳訂了個大桌,要大家直接去那邊會合而不是來我的公寓,他們都帶著禮物在那裡等著,打算請我吃晚餐。瑪格姐說,他們有種幾乎令人發毛的詭異第六感,就是香橙舒芙蕾和鹽醃肉條菊苣沙拉不會成功。愛死這些朋友了,不管哪一天都比綁著奇怪頭巾的土耳其大家族更好。

對:為了新的一年,要重擬新年新志向,加進底下這些——

我會
不要這麼神經質,怕東怕西。

我不會
再跟丹尼爾‧克利弗上床或注意他的動向。

4月／内在安定
Inner Poise

4月2日星期日

57.2公斤,酒0單位(太棒了),菸0根,卡路里2250。

我在一篇文章裡讀到,凱薩琳・泰南[1]——已逝肯尼斯的過世妻子——她寫作的時候會做好完美的裝扮,坐在房間中央的小桌前,一面啜飲冰鎮的白酒。要給柏珮嘉的新聞稿遲交的時候,凱薩琳・泰南不會穿著外出服,害怕地躲在棉被底下,菸一根接一根抽,用高腳大酒杯猛灌冰過的清酒,歇斯底里地將彩妝當成拖延用的替代活動。凱薩琳・泰南不會隨著丹尼爾・克利弗起舞,他想上床就配合他,而他卻不把她當女友。凱薩琳・泰南也不會喝酒過量到嘔吐。真希望可以像凱薩琳・泰南那樣(不過我想效法的並不是「她死了」這一點)。

近來,不管什麼事情有失控的可能,我就會反覆唸誦「內在安定」這個詞,想像自己穿著白亞麻衣服,坐在擺放鮮花的桌子邊。「內在安定。」到現在我已經六天沒抽菸了,三個星期以來以有尊嚴的傲慢態度面對丹尼爾,既沒發訊息,也沒打情罵俏,或是跟他上床。上星期只喝了三單位的酒,這是我不情不願對湯姆做出的讓步,因為湯姆抱怨說,跟擺脫惡習的我共度一個晚上,就像跟蛾螺、扇貝或其他鬆軟的海洋生物共進晚餐。

我的身體是一座聖殿。我納悶就寢時間是不是到了?噢,不,竟

---

[1] 凱薩琳・泰南(Kathleen Tynan, 1937-1995),出生於加拿大的英國記者及作家,第二任丈夫為劇場評論家和作家肯尼斯・泰南(Kenneth Tynan, 1927-1980)。

然才 8:30。內在安定。噢,有電話。

9 p.m. 是老爸,斷斷續續地用古怪的語氣說話,彷彿是外星人戴立克[2]。

「布莉琪,把妳的電視轉到 BBC1 台。」

我轉著電視頻道,驚恐地踉蹌一下。這是《安和尼克節目》[3]的預告片,在那裡,老媽在一個方塊框框裡,停格在螢幕上,就在沙發上的安和尼克之間,髮型華麗、上了彩妝,彷彿是該死的凱蒂・波伊[4]之類的人。

「尼克。」安語氣快活地說。

「……我們要介紹新的春季時段,」尼克說,「『突然單身』——這是越來越多女性面臨的困境,安。」

「而且要介紹全新的主持人,潘姆・瓊斯,」安說,「『突然單身』也是她親身的經歷,這是她的電視首作。」

安正在講話的時候,老媽在方塊裡解除定格,動了起來,方塊朝著螢幕前側呼咻飛來,遮去了安和尼克,呈現老媽將一支麥克風

---

[2] 戴立克(dalek)是英國科幻電視劇《Doctor Who》(譯為《超時空奇俠》或《奇異博士》)——聲音怪異、仇外的變種外星人。
[3] 節目全名為 Good Morning with Anne and Nick,這個英國的日間脫口秀節目共播出四季,從 1992 持續到 1996 年。
[4] 凱蒂・波伊(Katie Boyle, 1926-2018),義裔英國演員,以破紀錄地主持四次《歐洲歌唱大賽》聞名。

塞到一個模樣害羞膽怯的女人鼻子底下。

「妳有沒有過自殺的念頭？」老媽中氣十足說。

「有。」膽怯的女人說著便哭了出來，此時畫面頓時定格，然後一翻轉，呼咻飛往螢幕一角，露出坐在沙發上、表情陰鬱的安和尼克。

老爸大受打擊。媽連要接下電視節目的主持工作都沒跟他說。看來老爸正在否認期，他說服自己，老媽只是碰上了老年危機，已經意識到離開他身邊是個錯誤，只是太尷尬而開不了口說要復合。

其實我全力贊同「否認期」。你大可以說服自己相信你選擇的任何情節，它會讓你快樂得不得了──只要你的前任伴侶不會突然出現在電視螢幕上，因為從跟你的婚姻出走而開創了職涯新局。我試著假裝那並不表示已經沒有復合希望，假裝老媽可能正在籌劃兩人的團圓，作為在這一連串風波之後的一個引人入勝的結局，但是這個想法根本站不住腳。可憐的老爸。我想老爸對朱力歐或那個稅務機關的男人一無所知。我問老爸是否希望我明天過去，星期六晚上我們可以好好吃頓晚餐，也許星期日可以一起散個步，可是老爸說他沒事。厄康伯利夫婦星期六晚上要為救生艇俱樂部辦一場老派英式晚宴。

4月4日星期二

現在我下定決心要克服這兩個問題：上班經常遲到；待辦托盤上的文件遲遲沒處理，文件裡塞滿查封官的威脅等等。決心開始用高效率工作術來啟動自我成長方案。

7 a.m. 秤體重。

7:03 a.m. 因為體重，生著悶氣回到床上。頭痛不適。睡不著也起不來。想到丹尼爾。

7:30 a.m. 受飢餓所迫，不得不下床。煮咖啡，考慮吃葡萄柚。解凍巧克力可頌。

7:35-7:50 a.m. 望出窗外。

7:55 a.m. 打開衣櫥，盯著衣服。

8 a.m. 選擇襯衫。試著找出黑色萊卡迷你裙。為了找裙子，將衣櫥底部的衣服拉出來，**翻**找抽屜，在臥床椅子後面搜尋，在熨燙衣物籃裡撈找，在髒桌布床單籃裡尋覓。裙子下落不明。為了逗自己開心，抽了菸。

8:20 a.m. 乾刷皮膚去角質（消脂），泡澡和洗頭。

8:35 a.m. 開始挑選內衣褲。面臨累積太多衣物沒洗的危機，表示只剩下白色棉質大內褲，太沒吸引力，不予考慮，連上班也不適合穿去（會造成心理創傷）。回頭去**翻**熨燙衣籃。找到小到不

4月／內在安定 | 107

適穿的黑色蕾絲內褲——穿起來刺刺的,但總比恐怖的巨型高腰內褲好。

8:45 a.m. 開始穿黑色半透明絲襪。第一雙好像縮水了——褲襠只能拉到膝蓋上方三吋那裡。換一雙穿,可是腿背那裡破了洞,只好丟掉。突然想起上次帶丹尼爾回家,就穿著那件萊卡迷你裙。走到客廳去,得意地在沙發的椅墊之間找到了裙子。

8:55 a.m. 回去穿絲襪。第三雙只有腳趾那裡有破洞。穿上去之後,那個洞變成了階梯,從鞋子裡很明顯地露出來。回到熨燙衣物籃,找到最後一雙黑色不透明絲襪,扭成了繩子般的物體,上面沾了衛生紙屑。解開糾纏的絲襪,清掉衛生紙。

9:05 a.m. 現在穿好絲襪,加上裙子。開始熨燙襯衫。

9:10 a.m. 突然意識到頭髮乾成了奇怪的形狀。尋找梳子。在手提袋裡找到。吹整頭髮,但作用不大。只好噴了點植萃噴霧,再多吹一陣子頭髮。

9:40 a.m. 回頭去熨燙襯衫,在襯衫前側發現頑強的汙漬。其他可以穿的襯衫都是髒的。時間緊迫,驚慌起來。嘗試洗掉汙漬。現在整件襯衫都浸濕了。只好用熨斗烘乾。

9:55 a.m. 現在遲到滿久的。在絕望之中,花五分鐘抽了根菸、閱讀度假小冊,讓自己平靜下來。

10 a.m. 試著找出手提包。手提包消失了。決定看看郵件裡有沒

有什麼好東西。

10:07 a.m. 只收到了信件,提醒信用卡最低金額尚未繳清。試著回想自己原本想找什麼。重新開始尋找手提包。

10:15 a.m. 現在大遲到。突然想起找梳子的時候,手提包就在臥房,可是還是找不到。最後在衣櫥拉出來的那堆衣服下面找到。將衣服收回衣櫥。穿上外套,準備出門。結果找不到鑰匙,氣呼呼地在屋裡到處搜尋。

10:25 a.m. 在手提袋裡找到鑰匙。意識到忘了梳子。

10:35 a.m. 出門。

從醒來到出門,總共耗時三個鐘頭又三十五分,實在太久了。以後一醒來就要立刻起床,還要改革整個洗衣系統。翻開報紙讀到美國一個被判有罪的謀殺犯,深信執法當局在他的臀部植入晶片,以便監測他的活動。想到自己的臀部裡有類似的晶片,就覺得恐怖,尤其在早上的時候。

4月5日星期三

59.7公斤,酒5單位(茱德的錯),菸2根(人之常情——不代表又開始抽菸了),卡路里1765,刮刮樂2張。

今天跟茱德說到「內在安定」的概念,有趣的是,她說她最近正

在讀一本關於禪的勵志書。她說，當你看著人生，會發現禪可以應用在任何事情上——禪和購物的藝術，禪和購屋的藝術等等。她說重點在於「心流」，而非「掙扎」。

比方說，如果你有問題或事情解決不了，不要勉強或生氣，你應該要放鬆，想辦法進入心流，一切都會水到渠成。茱德說，就像你的鑰匙遲遲開不了鎖，如果你使勁扭來扭去，狀況可能更糟，你先把鑰匙拔出來，稍微抹點唇蜜，然後憑著感覺試試看，成功了！可是不要跟雪倫提起這個概念，她覺得都是胡說八道。

4月6日星期四

跟茱德碰面靜靜喝個東西，再多聊一些心流的事，注意到有個熟悉的西裝身影，膚色黝深，深邃且立體的英俊五官，靜靜坐在角落吃晚餐：是瑪格姐的老公傑瑞米。我對他揮揮手，看到他臉上掠過驚恐表情的瞬間，我立刻望向他的同伴（a）不是瑪格姐（b）不到三十歲（c）穿著我在 Whistles 時裝店試穿過兩次的套裝，因為價格太高，我不得不脫掉。該死的狐狸精。

我可以看出傑瑞米快速以「哈囉現在不要」的表情想要逃過一劫，那種表情同時認可跟妳之間親密長存的老友誼，但同時又擺明了這不是用親吻和深度聊天來確認友誼的時機。我正準備配合他一搭一唱，可是轉念一想，等一下！好姊妹！貨真價實！瑪格姐！如果瑪格姐的老公跟這個穿著我那件套裝的垃圾蕩婦共進晚

餐,沒什麼有愧良心的地方,他老早介紹我們認識了。

我換了個路線,刻意經過他那張餐桌,他正忙著跟那個蕩婦聊天,在我路過時抬起頭來,給我一抹堅定自信的笑容,彷彿在說「商務會議」。我給他的表情傳達了「你少來商務會議這一套」,然後昂首闊步往前走。

不過,我現在應該怎麼辦?噢,天啊,噢,天啊。要跟瑪格姐講嗎?還是不要跟瑪格姐說?要打電話給瑪格姐,問她一切是否都好嗎?要打電話給傑瑞米,問他是否一切都好嗎?還是打電話給傑瑞米,威脅說要告訴瑪格姐,除非他甩掉這個穿著我那件套裝的狐狸精?還是不要多管閒事?

想起禪、凱薩琳・泰南以及內在安定,我想起很久以前上過的瑜伽課,於是做了某個版本的拜日式,然後將注意力集中在自己身上,將心神聚焦於內在之輪,直到心流來到。然後我安詳地決定誰也不說,因為流言蜚語是會擴散的致命毒物。我會常常打電話給瑪格姐,多多陪伴她,要是出了狀況(憑著女性的直覺,她肯定會察覺),她自然會告訴我。然後,如果透過心流,我感覺這樣做是對的,我就會告訴她我看到了什麼。透過掙扎不會產出什麼有價值的東西;重點全部在於「心流」。禪和人生的藝術。禪。心流。嗯嗯嗯,可是如果不是透過心流,我又怎麼會巧遇傑瑞米跟那個廢物蕩婦呢?這當中到底有什麼意涵?

4月11日星期二

55.8公斤，酒0單位，菸0根，刮刮樂9張（不能再這樣下去了）。

瑪格姐和傑瑞米的狀況看起來滿正常的，所以也許真的只是一場商務會議。也許禪和心流的概念是正確的，因為藉由放鬆以及依隨脈動走，我做對了事情。受邀下星期到艾薇餐廳參加文壇眾星雲集的《卡夫卡的機車》新書發表會。我下定決心要改善社交技巧，懷抱信心，從派對中受益——有如我讀過的雜誌文章指導的那樣，而不是對嚇人的派對心生恐懼，從頭到尾驚慌失措，最後酒醉又沮喪地回到家。

《紐約客》總編輯蒂娜·布朗在派對上顯然如魚得水，周旋於各個團體之間，說著：「馬丁·艾米斯！納爾遜·曼德拉！李察·吉爾！」使用的語調立刻暗示：「我的天，我這輩子從沒見過這麼令我著迷的人！除了你之外，你在這場派對上遇過更耀眼的人嗎？聊吧！聊吧！一定要建立人脈！掰！」真希望像蒂娜·布朗那樣長袖善舞，不過工作上不必像她那麼拚命。

那篇文章充滿了實用的訣竅。在派對上，人永遠不應該跟任何人聊超過兩分鐘。時間一到，你只要說，「我想我們應該多走動走動。很高興認識你。」然後拍拍屁股離開。如果你問起對方的工作，對方回答「殯葬業」或「我在兒童撫養單位工作」，而你不知道該說什麼，你只要問「你喜歡這份工作嗎？」就好。介紹別

人互相認識時,體貼地加進關於每個人的一兩個細節,這樣對方就有個聊天的起點。比方說,「這位是約翰——他從紐西蘭來,喜歡玩風浪板。」或是「吉娜很喜歡玩高空跳傘。平時住在駁船上。」

更重要的是,去參加派對時一定要先訂好清楚的目標:不管是要「建立人脈」,拓展人際網絡,以便提升自己的事業;跟特定的人結交朋友;或只是「談定」一筆大交易。過去我參加派對的唯一目標,就是不要喝太醉,我現在明白自己錯在哪裡了。

4月17日星期一

56.2公斤,酒0單位(很好),菸0根(很好),刮刮樂5張(但贏了2英鎊,所以花在刮刮樂上的錢總共只有3英鎊)。

好。明天就是《卡夫卡的機車》的活動。打算訂出一套清楚的目標。等一下。先看一下廣告,然後要打電話給茱德。

好。

(1)不要喝太醉。
(2)目標是認識人並建立人脈。

嗯嗯嗯。總之,晚點再多想一些出來。

11 p.m. 好。

(3)把文章裡提到的社交技巧付諸實行。
~~(4)讓丹尼爾認為我有內在安定，然後想跟我再續前緣。不行。不行。~~
~~(4)認識性感男神並跟他上床。~~
(4)在出版業界建立有趣的人脈，甚至認識其他行業的人，以便找到新事業。

噢，天啊。不想去參加可怕的派對。想待在家裡喝一瓶酒配電視劇《東區人》。

4月18日星期二

57.2公斤，酒7單位（老天），菸30根，卡路里（想到就無法忍受），刮刮樂1張（棒極了）。

去參加派對才起步就不順利，看不到認識的人可以幫忙介紹。替自己找了杯酒，然後看到柏珮嘉正在跟《電訊報》的詹姆士講話。我自信滿滿朝柏珮嘉走去，準備採取行動，但我遲遲沒機會說：「詹姆士，我是北安普敦郡來的布莉琪，熱愛體操運動。」（我很快就會開始再去健身房運動）。柏珮嘉只是繼續聊天──遠遠超過兩分鐘的指標──理都不理我。

我在附近徘徊了一下，覺得自己像個笨蛋，然後看到行銷部的西

蒙。我狡猾地假裝自己完全無意加入柏珮嘉的對話，目標明確地朝西蒙走去，準備用蒂娜・布朗的風格說：「西蒙・巴內特！」不過，我快走到那裡的時候卻注意到，遺憾地，行銷部的西蒙正在跟作家朱利安・巴恩斯講話。我懷疑自己可能沒辦法以必要的歡樂態度和語調，成功喊出「西蒙・巴內特！朱利安・巴恩斯！」於是猶豫不決地流連不去，然後開始悄悄走開，就在這時西蒙卻用高人一等的心煩語調（有趣的是，他在影印機旁邊想跟妳來一腿的時候，妳絕對不會聽到他用這種語氣講話）說：「妳想要什麼嗎？布莉琪？」

「啊！對了！」我說，對於自己可能想要什麼感到手足無措，「嗯哼。」

「是？」西蒙和朱利安滿懷期待看著我。

「你知道廁所在哪裡嗎？」我脫口就說。可惡。可惡。為什麼？我為什麼要那樣說？我看到一抹淡淡的笑容徘徊在朱利安・巴恩斯細薄但迷人的嘴唇上。

「啊，其實我想就在那邊。太好了，謝啦。」我說，往出口走去。走出旋轉門之後，我癱靠在牆上，想把呼吸順回來，心裡想著：「內在安定、內在安定。」到目前為止並不特別順利。真的。

我惆悵著望著樓梯。回家換上睡衣並打開電視，這個念頭似乎開始變得迷人到難以抗拒。不過，想起派對目標，我透過鼻子深吸一口氣，喃喃說著「內在安定」，推開雙門回到派對裡。柏珮嘉

還在門邊，跟她那兩位可怕的朋友，佩吉和艾拉貝拉聊天。

「啊，布莉琪，」柏珮嘉說，「妳要去拿喝的嗎？」然後遞出她的杯子。我帶著三杯酒和一瓶沛綠雅回來的時候，她們正聊得欲罷不能。

「我不得不說，我覺得太可恥了。如今整個世代的人只透過電視來認識偉大的文學作品——奧斯汀、艾略特、狄更斯、莎士比亞等等的。」

「唔，對啊。真荒唐。罪大惡極。」

「絕對的。他們拿著遙控器在《諾亞的家宴》和《盲目約會》[5]兩個節目之間轉來轉去，當真以為自己看到的就是奧斯汀或艾略特。」

「《盲目約會》在星期六喔。」我說。

「什麼？」柏珮嘉說。

「是每個星期六。《盲目約會》在每星期六的 7 點 15 分播出，在《角鬥士》[6]之後。」

「所以呢？」柏珮嘉輕蔑地說，朝艾拉貝拉和佩吉使使眼色。

---

[5] 《諾亞的家宴》（Noel's House Party）是 1991-1999 年在 BBC1 播映的綜藝節目，場景設在一個虛構小鎮的大宅裡，邀請不少名人作為來賓。《盲目約會》（Blind Date）則是 1989-2003 年在 ITV 播映的約會遊戲節目。
[6] 《角鬥士》（Gladiator）是英國 ITV 在 1992-2000 年間播出的遊戲競技節目。

「那些重要文學改編的作品通常不會在星期六晚上播出。」

「噢,看,是馬克耶。」佩吉打岔。

「噢,老天,真的,」艾拉貝拉說,一雙小眼放光,「他離開他老婆了,對吧?」

「我的意思是,在文學傑作播出的期間,別台沒有跟《盲目約會》一樣精彩的東西在播映,所以我想不會有很多人一直在頻道間轉來轉去。」

「噢,妳覺得《盲目約會》精彩是嗎?」柏珮嘉鄙夷地說。

「對,非常精彩。」

「《米德鎮的春天》[7]本來是一本書,不是一齣肥皂劇,布莉琪,這妳知道吧?」

柏珮嘉有這種表現時,真的很討厭。愚蠢的老王八蛋。

「噢,我還以為是肥皂還是洗髮精的品牌呢。」我說,鬱悶地抓起一把服務生捧著經過的烤肉串,塞進嘴裡。抬起頭就看到深色頭髮的西裝男人正站在我面前。

「哈囉,布莉琪。」他說。我險些張開嘴巴,讓肉串全部掉出來。

---

[7]《米德鎮的春天》(Middlemarch)是英國19世紀女作家喬治・艾略特(George Eliot, 1819-1880)於1874年出版的小說。

是馬克‧達西,但沒穿那件法蘭‧克波[8]風格的方塊圖案毛衣。

「哈囉。」我說,滿嘴食物,試著不要恐慌。然後想起那篇文章,於是轉向柏珮嘉。

「馬克,柏珮嘉是⋯⋯」我開始說,然後停頓,一時僵住。要說什麼才好?說柏珮嘉是個大胖子,老是對我頤指氣使?馬克非常有錢,前妻來自生性殘忍的民族?

「嗯?」馬克說。

「⋯⋯是我老闆,要在富勒姆路上買房子。馬克是,」我說,心急如焚地轉向柏珮嘉,「是頂尖的人權律師。」

「噢,哈囉,馬克,我知道你,當然了。」柏珮嘉語氣過分熱情,彷彿她是《非常大酒店》[9]裡的女演員普茹內拉‧史凱爾[10],而他貴為愛丁堡公爵。

「馬克,嗨!」艾拉貝拉說,使勁撐大眼睛,用自以為非常迷人的方式眨眨眼。「好久沒碰到你了,在大蘋果那邊過得如何?」

「我們剛剛正在聊文化的階層結構,」柏珮嘉元氣十足地說,「有些人認為螢幕一回到《盲目約會》的時刻,可以跟奧賽羅那段『將我的靈魂從天堂拋下』的獨白相比,而布莉琪就是其中一人。」

---

[8] 法蘭‧克波(Frank Bough, 1933-2020),英國電視節目主持人。
[9] 《非常大酒店》(*Fawlty Towers*)是 1975-1979 年在英國 BBC2 播出的情境喜劇。
[10] 普茹內拉‧史凱爾(Prunella Scales, 1932-),英國女演員。

她說完便哈哈大笑。

「啊，那麼布莉琪顯然就是頂尖的後現代主義者。」馬克・達西說。「這位是娜塔莎，」他邊說邊指著身旁那位高䠷纖瘦的女子，「娜塔莎是頂尖的家事法訴訟律師。」

感覺他在捉弄我。該死的傢伙。

「我不得不說，」娜塔莎說，面帶會意的笑容，「對於經典，我總覺得應該強迫大家先證明自己讀過原作，然後才能去看電視改編的版本。」

「噢，我滿同意的，」柏珮嘉說，又大笑了好幾回，「這點子也太妙了！」

我可以看出她在腦海裡把馬克・達西和娜塔莎，跟她那群臭氣相投的朋友排在同張桌子吃晚餐。

「他們應該拒絕讓任何人聽世界盃主題曲，」艾拉貝拉高呼，「直到他們可以證明自己聽過一整齣《杜蘭朵公主》！」

「雖然就很多層面來看，當然，」馬克的娜塔莎說，突然真誠起來，彷彿擔憂對話走錯了方向，「我們文化的大眾化是件好事——」

「除了布拉比先生[11]之外，他應該一出生就被戳破。」柏珮嘉尖聲說。我不由自主望向柏珮嘉的肥臀，心想：「她這樣說還真諷

刺。」我逮到馬克‧達西也做了同樣的事。

「不過,我厭惡的是——」娜塔莎一臉抽搐扭曲,彷彿正在牛津劍橋大學的辯論社裡發言,「——是這個,這種傲慢的個人主義,想像每個世代都可以重新創造世界。」

「可是那就是他們會做的事。」馬克‧達西柔聲說。

「噢,這個嘛,我是說如果你想拉到那種層次來看的話……」娜塔莎帶著戒心說。

「什麼層次?」馬克‧達西說,「那不是層不層次的問題,那是個很好的觀點。」

「不,不,抱歉,你根本就是刻意裝遲鈍,」娜塔莎說,臉紅了起來,「我講的不是那種自由流動、解構主義的新穎遠見。我講的是文化框架的終極破壞。」

馬克‧達西一副就要爆笑出聲的樣子。

「我的意思是,如果你想走的是矯揉造作、道德相對主義、認為『《盲目約會》很精彩』那樣的路線……」娜塔莎說,朝我的方向拋出憤恨的神情。

「我沒有,我只是真心喜歡《盲目約會》,」我說,「雖然我覺得,

---

[11] 布拉比先生(Mr Blobby)是《諾亞的家宴》裡的一個角色,外型圓胖,充氣的粉紅身軀散布著黃色圓點,永遠咧嘴笑著,綠色眼珠晃來晃去。

如果製作單位讓那些被選中的人用自己的話回答問題,而不是朗讀那些預先擬好、滿是雙關語和性暗示的蠢答案,會比較好。」

「絕對的。」馬克打岔。

「不過,我受不了《角鬥士》,讓我覺得自己好胖,」我說,「總之,很高興碰到你們,掰了!」

我正站著等服務生拿我的外套來,想著穿或沒穿方塊圖紋毛衣竟然會讓某人的吸引力天差地別,這時感覺有一雙手輕輕搭上我的腰。

我轉過身去。「丹尼爾!」

「瓊斯!妳怎麼這麼早就要開溜?」他湊過來吻我。「嗯嗯嗯,妳的味道真好聞。」然後遞了根菸給我。

「不了,謝謝。我已經找到內在安定,戒菸了。」我說,用一種事先預設、溫順服從的妻子風格,暗暗希望跟丹尼爾獨處的時候,他不要這麼迷人。

「原來,」他嘻嘻笑,「內在安定,是嗎?」

「對,」我拘謹地說,「你剛剛在派對上嗎?我沒看到你。」

「我知道妳沒看到我。不過,我倒是看到妳了。在跟馬克・達西聊天。」

「你怎麼會知道馬克・達西?」我震驚地說。

「劍橋啊。受不了那個蠢書蟲,該死的婆婆媽媽。妳怎麼會認識他?」

「他是麥爾康‧達西和伊蓮‧達西的兒子,」我開始說,差點順口接著說:「你認識麥爾康和伊蓮啊,親愛的。我們住白金漢的時候,他們都會過來找我們──」

「誰啊?到底──」

「他們是我父母的朋友。我以前會跟他一起在充氣泳池裡玩。」

「嗯,打賭妳會,妳這個下流的小賤人,」丹尼爾低吼,「想一起吃晚飯嗎?」

內在安定,我告訴自己,內在安定。

「來嘛,布莉琪,」他說,誘人地朝我倚來,「我必須跟妳認真討論一下妳的襯衫,薄到天理不容。仔細一看,幾乎薄到透明的地步。妳有沒有想過,妳的襯衫可能患了⋯⋯飲食障礙症?」

「我等會要跟人碰面。」我絕望地低聲說。

「別這樣嘛,布莉琪。」

「不行。」語氣裡的堅定連我都訝異。

「可惜,」他柔聲說,「那麼星期一見了。」然後給我一個神情,那個表情下流到我好想追過去,大喊:「跟我上床!跟我上床!」

11 p.m. 剛剛打電話給茱德，跟她說了丹尼爾事件，也提到麥爾康‧達西和伊蓮‧達西的兒子，就是老媽和尤娜在火雞咖哩餐會上想幫我撮合的對象，沒想到這次出席派對時看起來這麼迷人。

「等等，」茱德說，「妳指的該不會是馬克‧達西吧？那個律師？」

「對。什麼——妳也知道他？」

「唔，對啊，我是說，我們跟他合作過啊。他人好得不得了，也很有魅力。我還以為火雞咖哩餐會的那個傢伙是個真正的怪咖。」

嗯哼。該死的茱德。

4月22日星期六

54公斤，菸0根，酒0單位，卡路里1800。

今天是個有歷史意義的歡喜日子。十八年來努力減重到54公斤，到現在終於達成了目標。這不是體重機的把戲，而是有牛仔褲的認證。我真的瘦了。

沒有可靠的解釋。我上星期去了兩次健身房，雖然稀奇，但也不算很反常。我吃得很正常。這是個奇蹟。打電話給湯姆，他說我

肚子裡可能有條蟲。要除掉條蟲的話,就是要放一碗溫牛奶跟一支鉛筆在嘴巴前面(條蟲顯然熱愛溫牛奶。愛極了),然後張開嘴巴。等蟲子探出腦袋的時候,就小心地將蟲繞在鉛筆上。

「聽著,」我告訴他,「我要留住這隻條蟲。」我愛我的新條蟲,我不只瘦了,而且也沒了抽菸或灌酒的慾望。

「妳在談戀愛嗎?」湯姆用懷疑、嫉妒的語氣問。他總是這樣。並不是因為他想跟我在一起,他是貨真價實的同志。可是如果你處於單身狀態,你最不希望的就是死黨跟其他人建立了運轉正常的關係。我絞盡腦汁,然後打住,突來的驚人頓悟令我大為震撼。我再也不愛丹尼爾了。我自由了。

4月25日星期二

54公斤,酒0單位(太棒了),菸0根(非常、非常好),卡路里995(好表現要持續)。

嗯哼。今天晚上穿緊身黑色小洋裝去茱德的派對,自負得不得了,想展現一下好身材。

「老天,妳還好嗎?」我走進去的時候,茱德問,「妳看起來很累耶。」

「我很好啊,」我說,頓時喪了氣,「我減了3公斤左右,怎麼

了？」

「沒事。不，我只是在想……」

「怎樣？怎樣？」

「也許妳的……臉瘦得有點太快，」她越說越小聲，看著我確實有點消了氣的乳溝。

西蒙也一樣。

「布莉琪琪琪！妳可以給根菸嗎？」

「沒辦法，我戒掉了。」

「噢，可惡，難怪妳看起來這麼……」

「怎樣？」

「噢，沒事，沒事，只是有點……憔悴。」

狀況就這樣持續了整個晚上。沒有比大家都說你看起來很累還糟的事了。他們乾脆直言不諱，說你看起來像五種類型的屎算了。我本來對自己滴酒不沾感到很滿意，但隨著每個人越喝越醉，我開始覺得好平靜好自滿，連我都覺得自己很煩人。我一直發現自己雖然表面參與著大家的對話，但根本一個字都懶得說，只是以睿智超然的態度旁觀，點著腦袋。

「妳有洋甘菊茶嗎？」某一刻我對茱德說，當時她踉蹌走過，開心地打著嗝，結果她整個人笑成一團，用手臂攬住我，然後跌了過來。我決定我最好回家去。

一回到家,我就上床去,腦袋靠在枕頭上卻毫無睡意。我的腦袋先在一個位置上,然後換了個位置,可是依然睡不著。通常到現在我老早打著呼,因為過往的創傷而做著神經質的夢。我點亮了燈。才 11:30。也許我應該做點什麼,比方說,唔,呃……縫補衣服?內在安定。電話響了。是湯姆。

「妳還好嗎?」

「嗯,我覺得很好啊,怎麼了?」

「今天晚上感覺妳,唔,無精打采的。大家都說妳不是平常的自己。」

「哪有,我很好啊。你沒看到我有多瘦嗎?」沉默。

「湯姆?」

「我想妳之前看起來更好,親愛的。」

現在我覺得空虛困惑──彷彿腳下的地氈被一把抽走。十八年的光陰──全都浪費掉了。十八年來以卡路里和脂肪單位為基礎來做計算。為了藏住自己的屁股,十八年來都買長版襯衫和長版毛衣,在親密時刻總是倒退著離開房間。錯失了幾百萬片乳酪蛋糕和提拉米蘇、幾千萬片瑞士艾曼塔乳酪。長達十八年的掙扎、犧牲和努力──都是為了什麼?十八年,而結果是「累跟無精打采」。我覺得自己像個科學家,發現自己投注一生的工作是個徹底的錯誤。

4月27日星期四

酒 0 單位，菸 0 根，刮刮樂 12 張（非常、非常糟糕，可是整天下來沒秤體重，也沒想到節食的事；很好）。

一定不要再買刮刮樂了，可是問題是我常常中獎。刮刮樂比樂透好多了，因為號碼再也不會在《盲目約會》期間出現（目前節目沒播出），你選的號碼往往連一個也沒中，讓你覺得自己很無能、受騙，一籌莫展，只能捏皺獎券，不服氣地扔在地上。

刮刮樂就不會這樣，非常有參與感，有六個現金數字可以刮開——往往是辛苦和講求技巧的工作——永遠不會讓你覺得自己沒機會中獎。只要刮出三個同樣的金額就會中獎。依我的經驗，總是會非常逼近，常常會刮出兩組多達五萬英鎊的金額。

總之，不能否決人生中所有的樂趣。反正我一天也只刮個四到五張，而且很快就會戒掉。

4月28日星期五

酒 14 單位，菸 64 根，卡路里 8400（非常好，雖然忍不住去計算，這點很不好。瘦身的執念非常不好），刮刮樂 0 張。

昨天晚上 8:45，我正要放水泡澡，透過芳香療法放鬆一下，一面

啜飲洋甘菊茶，這時汽車防盜警報器響了起來。汽車防盜警報器不只令人難以忍受，更會產生反效果：比起盜賊，更可能砸破車窗的是憤怒的鄰居，就是為了中止警報器的噪音，所以我這陣子正在我們這條街上發起反汽車防盜警報器運動。

不過，這一次，我不是暴跳如雷、打電話報警，而只是透過賁張的鼻孔吸氣，然後喃喃說著「內在安定」。門鈴響起。我接起對講機。非常上流的綿羊聲音咩咩叫著：「他媽的竟然劈腿了。」然後是歇斯底里的啜泣。我衝下樓，瑪格妲正在公寓外面，一把鼻涕一把淚，在傑瑞米的紳寶敞篷車的方向盤底下摸索，車子正發出難以形容的巨大響聲「咿噢－咿噢－咿噢」，所有的燈光閃動不停，後座的嬰兒放聲尖叫，彷彿被車子座椅上的家貓謀害。

「關掉啦！」有人從樓上的窗戶大喊。

「我該死的關不掉！」瑪格妲尖聲說，扯著引擎蓋。

「傑傑！」她對著行動電話大吼，「傑傑，你他媽的偷吃的混帳！紳寶的引擎蓋要怎麼開啦！」

瑪格妲來自上層階級，而我們這條街道並不怎麼上流。這邊的公寓有些窗戶都貼著「釋放納爾遜・曼德拉」的海報。

「我該死的不打算回去了，你這混帳！」瑪格妲喊著，「跟我說怎麼開他媽的引擎蓋就好。」

我跟瑪格妲現在都坐在車上，拉著眼前可以看到的所有把手，瑪

格姐則不時痛飲羅蘭百悅香檳。到了這時,現場已經聚集了一群憤怒的民眾。接著,傑瑞米騎著哈雷戴維森轟隆隆來到。可是他沒先把警報器關掉,直接要把嬰兒從後座抱走,瑪格姐對他放聲尖叫。接著住我樓下的那個澳洲男子丹打開窗戶。

「喂,布莉琪,」他大喊,「我的天花板漏水了。」

「靠!浴缸!」

我衝上樓去,可是到了門口卻意識到沒帶鑰匙就隨手關上門了。我開始用腦袋去撞門,一面喊著:「靠!靠!」

接著丹出現在走廊上。「老天,」他說,「妳最好來一根這個。」

「謝了。」我說,簡直急著吞下他請抽的菸。

經過好幾根香菸,用一張信用卡不停戳弄之後,我們終於進了公寓,發現水淹得到處都是。我們關不掉水龍頭。丹衝下樓,拿著扳手和一瓶威士忌回來。他好不容易才把水龍頭關掉,開始幫忙我用拖把抹乾地板。接著防盜警報器停下來,我們及時衝到窗邊,看到紳寶轟隆隆駛離,而哈雷戴維森緊追在後。

我們都笑了出來——到現在已經喝了不少威士忌。然後突然間——我不知道怎麼回事——

他正在吻我。就禮節上來說,這個狀況還滿尷尬的,因為我才剛害他的公寓淹了水,毀掉他的夜晚,所以我不希望自己看起來不

知感激。我知道那不代表他可以性騷擾我,可是在所有的風波、內在安定跟種種之後,橫生出這種枝節還滿有樂趣的。接著突然間,有個一身機車皮衣的男人捧著披薩盒,出現在敞開的門邊。

「噢靠,」丹說,「我都忘了我點了披薩。」

於是我們吃了披薩,喝完一瓶酒,多抽幾根菸,又喝了些威士忌,然後他捲土重來,試圖吻我,我口齒不清地說:「不,不,千萬不行。」這時他變得很怪,開始嘀咕:「噢,老天,噢,老天。」

「怎麼了?」我說。

「我結婚了,」他說,「可是布莉琪,我想我愛妳。」

等他終於離開,我癱倒在地上發抖,背部抵著門前,一根接一根抽著菸屁股。「內在安定。」我意興闌珊地說。然後電鈴響起。我不去理會。再次響起。然後響個不停。我接了起來。

「親愛的。」是不同的聲音,醉醺醺,是我認得的。
「走開啦,丹尼爾。」我用氣音說。
「不要,讓我解釋。」
「不要。」
「小琪……我想進來。」

沉默。噢,天啊。為什麼我還這麼迷戀丹尼爾?

「我愛妳,小琪。」

「走開,你喝醉了。」我說,語氣裡的堅定超過實際上的感受。

「瓊斯?」

「怎樣?」

「我可以上個廁所嗎?」

4 月 29 日星期六

酒 12 單位,菸 57 根,卡路里 8489(太棒了)。

二十二個小時、四個披薩、一次印度菜外帶、三包菸、三瓶香檳之後,丹尼爾還在這裡。我墜入愛河了。我現在介於中了底下一個跟全部之間:

　　(a)回到了每天三十根菸。
　　(b)訂了婚。
　　(c)蠢。
　　(d)懷孕。

11:45 p.m. 剛剛吐了,我趴在馬桶上想要靜靜地來,免得丹尼爾聽見,但他突然在臥房裡大喊:「妳的內在安定沒了吧,我的小胖妞,我說啊,馬桶就是它最好的去處。」

5月／準媽媽
Mother-to-Be

5月1日星期一

酒0單位,菸0根,卡路里4200(一人吃兩人補)。

我真心覺得自己懷孕了。我們怎麼會這麼蠢呢?我跟丹尼爾因為復合而狂喜到忘乎所以,將現實整個拋到腦後——等你一……噢,欸,我不想談這件事。今天早上我確實感覺我就要開始害喜了,不過也有可能是因為昨天丹尼爾離開以後,我宿醉得太厲害,為了讓自己好過一點,吃掉以下這些東西:

2包艾曼塔乳酪片
1公升鮮榨柳橙汁
1顆冷的烤帶皮馬鈴薯
2片檸檬生乳酪蛋糕(很清淡;也可能是一人吃兩人補)
1根牛奶巧克力(只有125卡路里。身體對乳酪蛋糕有積極的反應,表示胎兒需要糖分)
1份頂端有鮮奶油的維也納巧克力點心(貪吃的寶寶要求真多)
蒸花椰菜(重視寶寶的營養,阻止他長成被寵壞的孩子)
4根法蘭克福香腸(只能吃櫥櫃裡罐裝的那種,因為懷孕累到無法出門購物)

噢,天啊,開始以卡文克萊服飾裡的母親形象來想像自己而得意忘形,可能穿著露臍裝或是將寶寶拋向空中,在設計名家的瓦斯爐廣告、溫馨電影或類似的東西裡露出滿足快樂的笑容。

今天在辦公室裡，柏珮嘉惡劣至極，花了四十五分鐘跟黛斯迪夢娜通電話，討論黃色牆面搭配粉紅帶灰的升降拉簾好不好看，還是她跟雨果應該選有帶狀花飾的血紅色牆壁。整整十五分鐘，她等於什麼都沒說，只說：「絕對的……不行……絕對的……絕對的，」然後在收尾的時候說，「可是當然了，就某方面來說，選紅色也可以用這個理由。」

未來有個迷你人類要照顧，我沒有用釘書機把東西釘在她腦袋瓜上的衝動，只是露出幸福洋溢的笑容，想到眼前這些事情再不久對我來說都無足輕重。接著我發現一個全新的丹尼爾幻想世界：丹尼爾用揹巾帶著寶寶；丹尼爾下班衝回家，興奮地發現我跟孩子在浴缸裡泡得皮膚粉紅發亮；幾年之後，在晚間的親師會上耀眼的模樣。

可是接著丹尼爾出現了。我從沒看過他更糟的樣子。唯一可能的解釋就是昨天離開我身邊之後他繼續喝酒。他短暫朝我一瞥，臉上的神情有如斧頭殺人犯。突然間，那些幻想就被《夜夜買醉的男人》[1]的畫面所取代，那對男女一直處在酩酊大醉的狀態，放聲尖叫，對彼此亂丟酒瓶；或是亨利・安菲德短劇節目裡的「邋遢夫妻」單元[2]，想像丹尼爾吼著：「小琪，寶寶哭得死去活來。」

而我反駁：「丹尼爾，我忙著抽菸沒空啦。」

---

[1]《夜夜買醉的男人》（Barfly）是 1987 年上映的美國黑色喜劇。
[2] 亨利・安菲德短劇節目（Harry Enfield's Television Programme）是 BBC2 在 1990 年推出的熱門短劇秀，「邋遢夫妻」（The Slobs）是節目中一個備受喜愛的單元，仰賴社會福利過活的低下階層夫妻，生活邋遢，大多時間都在抽菸跟吃披薩，什麼事都爭吵不休。

5月3日星期三

58.1 公斤 *（哎唷，寶寶成長的速度可怕到太不自然），酒 0 單位，菸 0 根，卡路里 3100（可是主要是馬鈴薯，噢，我的天）。
* 為了寶寶著想，現在一定要盯好體重了。

救命，星期一和星期二大半我都有點覺得自己懷孕了，但心知肚明其實並沒有——有點像是妳深夜走回家，以為有人跟蹤妳，可是知道對方並沒有，轉眼對方卻突然勒住妳的脖子。現在我月經已經慢兩天了。丹尼爾星期一整天對我不理不睬，然後在 6 p.m. 的時候追上來並說：「聽著，我一直到週五都會待在曼徹斯特，星期六晚上見，可以吧？」他一直沒來電。我是單親媽媽了。

5月4日星期四

58.5 公斤，酒 0 單位，菸 0 根馬鈴薯 12 顆。

到藥局低調拿了驗孕劑，正準備垂著頭塞向收銀檯的女生結帳時，巴不得事先想到在無名指上套個婚戒，這時藥劑師嚷嚷：「妳想買驗孕劑？」

「噓噓噓。」我用氣音說，回頭望去。

「妳月經慢多久了？」他低吼，「妳最好買藍色那種。它會告訴

妳是不是在月經該到的頭一天懷孕的。」

我抓起他遞來的藍色那款,將可惡的八英鎊九十五分錢遞過去,然後快步離開。

今天上午上班的頭兩個小時,我一直盯著手提袋不放,彷彿那是個未爆的炸彈。11:30,我再也受不了,抓起手提包,走進電梯,下兩層樓到廁所去,免得被人聽到我發出可疑的窸窣聲。不知為何,整件事突然讓我好氣丹尼爾。這件事他也有責任,他卻不需要花 8.95 英鎊,躲在廁所裡試著尿在一根小棒子上。我怒火中燒地拆開包裝,將盒子跟一切塞進垃圾桶,然後開始進行,接著看也沒看就將棒子上下顛倒放在馬桶後側。三分鐘。我不可能眼睜睜看著一條慢慢成形的藍色細線宣告我的命運。不知怎的,我總算熬過了 180 秒鐘——我失去自由前的最後 180 秒鐘——然後拿起那根棒子,險些尖叫出聲。棒子上的小窗裡有一條細細的藍線,自信十足的樣子。啊!啊啊啊!

茫然地盯著電腦四十五分鐘,只要柏珮嘉問我怎麼了,我就試著假裝她是一株龜背芋盆栽,我衝到公共電話亭打電話給雪倫。該死的柏珮嘉。柏珮嘉家世背景雄厚,要是誤判懷孕虛驚一場,肯定在 10 分鐘之內就會穿著亞曼達‧威克里[3] 名家設計的婚紗步上紅毯。外頭車流的噪音大到我沒辦法讓雪倫聽懂我的意思。

「什麼?布莉琪?我聽不到。警察找妳麻煩嗎?」

---

[3] 亞曼達‧威克里(Amanda Wakeley, 1962-),英國知名時裝設計師,以晚禮服、小禮服、配件等聞名。

「沒有，」我吸著鼻子，「驗孕劑跑出藍線了。」

「老天，15 分鐘內紅咖啡館見。」

雖然才 12:45，既然真的是緊急事態，我想喝杯伏特加調柳橙汁[4]也不會有壞處，可是接著我想起寶寶不應該碰伏特加。我等著，感覺自己像是某種古怪的陰陽人或雙頭獸[5]，同時體驗到男人和女人對嬰兒的兩種極端感觸。一方面來說，我對丹尼爾戀戀不捨，對於自己身為貨真價實的女人感到得意——生殖力旺盛到壓抑不住！——想像嬰兒透著粉紅的鬆軟肌膚，一個等著人愛的小小生物，可愛的小小雷夫羅倫嬰兒裝。另一方面，我在想，噢，我的天，我的人生到此終結了，丹尼爾愛發酒瘋，要是他發現我懷孕了，肯定會殺了我，然後把我甩掉。晚上再也不能跟姊妹們一起出門、逛街、調情、性愛、暢飲一瓶接一瓶的酒和抽菸。我會變成可怕的保育箱兼分奶器，沒人會對我怦然心動，到時會擠不進我原本的長褲，尤其是我全新的黃綠色 Agnès B 牛仔褲。我想，這種混亂就是我成為現代女性必須付出的代價，誰叫我 18 歲的時候，沒順應自然、早早嫁給在北安普敦公車上認識的同鄉艾比諾‧雷明頓。

雪倫抵達的時候，我悶悶不樂地將驗孕棒從桌底下拿出來，朝她

---

[4] 一般稱為「螺絲起子」。
[5] Push-me-pull-you，是英裔美籍作家修‧羅夫亭（Hugh Lofting）的童書《怪醫杜立德》系列裡的神祕動物，身軀像馬，有兩顆腦袋，其中一顆腦袋長在尾巴一般所在的地方。故事裡，這種獸的名稱是 pushmi-pullyu，念起來就是 push-me-pull-you。

塞了過去，上頭有遮掩不了的藍線。

「是這個嗎？」她說。

「當然了，」我嘀咕，「不然妳以為是什麼？行動電話嗎？」

「妳，」她說，「真是個荒謬的人類，妳沒讀使用說明書嗎？應該要有兩條線才算。這條線只是表示這個試劑有效。一條線表示妳沒懷孕啦──妳這傻瓜。」

回家接到老媽的答錄訊息，說：「親愛的，馬上打電話給我，我簡直要崩潰了。」

她要崩潰！我才要崩潰咧。

5月5日星期五

57.2公斤（噢，可惡，改不掉一輩子秤重的習慣，尤其在懷孕創傷之後──之後要去找某種心理諮商──），酒6單位（太糟了！），菸25根，卡路里1895，刮刮樂3張。

整個早上都在為失去的寶寶哀悼，晃來晃去一事無成，但是當湯姆打電話建議，為了讓週末有個好的開始，午餐時間來杯血腥瑪麗，我心情稍微好了一點。回家接到老媽一通暴躁的留言，說她要去健康美容休閒中心，晚點會打電話給我。我納悶到底怎麼

了。也許因為老媽收到太多單戀追求者送來的蒂芬妮珠寶禮盒，以及對手製作公司的電視主持節目邀約。

11:45 p.m. 丹尼爾剛剛從曼徹斯特打來。

「這星期過得好嗎？」他說。

「好極了，謝謝。」我爽朗地說。好極了，謝謝。哈！我在某個地方讀過，女人可以送給男人的最好禮物就是祥和，所以在我們開始正式約會的時候，我幾乎無法承認，他一轉過身去，我竟然就對假性懷孕起了歇斯底里的神經質反應。

噢，這個嘛，誰在乎啊，反正我們明天晚上就要碰面了。萬歲！啦啦啦啦。

5月6日星期六：歐洲戰勝紀念日假期

57.6公斤，酒6單位，菸25根，卡路里3800（不過是為了慶祝配給結束的紀念日），樂透號碼押對0個（可憐）。

戰勝紀念日一醒來，就碰上一波不合時令的熱浪，我拚命在心裡攪起激動情緒，關於二次世界大戰的終結、歐洲重獲自由，棒透了，棒透了等等的。但老實說，整件事只讓我心情低落。事實上，「被排除在外」可能更貼近我更想表達的感受。我出生以來就沒有爺爺或祖父。老爸對厄康伯利夫婦即將在花園舉辦的慶祝派對

興奮不已，不知為何，老爸到時會在現場負責煎鬆餅。老媽打算回到她成長的街道，在卓特咸鎮，參加鯨肉鯨脂派對，可能會跟朱力歐結伴參加（感謝老天她當初沒跟德國人出走）。

我朋友們沒辦任何活動。要是我們為了這個節日籌辦活動，等於暗示了正面的人生態度，或是試圖強佔跟我們毫不相干的東西，這樣未免積極到令人尷尬，也很不對勁。我是說，那場戰爭結束時，我可能連個卵都還不是，根本什麼也不是：當時的人苦戰不休，勉強用紅蘿蔔做果醬，或其他克難的做法。

我討厭這個想法，考慮打電話給老媽，問她二戰結束時，她月經來潮了沒。我納悶，卵是一次產出一個，還是從出生以來以迷你型態儲存起來，直到受到啟動？我當初有沒有可能身為儲存起來的卵，感應到戰爭的終結？如果我有個祖父，我可以假裝對他好，就能對整件事有點參與感。噢，算了，我要去逛街買東西。

7 p.m. 熱氣害我的身體膨脹兩號，我發誓。我再也不要去公用更衣室了。在 Warehouse 試穿的時候，洋裝卡在我的腋下，我拚命想脫掉，結果腦袋被內裡外翻的布料蒙住，雙臂在空中拉拉扯扯，起伏的肚皮和大腿全被一堆 15 歲孩子看個精光，她們聚集在附近吃吃竊笑。我試著把那件蠢洋裝拉下來，改成往下脫，這回卻卡在我的屁股上。

我討厭公用更衣室。大家都會偷偷打量別人的身體，可是沒人對上別人的視線。總是有女生知道自己不管穿什麼都好看，會掛著燦爛笑容，舞動身體、甩動頭髮，對著鏡子擺出模特兒的姿勢，

並且對著必然肥胖、穿什麼都像水牛的朋友們說：「穿這個會讓我顯得很胖嗎？」

總之走這一趟是災難一場。我知道購物的解答就是到 Nicole Farhi、Whistles、Joseph 買幾件精品服飾，可是它們的價格嚇壞我了，我只好匆匆回到 Warehouse 和 Miss Selfridge，為了 34.99 英鎊可以買一堆洋裝而興高采烈，結果它們卡在我的腦袋上。最後到瑪莎百貨買東西，因為不用試穿，至少買到東西了。

我帶了四樣東西回到家，結果全部都不適合，也沒有修身效果。有一件最後會留在瑪莎百貨的購物袋，擱在臥房椅子上長達兩年。另外三件會用來換成 Boules、Warehouse 等等的換貨憑單，而我後來會搞丟那張憑單。最後等於浪費了 119 英鎊，這個金額足以拿來買 Nicole Farhi 精品，比方說很小一件的 T 恤。

我意識到這全是一種懲罰，誰叫我以拜金主義的膚淺方式執迷於購物，而不是整個夏天都乖乖穿同一件嫘縈材質的洋裝，順著腿背往下畫一道線，假裝穿了絲襪；誰叫我沒去參加戰勝紀念日的慶祝活動。也許我應該打電話給湯姆，在銀行日星期一補假時舉辦一場不錯的派對。有沒有可能用些俗氣的小道具，諷刺地辦個戰勝紀念日派對——像是為了皇室婚禮慶祝那樣？不，是這樣的，你沒辦法諷刺死去的人。話說回來，還有國旗的問題。湯姆的朋友有一半以前都在反納粹聯盟裡，會認為米字旗表示我們預期會有光頭黨。我納悶，如果我們這個世代爆發大戰，會發生什麼事？啊這個嘛，該來喝點酒了。丹尼爾很快就要到了，最好開

始準備。

11:59 p.m. 可惡。躲在廚房抽菸。丹尼爾正在睡。其實，我想他只是在裝睡。今天晚上超級怪的。領悟到我們兩人的關係到目前為止，都是奠基於兩人當中的一個應該抗拒上床。共度一個晚上，不言而喻的默契就是我們最後應該會上床，這也太詭異。我們在電視上看戰勝紀念日活動，丹尼爾的手臂不舒服地攬住我的肩膀，彷彿我們是在電影院的 14 歲少男少女。他的手臂抵住我的頸背，可是我實在無法開口要求他挪開。越來越躲不掉就寢時間的話題時，我們的互動變得很正式很英國。我們不是野獸那樣撕開彼此的衣服，而是站在原地說：「浴室你先用。」

「不！妳先好了！」

「不不不，你先吧！」

「真的！我堅持。」

「不不，這樣可不行，我替你找條客用毛巾跟幾塊貝殼造型的迷你香皂。」

接著我們最後並排躺在床上，沒碰對方，彷彿是喜劇雙人組莫坎伯與歪斯[6]，或是《藍彼得之家》[7]的主持人約翰・諾克斯以及維拉莉・辛格頓。如果有上帝，我想謙卑地央求祂——當然，我要先表明，我非常感謝祂讓丹尼爾在歷經這麼多混蛋行為後，突

---

[6] 莫坎伯與歪斯（Morecambe & Wise）是英國喜劇雙人組，在綜藝節目、廣播、電影上演出，在電視上的表現最為成功。
[7] 《藍彼得之家》（*Blue Peter House*）是 1958 年開始在英國播出的熱門兒童電視節目。

然變成我日常生活的一部分——請阻止丹尼爾晚上穿著睡衣、戴老花眼鏡上床，盯著一本書 25 分鐘，然後關燈轉身睡覺；請把他變回我原本認識且熱愛的那個赤身裸體、為情慾痴狂的性愛野獸。

關於這件事，主啊，感謝祢的垂聽。

5月13日星期六

57.8 公斤，菸 7 根，卡路里 1145，刮刮樂 5 張（贏得 2 鎊，所以刮刮樂總共只花 3 鎊，很好），樂透花了 2 英鎊，押對的號碼 1 個（好了點）。

經過昨天暴飲暴食的狂歡聚會之後，怎麼會只多了 0.2 公斤？

也許食物和體重就跟蒜頭與口臭一樣；如果吃掉好幾顆完整蒜頭，你的嘴巴根本不會發臭，同理，如果你吃進大量的東西，就不會增加什麼體重：這個理論令人振奮得出奇，可是腦袋裡浮現了糟糕的情境。想要甩開這個念頭，徹底清空。不過，跟雪倫和茱德以女性主義為出發點，整晚醉醺醺，暢快地高談闊論，是值得的。

消耗了多到難以置信的食物和酒，因為朋友們很慷慨，除了每人帶一瓶酒來，還都從瑪莎百貨額外帶了點食物來。因此，除了我

事先在瑪莎百貨買好的三道菜套餐（我的意思是花一整天在烤箱那裡忙碌）以及兩瓶酒（一瓶氣泡酒、一瓶白酒），我們有：

　　1 盆鷹嘴豆泥 &1 包迷你口袋餅
　　12 份燻鮭魚和奶油乳酪捲
　　12 個迷你披薩
　　1 份覆盆莓帕芙洛娃 [8]
　　1 整份提拉米蘇（派對分量）
　　2 條瑞士山型巧克力

雪倫狀態極佳。「王八蛋！」到了 8:35，她已經在大聲嚷嚷，往喉嚨一口氣灌下 3/4 杯的皇家基爾 [9]。「愚蠢、自大、傲慢、操控、自我放縱的王八蛋們。他們徹底存活在特權文化裡。傳個迷你披薩過來，行嗎？」

茱德目前已經跟卑鄙李察分手。茱德很沮喪，因為卑鄙李察一直打電話給她，為了確保茱德不會失去興趣，言談中總是會拋出小小誘餌，暗示他想要復合。可是李察為了自保，同時又說兩人當「朋友」就好（意圖欺瞞的有毒概念）。然後昨天晚上，他打了一通態度高人一等，傲慢到不可思議的電話，問她想不想去參加一個共同朋友的派對。

---

[8] 帕芙洛娃（pavlova）是以烘烤過的蛋白霜為基底，再加上打發的鮮奶油與水果做成的甜點。
[9] 皇家基爾（Kir Royale）由白酒加黑醋栗香甜酒調成。

「啊唔，這樣的話我就不去了，」李察說，「不，對妳來說真的不公平。是這樣的，我原本打算帶個人過去，算是約會對象。我是說，我跟她之間沒什麼。只是某個笨到願意跟我打炮兩個星期的女生。」

「什麼？」雪倫爆炸，臉色開始泛紅。「從沒聽過有人用那麼噁心的說法講女人。傲慢的小蠢蛋！他好大膽子竟然以友誼之名這樣隨意對待妳，用他愚蠢的新約會對象想惹妳難過，還自覺這樣很高明。如果他真心在意，不想傷害妳的感受，他就該閉上嘴巴，單獨去參加派對，而不是大刺刺在妳面前曬他那個蠢約會對象。」

「『朋友？』呸！說是敵人還比較像話！」我開心地大喊，抽起另一根絲卡，一面吃下兩個鮪魚乳酪捲。「王八蛋！」

到了11:30，雪倫已經徹底進入精彩的飆罵狀態。

「十年前，在乎環境的人被人嘲笑，說是踩著涼鞋、滿臉鬍子的怪胎，瞧瞧現在環保消費者的力量多強大，」她吼著，將手指塞進提拉米蘇，直接抓起來送進嘴裡，「再過幾年，女性主義也會有同樣的發展。不會有任何男人為了年輕情婦拋下家庭和停經的老婆；或試著跟女人搭訕時，以高高在上的姿態，炫耀其他女性都主動送上門來；或是一心只想跟女人上床，卻態度惡劣或不給承諾，到時年輕情婦和女人只會轉過身，叫他們滾開。那些臭男人別想跟女人上床，除非他們願意學習怎麼好好表現，而不是用他們那些狡猾、自以為是、自我放縱的噁爛表現，佔滿女人的生

活。」

「王八蛋！」茱德嚷嚷，猛灌她的灰皮諾白葡萄酒。

「王八蛋！」我滿嘴覆盆莓帕芙洛娃混提拉米蘇。

「該死的混帳！」茱德大喊，用上一根絲卡的菸屁股點燃下一根。

就在那時門鈴響了。

「打賭是丹尼爾，那個該死的混帳，」我說，「幹嘛？」我對著應門對講機嚷嚷。

「噢，哈囉，親愛的，」丹尼爾用最溫柔、最客氣的語氣說，「抱歉打擾了，我稍早打過電話，在妳的答錄機裡留了言。我整個晚上被困在史上最乏味的董事會議裡，好想見見妳。如果可以，我給妳一個小小的吻，然後就離開。我可以上去嗎？」

「唉，好吧，」我暴躁地嘀咕，按下開門鈕，跟蹌走回桌邊，「該死的混帳。」

「特權文化，」雪倫低吼，「等男人又老又胖的時候，還有女人替他下廚、幫忙家務，還可以享受年輕美女的胴體。男人認為自己享有該死的特權，隨時都有女人服侍⋯⋯咦，我們的酒都喝完了嗎？」

然後丹尼爾出現在樓梯口，面帶深情的笑容。他看起來很累，但一臉清新，鬍子刮得乾乾淨淨，一身西裝非常俐落。他手裡捧著三盒巧克力禮盒。

「我替妳們每人各買了一盒。」他說，一邊眉毛性感地挑起，「可以配咖啡吃喔。不要讓我打斷妳們。週末的生鮮雜貨我都買好了。」

他提著八個庫倫斯超市的購物袋走進廚房，然後開始把所有東西歸位。

那一刻，電話響起。是姊妹們半小時前去電預約的計程車公司，說拉德伯克區發生嚴重的連環追撞車禍，加上他們的車都出乎意料地爆胎了，還要三個小時才能派車出來。

「妳們要去多遠的地方？」丹尼爾說，「我載妳們回去。都這麼晚了，不能在路邊逗留攔計程車。」

女孩們竄來竄去忙著找手提袋，一個勁兒對著丹尼爾傻笑。我吃起巧克力禮盒的堅果、果仁糖、奶油軟糖或焦糖基底的巧克力，內心困惑，五味雜陳，對這位完美新男友覺得得意和驕傲（姊妹們顯然想跟他來一腿），同時又很氣這個平常明明很噁心的性別歧視酒鬼，這時竟然裝出完美男人的模樣，毀掉我們女性主義的情緒發洩大會。哼。就看這個假象可以持續多久吧？我暗想，等著他回來。

他回來的時候，跑著上樓，一把將我摟進懷裡，將我抱進臥房。

「即使妳喝得有點醉了,還是因為可愛,可以多拿到一顆巧克力。」他說著便從口袋拿出一個鋁箔包裝的新型巧克力,然後……嗯嗯嗯嗯嗯。

5月14日星期日

7 p.m. 星期日晚上真討厭,感覺就像必須趕作業的晚上。得在明天以前替柏珮嘉寫好書單文案。想說還是先打電話給茱德好了。

7:05 p.m. 沒人接聽。嗯哼。總之,先認真工作。

7:10 p.m. 考慮乾脆打給雪倫。

7:45 p.m. 小雪因為我打來而心煩,她剛踏進家門,正準備撥1471查詢近來的約會對象在她出門期間有沒有來電,而現在系統內儲存的號碼換成了我的。

覺得1471真是個厲害的發明,可以立刻告訴你最近一位來電者是誰。其實說來諷刺,因為當我們三人初次發現1471時,雪倫說她徹底反對這種東西,認為這是英國電信公司的剝削行為,針對當前英國民眾之間盛行的關係破裂現象,以及有成癮傾向的人。有些人顯然一天會撥打二十次。另一方面來說,茱德則強力支持1471,但她承認,如果才剛和某人分手,或是才剛開始跟某人約會,回到家的時候,發現1471上沒有儲存電話號碼,加

上答錄機一通留言也沒有，或是發現儲存的號碼是老媽的來電，悲慘的感覺就會加倍。

在美國，跟1471同等的服務會告訴你從上次查詢以來，所有的來電號碼以及撥號次數。想到早期痴迷地反覆撥打丹尼爾的號碼，透過這種方式將暴露無遺，我驚恐地打起哆嗦。在這邊，好處是如果你去電前先撥141，自己的號碼就不會儲存在對方的電話系統裡。茱德說，小心為上，因為如果妳痴戀某個人，不小心在對方在家時撥了過去，趕緊掛掉，電話號碼沒被儲存起來，但對方還是可能會猜到是妳。我要確定這些竅門丹尼爾都不知情。

9:30 p.m. 決定快快跑一趟到附近買菸。上樓的時候聽到電話鈴響。突然明白之前湯姆來電時，忘記把答錄機打開，於是衝上樓，將手提袋裡的東西往地板倒空，找到門鑰匙，衝向電話，這時響聲停了。才進廁所，電話鈴聲又再次響起。衝到電話前面的時候，鈴響停下。我走遠的時候又響了起來。終於接到了。

「噢，哈囉，親愛的，妳猜怎樣？」原來是老媽。

「怎樣？」我慘兮兮地說。

「我要帶妳去做色彩諮詢！不要一直說『怎樣』，拜託，親愛的。去讓『色彩讓我美麗』造型顧問評估一下。妳老是穿著黯淡的灰暗衣服晃來晃去，已經讓我厭倦到死了。妳看起來就像毛主席那個時代的人。」

「媽，我不方便講電話，我在等……」

「乖,布莉琪,不要傻了,」老媽用成吉思汗最邪惡的語氣說,「梅薇絲‧安德比以前老是穿淡褐色和苔蘚色系,看起來多慘,現在打理好了,桃紅色搭瓶綠色多美妙,看起來年輕了二十歲。」

「可是我不想穿桃紅色搭瓶綠色。」我咬牙切齒地說。

「唔,是這樣的,親愛的,梅薇絲是冬天,我是冬天,可是妳有可能像尤娜那樣是夏天,評估後妳就會知道自己適合什麼色彩。在他們拿毛巾包住妳的腦袋之前是看不出來的。」

「媽,我不要去『色彩讓我美麗』。」我用氣音說,氣急敗壞。

「布莉琪,別再說了。尤娜阿姨前幾天才在說:要是妳當初在火雞咖哩餐會上穿點更鮮豔更明亮的東西,馬克‧達西可能會表現得更有興趣點。沒人想要女朋友穿得跟奧斯威辛集中營一樣,親愛的。」原本想向老媽吹噓說,即使我全身上下都穿得灰撲撲,但還是交到了男友,但是一想到丹尼爾和我會成為大家熱議的主題,導致老媽無情地源源送來大夥兒的意見,於是打消了念頭。最後跟老媽說我會考慮看看,才終於成功讓她不再提起「色彩讓我美麗」。

5月17日星期二

58.1公斤(萬歲!),菸7根(很好),酒6單位(非常好——非常純)。

丹尼爾還是棒極了。大家怎麼會誤會他到這麼嚴重的地步？我滿腦子幻想到出神，想像跟他同住一間公寓，帶著卡文克萊廣告裡那種小小後代，沿著海灘奔跑，成為符合潮流的沾沾自喜已婚人士，而不是窘迫不安的單身貴族。出發去跟瑪格姐碰面。

11 p.m. 嗯嗯嗯。跟瑪格姐共進一場發人深省的晚餐，她因為傑瑞米而非常沮喪。在我住的那條街上，發生防盜警報跟尖聲爭吵事件那晚，起因是富家女沃妮的說詞，她宣稱在海港俱樂部看到傑瑞米身邊有個女生，聽起來可疑得像是幾個星期前我撞見的那個狐狸精。之後，瑪格姐直截了當問我，有沒有聽到什麼風聲或看到什麼，所以我跟她說了穿著 Whistles 套裝的那個狐狸精。

結果傑瑞米承認兩人確實調情過，承認自己很受這女生的吸引。他宣稱他們並未上床。可是瑪格姐真的受夠了。

「妳應該好好享受單身的時光，小琪，」她說，「等妳有了孩子，放棄工作，就會處於非常脆弱的地位。我知道傑瑞米認為我的生活就像一場大假期，但是整天照顧幼童跟嬰兒明明就是非常辛苦的工作，而且全年無休。傑瑞米一天結束之後回到家，只想把腳蹺高、等著人呵護，幻想海港俱樂部那裡穿著緊身衣的女生──我現在老是這樣想像。」

「我以前有份正式的工作。我很清楚出門上班有趣多了，可以好好打扮，在辦公室打情罵俏，好好吃午餐，而不是上該死的超市，到遊戲小組接哈利回家。可是總是瀰漫著委屈的氣氛，他認為錢都是他辛辛苦苦賺來的，而我就像是某種對哈維尼克斯高級百貨

執迷不已的可怕女人,在那裡閒閒吃午餐。」

她真美,瑪格姐。我看著她沮喪地把弄著香檳杯,納悶我們女生該怎麼辦。另一邊的草地總是該死的更綠,外國的月亮總是比較圓。我消沉過、沮喪過,心想自己多麼沒用,每個星期六晚上都喝得爛醉,對茱德和小雪或湯姆哀嚎說自己沒男友;我勉強維持生計,被人嘲笑是沒結婚的怪咖。瑪格姐住在大宅邸,收納罐有八種不同的乾麵條,可以逛一整天的街。可是眼前的她卻被擊潰了,慘兮兮、失去自信,竟然說我很幸運……

「噢噢,對了,」她說,臉色一亮,「說到哈維尼克斯百貨,我今天買了 Joseph 的直筒洋裝,超讚的──紅色,領口一側有兩顆鈕扣,剪裁很不錯,280 英鎊。老天,我真希望跟妳一樣,小琪,真希望我可以來個外遇,或是在星期天早上享受兩個鐘頭的泡泡浴,或是整個晚上在外頭逍遙,沒人追問我問題。妳明天早上會想逛個街嗎?」

「呃,這個嘛,我得上班耶。」我說。

「噢。」瑪格姐說,一時露出詫異的神情。「妳知道的,」她說了下去,把弄手上的香檳杯子,「感覺老公更喜歡某個女人而不是妳,待在家裡就變得很難熬,想像他在世界上可能碰到那種類型的女人的各種版本。想到最後,會覺得自己很無力。」

我想到老媽。「妳可以透過不流血政變,搶奪權力,」我說,「回去上班,找個情人,殺個傑瑞米措手不及。」

「家裡有兩個不到三歲的孩子實在沒辦法，」她無奈地說，「我想我只能自作自受了。」

噢，天啊，湯姆總會將腦袋靠在我的手臂上，面帶令人擔憂的表情，望進我的雙眼，一面用陰森的的語調說：「只有女人會流血。」[10] 這句話湯姆永遠也說不膩。

5月19日星期五

56.5公斤（一夜之間降了1.6公斤──一定要吃這種食物：吃進去會消耗掉的卡路里，超過它所提供的，比方說，很耐嚼的生菜），酒4單位（還過得去），菸21根（糟糕），刮刮樂4張（不大好）。

4:30 p.m. 柏珮嘉對我緊迫盯人，免得她到格洛斯特郡的崔漢尼大飯店過週末會遲到，這時電話響了。

「哈囉，親愛的！」是老媽。「妳猜怎樣？我有個神奇的機會要給妳。」

「什麼？」我悶悶不樂地嘀咕。

「妳就要上電視了。」她無比熱情地說。我腦袋撞上了辦公桌。

---

[10] 〈Only Women Bleed〉是美國搖滾歌手艾利斯・庫珀（Alice Cooper）的歌，說的是婚姻裡的受虐女性。

「我明天 10 點會帶團隊過去。噢，親愛的，妳很興奮吧？」

「媽，如果妳要帶電視團隊來我的公寓，我到時人不會在。」

「噢，可是妳一定要在啊。」老媽語氣冰冷地說。

「不，」我說，可是虛榮心開始作祟，「到底為什麼？怎麼回事？」

「噢，親愛的，」她輕聲哄著，「他們想找個年輕點的人讓我在『突然單身』上訪談：某個快要停經而且突然單身的人，可以聊聊，唔，妳知道的，即將無法生育的壓力，等等的話題。」

「我才沒有快要停經，媽！」我爆炸了，「而且我才沒有突然單身，我是突然有伴了。」

「噢，別傻了，親愛的，」老媽嘶聲說，我可以聽到背景有辦公室的噪音。

「我有男朋友了。」

「誰？」

「妳不用在意。」我說，突然回頭瞥柏珮嘉一眼，她正在冷笑。

「噢，拜託，親愛的，我都跟節目單位說我找到訪談對象了。」

「就是不要。」

「噢，拜託嘛。我這輩子從來沒有自己的事業，現在走到了人生

的秋季,我需要有自己專屬的東西。」老媽說得很急,彷彿照著提詞卡唸誦。

「我認識的人可能會看到,他們難道不會注意到我是妳女兒嗎?」

一陣停頓。我可以聽到她在跟背景裡的某個人講話。然後回來說:「我們可以遮掉妳的臉。」

「什麼?在上面套個袋子嗎?多謝了。」

「用逆光黑影啦,親愛的,逆光黑影。噢,拜託喔,布莉琪。要記得,我給了妳生命的贈禮。要是沒有我,妳會在哪裡?哪裡都不是。什麼都不是。一顆死掉的卵。一片虛無,親愛的。」

重點是,我一向偷偷幻想能夠上電視。

5月20日星期六

58.5公斤(為什麼?為什麼?哪裡來的?),酒7單位(星期六),菸17根(已經努力克制了),樂透號碼押對0個(都是因為在拍攝才嚴重分心)。

拍攝團隊進公寓才不到三十秒,就已經把兩個酒杯踩破在地毯上。我不會為了那類的事情太激動。其中一人踉蹌走進來,喊著:

「小心背後，」扛著裝了遮板的大燈，然後吼說：「崔佛，你希望這東西放哪裡？」結果失去平衡，那盞燈撞穿了廚房櫥櫃的玻璃門，一瓶開過的初榨橄欖油倒在我的「河流」咖啡館食譜上，這時我才意識到我招來什麼麻煩。

他們抵達三個小時之後，拍攝依然還沒開始，他們還是胡鬧個不停，說著，「妳可以稍微往這邊移一下嗎？親愛的。」這時，我們好不容易開始了，我跟老媽面對面坐著，照明昏暗，將近一點半了。

「告訴我，」老媽用關懷體恤的語氣說，是我從未聽過的，「老公離開妳的時候，妳有沒有過——」她幾乎竊竊私語，「——自殺的念頭？」

我無法置信地盯著她。

「我知道這對妳來說很痛苦。如果妳覺得快崩潰了，我們可以暫停一下。」她滿懷希望地說。

我氣到說不出話來。什麼老公啦？

「我是說，這段時光一定很難熬，一時之間又找不到新的伴侶，生理時鐘滴滴答答走著。」老媽說，在桌底下踢我一下，我踢了回去，老媽跳起來，發出小小的噪音。

「妳不想要個孩子嗎？」她說，遞了張面紙給我。

就在這時，房間後側有人爆笑出聲。我本來以為讓丹尼爾留在臥

房裡睡覺沒問題，因為他從來不會睡到半途醒過來，通常會一路睡到星期六午餐過後。而且我已經把他的菸放在他枕頭邊了。

「如果布莉琪有個孩子，也會被她弄丟。」丹尼爾狂笑，「很高興認識您，瓊斯太太。布莉琪，妳平時星期六為什麼沒辦法像妳媽這樣盛裝打扮？」

5 月 21 日星期日

老媽因為我們在攝影團隊面前羞辱她，揭發她的騙局，不願意跟我們說話。至少她暫時會讓我們靜一靜。非常期待夏天的到來。在天氣暖和的時候有個男友，會很不錯。到時可以來點浪漫的小出遊。非常開心。

6月／哈！男朋友

Hah! Boyfriend

6月3日星期六

56.7公斤，酒5單位，菸25根，卡路里600，花在看度假小冊的時間：長途45分鐘、短遊87分鐘，用1471查詢來電7次（不錯）。

在熱氣中，發現自己幾乎無法專注在任何事情上，滿滿都是跟丹尼爾一起出門短遊的幻想。腦海裡的景象都是：我們躺在河邊的林間空地上，我穿著飄逸的白色長洋裝；我跟丹尼爾穿著同款的條紋T恤，坐在康沃爾郡的古老水畔酒館，啜飲啤酒，看著夕陽在海上落下；我跟丹尼爾在古蹟鄉間大宅飯店中庭裡享用燭光晚餐，然後回到我們的房間，在炎熱的夏夜裡纏綿整夜。

總之，我跟丹尼爾今天晚上要到他朋友威克希家參加派對，然後預計明天會一起到公園去，或者到鄉間找一家不錯的酒館吃午餐。有個男朋友真美妙。

6月4日星期日

57.2公斤，酒3單位（不錯），菸13根，花在看度假小冊的時間：長途30分鐘（不錯）、短遊52分鐘，用1471查詢來電3次（不錯）。

7 p.m. 嗯哼。丹尼爾剛剛回家了。其實我有點受夠了。這個星

期日熱歸熱但天氣晴朗，丹尼爾卻不想出門，也不願討論短遊的計畫，堅持整個下午都要把窗簾拉起來看板球比賽。昨天晚上那場派對滿不錯的。我們走去找威克希時，他正在跟一個很漂亮的女生聊天。我們走近的時候，我注意到女生一臉戒備。

「丹尼爾，」威克希說，「你見過薇內莎嗎？」

「沒有，」丹尼爾說，露出最撩人的魅惑笑容，伸出手，「很高興認識妳。」

「丹尼爾，」薇內莎說，叉起手臂，一臉火大，「我們上過床。」

老天，好熱。好想把身體探出窗外。有人正努力假裝我們在以紐約為場景的電影裡，演奏著薩克斯風，講話的聲音從四面八方傳來，因為每個人都開著窗戶散熱，可以聞到餐廳烹調的氣味。嗯。還滿想搬到紐約去的；不過仔細想來，那個地帶不大適合短遊。除非短遊的目的地就是紐約市。不過如果人早就住在紐約，也沒什麼意義。

打個電話給湯姆，然後回頭去工作。

8 p.m. 跑到湯姆家速速小酌一杯。就半小時。

6月6日星期二

58.1公斤，酒4單位，菸3根（非常好），卡路里1326，刮刮

樂 0 張（棒極了），用 1471 查詢來電 15 次（差），睡著 15 小時（不好，但錯在熱浪，不在我）。

好不容易說服柏珮嘉讓我居家工作。她之所以同意，只是因為她也想享受日光浴。嗯嗯嗯。拿到不錯的新短遊小冊：「英國的驕傲：英國列島首屈一指的大宅飯店」。一頁接一頁翻閱，想像跟丹尼爾一起在那些寢室和宴飲廳裡，時而性感，時而浪漫。

11 a.m. 好：現在要專心了。

11:25 a.m. 嗯嗯嗯，指甲有點扎人。

11:35 a.m. 老天，不知為何，我開始神經兮兮地幻想丹尼爾跟別人出軌，思考要說什麼刻薄不留情的話，既能保有自己的尊嚴，但讓他覺得悔不當初。好了，為什麼會這樣？我是不是憑著女人的直覺，察覺到他出軌了？

當年紀漸長，試著跟人約會有個問題，就是一切都變得意義深重。三十多歲沒伴侶，沒有約會對象，有點煩人的是沒有性愛，星期天沒人可以一起打發時間，而且派對後老是獨自返家。而這個想法總會混入這種神經質的念頭——妳之所以沒有交往對象，是因為妳有年紀了，以後不會再有人跟妳交往和上床，還不都是妳自己的錯，誰叫妳在青春正盛的時候太狂野、太任性，沒有好好找人定下來。

而妳完全忘了這個事實：妳 22 歲的時候，沒有男友，二十三個

月以來都沒認識到任何稍微引起妳興趣的人，這時妳頂多只會覺得這樣有點無趣。隨著年紀，整件事漸漸發展得不成比例，找到交往對象似乎演變成令人炫目，幾乎難以攻克的超高目標。等妳真的開始跟某人約會，就不可能達到妳原本設定的期望。

是這樣嗎？還是說，跟丹尼爾在一起有什麼不對勁的地方？丹尼爾是不是劈腿了？

11:50 a.m. 嗯嗯嗯。指甲真的很扎人。其實，如果不處理一下，我會開始摳來摳去，最後什麼指甲也不剩。好了，我最好去找一根指甲銼板。仔細一想，原本的指甲油感覺有點糟糕。我真的需要把指甲油擦掉再重塗。既然想到了，就動手吧。

中午。天氣這麼熱，所謂的男朋友又拒絕跟妳到任何地方去，簡直無聊透頂。他似乎認為我試圖騙他一起出門短遊，彷彿不是出遊而是一場婚姻、三個孩子，要他徹底清理位於斯托克紐因頓[1]家的廁所，屋裡擺滿未上漆的松木家具。我想這已經逐漸演變成心理危機。我要打電話給湯姆（總是可以等晚上再替柏珮嘉寫目錄文案）。

12:30 p.m. 嗯嗯嗯。湯姆說，如果妳跟交往對象在出門短遊期間，從頭到尾都在擔心你們關係的發展，最好跟朋友一起去。

---

[1] 斯托克紐因頓（Stoke Newington）是倫敦的一個住宅區。

只是缺了性愛，我說。只是缺了性愛，湯姆同意。今天晚上我要帶著旅遊小冊去跟湯姆碰面，計畫一個奇想短遊或假想短遊。所以我今天下午一定要拚命工作。

12:40 p.m. 在這樣的熱氣裡，穿這些短褲和 T 恤太不舒服了。我要換成飄逸的長洋裝。

噢，天啊，這件洋裝會讓我的內褲透出來。我最好換上肉色內褲，免得有人上門來。好，換成 Gossard 牌平滑系列內褲會很完美，我納悶放哪去了。

12:45 p.m. 事實上，如果找得到，考慮也把胸罩換成平滑系列，才能配成一套。

12:55 p.m. 好了些。

1 p.m. 午餐時間！最後一點喘息機會。

2 p.m. 好，所以今天下午我真的要認真工作，趕在晚上以前完成一切，然後出門去。不過，好想睡喔。好熱。也許眼睛瞇個五分鐘好了。小睡據說是恢復精神的極佳方式，對柴契爾夫人和邱吉爾都極有效用。好主意。也許到床上躺躺好了。

7:30 p.m. 噢，真是要命。

6月9日星期五

58.1 公斤，酒 7 單位，菸 22 根，卡路里 2145，花 230 分鐘檢查臉上有沒有皺紋。

9 a.m. 萬歲！今天晚上要跟姊妹們出去。

7 p.m. 噢，不，原來蕾蓓嘉會來。跟蕾蓓嘉共度一晚，就像跟水母一起在海裡游泳：一切原本順順利利，然後突如其來地遭受痛苦的鞭擊，一舉毀掉自己的信心。問題是，蕾蓓嘉的刺向來如此幽微地直擊各人的弱點或罩門，有如波斯灣戰爭的飛彈「呼茲茲茲—呼咻咻咻」穿過巴格達飯店走廊，任誰也料想不到。雪倫說我們不再是 24 歲了，應該成熟到可以應付蕾蓓嘉。她說得對。

午夜。噢，老天，好可怕。我好老，走下坡了。臉皮都垮了。

6月10日星期六

呃，今天早上醒來時，原本心情相當愉快（昨晚的醉意未散），接著突然想起昨晚女生之夜的狀況。第一瓶夏多內白酒下肚之後，正準備聊起為了安排短遊不時碰到的挫折，這時蕾蓓嘉突然說：「瑪格姐還好嗎？」

「還好。」我回答。

「她超級有魅力的,不是嗎?」

「嗯嗯嗯。」我說。

「她的模樣年輕得不可思議——我的意思是,說她 24 或 25 歲,也會有人相信。妳們上同一個學校,不是嗎?布莉琪?還是她比妳小個三四屆?」

「她大我半年。」我說,心頭竄過頭幾波驚恐感。

「真的嗎?」蕾蓓嘉說,接著是漫長尷尬的停頓,「唔,瑪格姐運氣不錯,膚質真的很好。」。

我感覺腦袋裡的血液頓時抽乾,蕾蓓嘉那番話裡的可怕事實擊中了我。

「我是說,她不像妳這麼常有笑容,也許這就是她皺紋沒那麼多的原因。」

我抓住桌子穩住自己,試著理順呼吸。原來我是未老先衰,我領悟到。就像縮時電影,李子轉眼變成了果乾。

「妳的節食計畫進行得怎樣?蕾蓓嘉?」小雪說。

啊啊啊。茱德和小雪竟然沒出聲否認,而是直接接受我提早老化是事實;只是為了顧慮我的感受,巧妙地試著轉移話題。我越來越驚恐,抓緊自己鬆垂的臉龐。

「去一下化妝室。」我咬緊牙關說，就像腹語術師那樣讓表情定格，減少皺紋浮現。

「妳還好嗎？小琪？」茱德說。

「沒事。」我生硬地回答。

一旦到了鏡子前面，我簡直站也站不穩，刺眼的頭頂照明暴露出我因為年紀而肥厚鬆垮的肌膚。我想像其他人在桌邊，責怪蕾蓓嘉竟然提醒我大家長久以來都在說，但永遠不需要讓我知道的事。

我突然湧上一股想跑出去，問所有用餐客人覺得我幾歲的衝動：就像以前有一次在學校，我暗地堅信自己心理不大正常，於是到處問操場上的每個人。「我是不是有病？」而他們當中有 28 個人都說：「是。」

一旦開始踏上了老化的思路，就再也無處可逃。人生突然像是一場假期，過了一半之後，一切開始加速奔向終點。覺得需要做點什麼來抑制老化過程，可是要怎麼做才好？拉皮我又負擔不起。真是進退兩難，因為肥胖和節食本身都會加速老化。為什麼我看起來顯老？到底為什麼？我盯著街上的老太太，試著想出臉會變老而不是變年輕的那些小小過程。在報紙上搜尋每個人的年紀，試著判定他們看來是否比實際年齡老。

11 a.m. 電話剛剛響了。是西蒙，要跟我說他最近看上眼的女生。「她幾歲？」我懷疑地問。

「24。」

啊啊,啊啊。到了這把年紀,跟我同齡的男人再也不覺得同世代的人有魅力了。

4 p.m. 出去跟湯姆碰面喝午茶。決定必須花更多時間在外表上,像好萊塢明星那樣,所以花了老半天在眼底抹上遮瑕膏,往臉頰上腮紅,強化逐漸淡化的五官線條。

「老天。」我抵達的時候,湯姆說。

「怎麼了?」我說,「怎樣?」

「妳的臉,妳看起來就像芭芭拉・卡德蘭[2]。」

我開始迅速眨眼,試圖接受這份領悟:埋藏在肌膚裡某種可怕的定時炸彈,突然且無法挽回地讓我的皮膚變得皺縮乾枯。

「以我的年紀,我看起來真的很老,對不對?」我慘兮兮地說。

「不是,妳看起來像個偷用媽媽化妝品的 5 歲孩子,」他說,「看。」

我朝酒館仿維多利亞風格的鏡子一瞥。我看起來像是個裝飾過度的小丑,臉頰亮著粉紅,眼睛好似兩隻死烏鴉,下面厚厚一片白,

---

[2] 芭芭拉・卡德蘭(Barbara Cartland, 1901-2000),英國作家,有「羅曼史女王」的稱號,出版當代跟歷史羅曼史小說,是 20 世紀全球最暢銷的作家之一。

有如多佛白崖[3]。我突然理解到老女人為什麼會落得上過多彩妝，惹得每個人都在偷笑，我決心再也不要偷笑別人了。

「怎麼回事？」他說。

「我未老先衰。」我咕噥。

「噢，拜託喔，都是因為那個該死的蕾蓓嘉，對不對？」他說，「小雪跟我說妳們聊到瑪格妲的那段對話。真荒唐。妳看起來明明就是 16 歲左右。」

我愛湯姆。雖然我懷疑他可能在撒謊，但我的心情因此大好，因為如果我看起來像四十五，即使是湯姆，肯定也不會說我看起來才十六。

6 月 11 日星期日

56.7 公斤（非常好，熱到沒胃口），酒 3 單位，菸 0 根（非常好，熱到不想抽），卡路里 759（都來自冰淇淋）。

又浪費了一個星期天。感覺整個夏天注定只能拉起窗簾，看板球比賽。對夏天有種不安感，不只因為在星期天拉起窗簾以及短遊

---

[3] 多佛白崖是英格蘭海岸線懸崖之一，鄰著多佛海峽，與法國加萊隔海相望。

的禁令。隨著漫長炎熱的日子日復一日過去,領悟到不管我在做什麼,我都真心覺得自己應該去做其他事情。這種感受系出同源,偶爾會讓你認為,就是因為你住倫敦市中心,就應該到皇家莎士比亞劇團／亞伯特音樂廳／倫敦塔／皇家學院／杜莎夫人蠟像館去走走,而不是到酒吧去自得其樂。

太陽越是閃耀,越明顯的就是其他人在別的地方,更徹底地善用夏天:可能在某場大型壘球比賽,人人都受邀了只有我沒有;可能跟他們的戀人在鄉村瀑布旁的林間空地獨處,附近有小鹿在吃草;或是在大型的公開慶祝活動,可能連王太后[4]和一個或更多的足球男高音[5]都出席了,標示了最精彩的夏季時光,是我完全錯過的。也許都該怪我們過去曾經歷的多變天氣。或許我們都尚未具備那種心理狀態,無法以平常心面對頻繁出現的太陽和萬里無雲的藍天,因為這種狀況畢竟很罕見,平時只要難得一出太陽,就慌慌張張衝出辦公室,脫掉大半衣服,氣喘吁吁待在戶外防火逃生梯上做日光浴,這種本能依然過於強烈。

不過這當中也有困惑。現在已經不時興隨意跑到戶外,平添罹患皮膚癌的風險,所以應該怎麼辦?也許找個有遮蔭的地方烤個肉?你忙著生火好幾個小時,朋友等你都等到餓扁了,你才用表面燒焦但內裡顫動的半生乳豬烤肉片毒害他們?或是到公園野

---

[4] 王太后(Queen Mother, 1900-2002),亦即「伊莉莎白王太后」。在位時稱伊莉莎白王后,為英國國王喬治六世王后、末代印度皇后,英國女王伊莉莎白二世之母。
[5] 足球男高音(football tenors)這裡指的應是三大男高音:多明哥、卡列拉斯和帕華洛帝,他們曾經在 1990 年 7 月 7 日世界盃足球賽決賽前夜,於義大利羅馬的卡拉卡拉浴場第一次聯手登台。

餐,最後所有女人忙著把壓扁的一塊塊莫札瑞拉乳酪從錫箔紙上刮起來,對著會因為臭氧而氣喘發作的孩子大呼小叫;而男人們在正午烈陽裡猛灌烘暖的白酒,帶著被排擠的恥辱感,盯著附近的墨球賽事。

真是嫉妒歐洲大陸上的夏季生活,那裡的男人會穿著時髦的輕薄西裝戴名牌墨鏡,平心靜氣開著有空調的時髦汽車四處逍遙,也許在古老的廣場上停下來,到有遮蔭的人行道咖啡館裡來杯現調檸檬汁,對太陽抱持冷靜的態度,不多加理會,因為他們知道太陽到了週末還會在,到時他們可以躺在遊艇裡靜靜享受陽光。

打從我們開始旅行並留意到這件事以來,我確定,這就是我們普遍缺乏民族信心的背景因素。我想狀況可能會逐漸改觀。越來越多的桌子擺在人行道上,用餐的客人勉強平靜地坐在桌旁,偶爾想起太陽時,閉起雙眼、仰頭向光,對路過的行人露出興奮的燦笑──「看哪,看,我們正在人行道上的戶外咖啡館裡享受一杯提神飲料,我們也可以這樣耶」──臉上略過一抹稍縱即逝的焦慮表情,意思是:「我們是不是應該去看《仲夏夜之夢》的戶外演出才對?」

我的腦海後側某個地方有個抖抖顫顫的初生念頭,也許丹尼爾是對的:天氣熱的時候,你該做的就是到樹底下呼呼大睡,或是拉起窗簾看板球賽事。可是,依我看來,要能夠平心靜氣去睡覺,你必須知道隔天也會一樣熱,後天也是,也就是說,知道自己這輩子會有足夠的熱天,以平靜慎重的態度,不疾不徐地去做所有想像中的熱天活動,而不帶絲毫的緊迫感。我看是機會渺茫。

6月12日星期一

59.6公斤,酒3單位(非常好),菸13根(不錯),花在嘗試設定預錄影片的時間:210分鐘(頗差)

7 p.m. 老媽剛剛打電話來。「噢,哈囉,親愛的。妳猜怎樣?潘妮‧哈斯本－波思沃斯上《新聞之夜》[6]了!!!」

「誰?」

「妳知道哈斯本－波思沃夫婦啊,親愛的。他們家的烏蘇拉在中學比妳大一屆。賀伯特得白血病死了……」

「什麼?」

「不要說『什麼?』,布莉琪,要說『請再說一遍』。重點是,我到時不在家,因為尤娜想看尼羅河的幻燈片秀,所以我跟潘妮想知道,妳能不能幫忙錄一下……噢,該掛電話了──我到肉販這裡了!」

8 p.m. 好。錄影機都買兩年了,卻從來都沒辦法用它來錄任何東西。而且還是FV67 HV VideoPlus的型號。只要跟著操作指南走,看看按鈕在哪裡等等的,應該滿簡單的,肯定的。

---

[6] 《新聞之夜》(*Newsnight*)是英國電視新聞節目,在BBC2播出。

8:15 p.m. 嗯哼。找不到操作指南。

8:35 p.m. 哈！在《哈囉！》雜誌底下找到操作指南。好。「設定錄影跟打電話一樣簡單。」太棒了。

8:40 p.m. 「拿遙控器對準錄影機。」非常簡單。「轉到索引。」啊啊啊，恐怖的清單上有「定時器控制立體聲同步錄音」、「需要用來編碼節目的解碼器」等等的。只是想把潘妮·哈斯本－波思沃斯的大放厥詞錄下來，並不想耗掉整個晚上閱讀這本監看技術的專著。

8:50 p.m. 啊。有圖解。「IMC 功能按鍵」。可是什麼是 IMC 功能？

8:55 p.m. 決定不理會這一頁。翻到「用 VideoPlus 定時器控制錄影」：「1. 符合 VideoPlus 的條件。」什麼條件？蠢錄影機真討厭。感覺就像要跟著路上的標示走路，而內心深處知道路標跟錄影機操作手冊根本說不通，但依然無法相信當局會這麼殘忍，竟然刻意欺騙我們民眾。覺得自己是個無能的蠢蛋，彷彿全世界的其他人都明白某件只有我不知情的事。

9:10 p.m. 「你打開錄影機時，一定要調整時鐘和月曆，才能有準確的定時器控制錄影（別忘了使用迅速調整選項，以便在夏季和冬季時間之間轉換）。按下紅色鍵跟數字 6 可以叫出時鐘選單。」

按下紅鍵，沒有動靜。按下數字，沒有反應。真希望愚蠢的錄影

機從來沒被發明出來。

9:25 p.m. 啊啊啊。主選單突然出現在電視上,說「按下 6」。噢,老天。意識到自己無意間用了電視的遙控器。現在新聞播出了。

剛剛打電話給湯姆,問他能不能幫忙錄下潘妮·哈斯本－波思沃斯,可是他說他也不知道怎麼操作自己的錄影機。

突然間,錄影機裡發出咔答聲,新聞莫名其妙換成了《盲目約會》。

剛剛打電話給茱德,她也不會操作她的錄影機。啊啊啊。啊啊。10:15 了。再 15 分鐘《新聞之夜》就要播出了。

10:17 p.m. 錄影帶塞不進去。

10:18 p.m. 啊,原來裡面有《末路狂花》的錄影帶。

10:19 p.m. 《末路狂花》的錄影帶退不出來。

10:21 p.m. 瘋狂按著所有按鍵。錄影帶出來以後又縮進去。

10:25 p.m. 現在把空白錄影帶放進去了。好。翻到「錄影」那裡。

「在調諧模式裡,按下任何按鍵(除了「記憶」之外),錄影就會開始。」不過,什麼是調諧模式?「用攝影機或類似的裝置錄影時,按下 AV 節目來源 3x,在雙語傳輸期間按下 1/2,壓住 3 秒以便選擇你要的語言。」

噢,老天。這本蠢操作手冊讓我想到班戈大學那位語言學教授,他如此沉浸在語言的細部裡,只要一開口就會忍不住分析起每個字眼:「今天早上我會……是這樣的,在1570年,『會』(would)這個字啊……」

啊啊啊。啊啊。《新聞之夜》就要開始了。

10:31 p.m. 好了,好了。鎮定。潘妮‧哈斯本−波思沃斯談石棉白血病的段落還沒播出。

10:31 p.m. 耶,耶,目前正在錄製節目。我辦到了!

啊啊。全都發瘋了。錄影帶竟然開始倒轉,現在停下來並退了出來。為什麼?靠。靠。原來因為一時興奮一屁股坐在遙控器上。

10:35 p.m. 現在一陣忙亂。打電話給小雪、蕾蓓嘉、西蒙、瑪格姐。沒人知道怎麼設定錄影。我知道只有一個人會,那就是丹尼爾。

10:45 p.m. 噢,天。當我說我不會設定錄影的時候,丹尼爾笑到停不下來,說他會幫我錄。不過,至少我已經為老媽盡心盡力了。自己的朋友上了電視,很令人興奮也很有歷史意義。

11:15 p.m. 嗯哼。媽剛打電話來。「抱歉,親愛的,不是《新聞之夜》,是明天的《早安新聞》才對。妳能不能設定錄下明天早上7點的BBC1台?」

11:30 p.m. 丹尼爾剛剛來電。「呃,抱歉,小琪。我不確定出了什麼問題,我錄到的是貝瑞・諾曼[7]。」

6月18日星期日

56.2公斤,酒3單位,菸17根。

第三個週末,坐在昏暗中,丹尼爾的手往下探進我的胸罩,逗弄我的乳尖,彷彿那是某種安神用的念珠,我偶爾氣弱地說:「剛剛那是跑位嗎?」我突然脫口而出:「我們為什麼不能出門短遊一下?為什麼?為什麼?為什麼?」

「好主意,」丹尼爾溫和地說,把手抽出我的洋裝,「那妳訂個地方下週末去吧?找個不錯的鄉間大宅飯店。我付錢。」

6月21日星期三

56.8公斤(非常、非常好),酒1單位,菸2根,刮刮樂2張(很好),花在看度假小冊的時間:237分鐘(差)。

丹尼爾拒絕繼續討論短遊的事,也不肯看小冊子,而且嚴禁我在我們星期六出發以前提起。這件事我渴望這麼久了,他怎麼能夠

---

[7] 貝瑞・諾曼(Barry Norman, 1933-2017),英國影評、電視主持及記者。

期待我不覺得興奮呢？男人為什麼還沒學會對假期浮想聯翩，從小冊子裡挑選，然後計畫加幻想，就像他們（或其中一些人）學習怎麼料理或縫紉？要一肩扛起規劃短遊的責任，對我來說很可怕。沃斯利亞姆斯飯店[8]看起來滿理想的——頗有品味又不會過於正式，有四帷柱床、有湖泊，甚至有健身中心（不打算進去），可是如果丹尼爾不喜歡怎麼辦？

6月25日星期日

56.8公斤，酒7單位，菸2根，卡路里4587（糟糕）。

噢，天啊。我們一抵達，丹尼爾就判定這裡是新富族群的去處，因為外面停了三輛勞斯萊斯，其中一輛還是黃色的。我心裡一沉地意識到，天氣突然變得極冷，我打包的卻是適合32度左右氣溫的衣物。這是我打包的東西：

泳裝2件
比基尼1件
飄逸的白色長洋裝1件
無袖連身裙1件
Trailer-park-trash的粉紅果凍粗跟涼鞋1雙

---

[8] 沃斯利亞姆斯飯店（Wovinham Hall）是位於北約克郡中心的鄉間莊園，在約克市北邊。

茶香玫瑰粉絨面布料小洋裝 1 件
黑色絲質襯衣
胸罩、內褲、絲襪、吊襪帶（各種式樣）

我冷得瑟瑟發抖，搖搖晃晃跟在丹尼爾後面，這時天空響起一聲雷鳴，然後發現前廳擠滿了伴娘和穿著乳白色西裝的男人，察覺飯店的住客裡只有我們跟這場婚禮無關。

「噴！在斯雷布尼查[9]那邊發生的事情好可怕。」我瘋狂地閒扯，試著提出富爭議性的問題，以便跟丹尼爾抗衡，「老實說，我從來無法確定波士尼亞那邊到底怎麼了。我以為在賽拉耶佛的是波士尼亞人，然後塞爾維亞人攻擊他們，所以那些波士尼亞的塞爾維亞族到底是誰？」

「唔，要是妳別花那麼多時間讀旅遊小冊，多讀點報紙，妳就會知道。」丹尼爾促狹地笑著。

「所以到底怎麼回事嘛？」
「老天，看看那些伴娘的胸部。」
「波士尼亞的穆斯林是什麼人？」
「我真不敢相信那個男人翻領的尺寸。」

突然間我有種明確的感覺：丹尼爾企圖改變話題。

---

[9] 斯雷布尼查（Srebrenica）是波士尼亞東部小鎮，1995 年發生大屠殺，是二次大戰後在歐洲土地上規模最大的種族滅絕事件，八千名穆斯林男子被塞爾維亞軍隊殺害。

「波士尼亞的塞爾維亞族,跟攻擊賽拉耶佛的,是同一批人嗎?」我問。

沉默。

「那麼斯雷布尼查是在誰的領土裡?」
「斯雷布尼查是個安全地區。」丹尼爾用高人一等的語調說。
「那安全地區的人為什麼之前會被攻擊?」
「閉嘴。」
「只要跟我說,斯雷布尼查的波士尼亞人,跟賽拉耶佛的那些,是不是同一批人就好。」
「穆斯林。」丹尼爾得意洋洋地說。
「塞爾維亞人,還是波士尼亞人?」
「欸,可以閉上嘴嗎?」
「你也不知道波士尼亞那裡的狀況。」
「我知道。」
「你不知道。」
「我知道。」
「你才不知道。」

飯店的看門人穿著燈籠褲、白襪、搭扣皮鞋、長大衣,頂著灑了粉的假髮,就在這時,他湊過來並說:「我想你會發現,斯雷布尼查和賽拉耶佛的的居民,是波士尼亞的穆斯林,先生。」然後意有所指地補了一句:「早上需要來份報紙嗎?先生?」

我還以為丹尼爾會出拳揍他。我發現自己輕搓著丹尼爾的手臂，喃喃著：「好了，放鬆，放鬆。」彷彿他是一匹被貨車嚇到的賽馬。

5:30 p.m. 好冷。我不是穿著飄逸的長洋裝，跟丹尼爾並排躺在湖畔，享受熱烘烘的陽光，而是搭著划艇，身上裹著飯店的浴巾，冷到臉色發青。我們最後放棄了，回房間泡熱水澡、吞個阿斯匹靈。在途中發現有一對男女也不是來參加婚禮的，晚上會跟我們一起共用餐室，女方叫艾琳，丹尼爾跟她上過兩次床，無意間咬了她的胸脯，力道大到危險的地步，兩人從此沒再說過話。

我泡完澡走出來的時候，丹尼爾正躺在床上咯咯笑。「我要跟妳說個新的節食法。」他說。

「所以你真的覺得我太胖。」

「好了，就是這樣。非常簡單。妳需要做的，就只有自己掏錢買的食物都不要吃。所以在這種節食法的開端，妳有點胖，沒人邀妳出去吃晚餐。然後妳減了體重，變成腿有點細長、快來上我吧的大臀女，大家開始邀妳出門吃飯。結果妳的體重就會攀升幾磅，邀約跟著漸漸減少，然後妳又會開始掉體重。」

「丹尼爾！」我爆炸了，「我從沒聽過這麼過分的話，嚴重性別歧視、歧視胖子而且偏激。」

「噢，別這樣嘛，小琪，」他說，「這是妳內心真實想法的合理延伸。我一直跟妳說，沒人想要竹節蟲那樣的細腿。他們希望對象的臀部大到可以停輛單車進去，還可以在上頭擱一杯啤酒。」

我左右為難,一方面滿腦子這個噁心畫面:我的臀部裡停了輛單車,上頭放了杯啤酒,另一方面又很氣丹尼爾大剌剌說出這種性別歧視的話來挑釁人。但我突然納悶,難道他說對了,我是不是就是這樣看待自己的身體跟男人之間的關係。既然如此,我是否應該馬上吃點美味的東西,那要吃什麼才好。

「我來開電視。」丹尼爾說,趁我一時啞口無言,按下遙控按鈕,朝窗簾走去,是飯店那種有遮光襯裡的厚實窗簾。幾秒鐘之後,除了板球賽事的閃光之外,整個房間陷入徹底的黑暗。丹尼爾點了根菸,然後請客房服務送六罐佛斯特淡啤酒來。

「想要什麼嗎?小琪,」他說,嘻嘻笑,「也許來一份熱茶跟果醬奶油司康?我出錢。」

7月／噂
Huh

7月2日星期日

55.3公斤（好表現要持續），酒0單位，菸0根，卡路里995，刮刮樂0張：完美。

7:45 p.m. 老媽剛剛來電。「噢，哈囉，親愛的，妳猜怎樣？」

「我去另一個房間接電話，等等。」我說，緊張地回頭瞥一眼丹尼爾，把電話拔起來，悄悄走到隔壁，再把電話插回去，卻發現我兩分半鐘的缺席，老媽根本沒注意到，自顧自說個不停。

「……所以妳覺得如何，親愛的？」

「嗯，我不知道。我剛剛說要把電話帶到另一個房間。」我說。

「啊，所以妳什麼都沒聽到？」

「沒有。」一陣微微的停頓。

「噢，哈囉，親愛的，妳猜怎樣？」有時候我覺得老媽是現代世界的一分子，但有時她似乎距離現代世界非常遙遠。就像她在我的答錄機裡留言時，會用非常響亮跟清晰的聲音說：「我是布莉琪·瓊斯的母親。」

「哈囉？噢，哈囉，親愛的，妳猜怎樣？」老媽再次說。

「怎樣？」我無奈地說。

「7月29日,尤娜和傑佛瑞要在自家花園裡舉辦『蕩婦和牧師』扮裝派對,妳不覺得很有趣嗎?蕩婦和牧師耶!想像一下!」

我試著不去想像,抗拒尤娜·厄康伯利穿著長筒靴子、漁網絲襪以及洞洞胸罩的模樣。六十多歲的人舉辦這樣的活動感覺很不自然也不對勁。

「總之,我們覺得會很棒,如果妳跟——」一陣意味深長的扭捏停頓——「丹尼爾可以一起來參加的話。我們都好想見見他。」

想到我跟丹尼爾的關係會在北安普敦郡救生艇俱樂部午餐會上,被拿出來細細密密地抽絲剝繭,我的心就往下一沉。

「我想這種活動不大合丹尼爾的——」我在桌子上探出身子,以膝蓋保持平衡的椅子,不知怎地倒了下來,撞出很大的聲響。

我把電話撿回來的時候,老媽還在說話。「對,太好了。馬克·達西顯然也會攜伴出席,所以……」

「怎麼回事?」丹尼爾赤裸裸地站在門口。「妳在跟誰講話?」

「我媽。」我氣急敗壞,用嘴角說。

「我來。」他說著便接過電話,我喜歡他像這樣展現出權威,卻不暴躁的作風。

「瓊斯太太,」他用最迷人的語氣說,「我是丹尼爾。」

我幾乎可以聽到老媽飄飄然的聲音。

「星期天早上這個時間通電話有點早，是的，今天天氣真是美妙。有什麼要我們幫忙的嗎？」

老媽繼續閒聊幾秒鐘，期間丹尼爾看著我，然後轉頭貼回話筒。

「唔，好啊，我會把 29 日記進日誌，然後找出我的牧師頸圈領。好了，我們最好回頭去補個眠。妳好好照顧自己喔。掰，是，掰了。」他堅定地說，然後掛掉電話。

「妳看，」他自鳴得意地說，「唯一需要的，就是鐵腕作風。」

7 月 22 日星期六

55.8 公斤（嗯嗯，一定要甩掉大概半公斤），酒 2 單位，菸 7 根，卡路里 1562。

下星期六，丹尼爾要跟我一起去參加「蕩婦跟牧師」派對，我真的滿興奮。不用自己開車過去，隻身抵達，面對我為什麼沒男友的連番盤問。到時會是個美妙的熱天。也許我們甚至可以當成短遊，待在酒吧旅舍（或是臥房沒有電視的飯店）。我真心期待丹尼爾跟老爸見見面。希望老爸會喜歡他。

2 a.m. 做了恐怖的惡夢，淚流滿面地醒來。這個夢我反覆做過很多次，我在夢裡正在考升學用的高級法文，翻過試卷時，卻

發現自己忘了複習，而且身上除了家政課的圍裙之外，什麼都沒穿，我心急如焚地想把圍裙拉好，免得奇納老師看到我沒穿內褲。我希望丹尼爾至少能夠表示一點同情心。我知道我會做這種惡夢都跟我擔心自己的職涯未來有關，但他只是點燃一根菸，要我再講一次家政課圍裙那部分。

「你有該死的劍橋一級證書，當然沒事，」我低聲說，吸著鼻子，「我永遠忘不了去查公布欄，發現自己的法文得了 D，知道自己上不了曼徹斯特大學的那一刻。這件事整個改變了我的人生軌道。」

「妳應該慶幸自己運氣好，小琪，」他說，仰躺著朝天花板吞雲吐霧，「要不然妳可能早就嫁給某個無聊的北方佬，下半輩子都忙著清惠比特犬[1]的狗籠。總之⋯⋯」他笑了起來，「⋯⋯而且在⋯⋯在班戈⋯⋯」（他樂到連話都說不出來）「⋯⋯拿學位⋯⋯也什麼不對的。」

「好了，夠了，我要去睡沙發。」我嚷嚷，跳下床。

「嘿，別這樣嘛，小琪，」他邊說邊拉我回去，「妳知道我覺得妳是個⋯⋯是個智性的巨人，妳只是需要學習怎麼詮釋夢境。」

「那這場夢要跟我說的是什麼？」我說，悶悶不樂，「告訴我沒完全發揮自己的智性潛能？」

---

[1] 一般人對英國北方佬的刻板印象就是會育種飼養惠比特犬。

「也不是。」

「那是什麼？」

「唔，我想沒穿褲子圍圍裙是個滿明顯的象徵，不是嗎？」

「什麼？」

「這表示，徒勞地追求智性生活阻擋了妳人生的真正目的。」

「那又是什麼？」

「唔，當然就是替我打理三餐啊，親愛的，」他說，再次樂到無法自已，「而且不穿褲子，在我的公寓裡走來走去。」

7月28日星期五

56.2公斤（明天之前一定要節食），酒1單位（非常好），菸8根，卡路里345。

嗯嗯嗯。丹尼爾今天晚上很貼心，花了半天幫我挑選蕩婦和牧師派對的裝扮。他一直提議不同的組合讓我嘗試，由他負責評估。他一心想用頸圈、黑棉衫搭上頂端是黑色蕾絲的長筒絲襪，這種裝扮結合了蕩婦和牧師的元素。不過，我以這身打扮走來走去一陣子之後，他判定最好的是穿瑪莎百貨的黑色蕾絲連體衣，搭上絲襪、吊襪帶，還有法式女僕風的圍裙（圍裙是我們用兩條手帕和一條緞帶做成的）、蝴蝶領結、棉花做成的兔子尾巴。他願意花這麼多時間真好。有時候我認為他還滿有心的。今天晚上他的

性致也特別高昂。

噢,我好期待明天。

7月29日星期六

55.8公斤(非常好),酒7單位,菸8根,卡路里6245。(尤娜‧厄康伯利、馬克‧達西、丹尼爾、老媽跟每個人都去死啦。)

2 p.m. 無法相信發生了什麼事。到了下午1點,丹尼爾還沒醒來,我開始擔心,因為派對兩點半就要開始了。最後我用一杯咖啡叫醒他,並說:「我想你該起來了,我們應該兩點半到那裡。」

「哪裡?」他說。

「蕩婦和牧師扮裝派對啊。」

「噢,老天,親愛的,聽著,我剛剛才發現,這個週末我有很多工作要忙,真的必須待在家裡認真工作。」

我真不敢相信。他明明答應要去的。每個人都知道,當你跟某個人交往時,對方應該在可怕的家庭場合上支持你。而丹尼爾卻認為,只要提起「工作」這個字眼,他什麼都躲得掉。現在厄康伯利夫婦的朋友全都會追著我問,我到底交男朋友了沒,而沒人會

相信我的答案。

10 p.m. 真不敢相信我熬過了什麼。我開了兩小時的車,停在厄康伯利夫婦家前面,希望我穿著兔女郎的洋裝看起來還不錯。我繞過側面到花園去,聽到大家歡歡喜喜拔高嗓門講話。我開始越過草坪時,大家都安靜下來;我驚恐地意識到,大家做的根本不是蕩婦和牧師的裝扮,女士們穿著鄉間休閒風格、裙襬長至小腿一半的兩件式碎花洋裝,男士們穿著長褲搭V領毛衣。我站在原地,整個人僵住,唔,就像一隻受驚的兔子。就在人人盯著我看的時候,尤娜·厄康伯利穿著紫紅色褶裙,端著放滿蘋果碎塊和薄荷葉的塑膠茶壺,裙襬翻飛,越過草坪走了過來。

「布莉琪!!見到妳真棒。來點皮姆[2]吧。」她說。

「我還以為是蕩婦和牧師扮裝派對。」我用氣音說。

「噢,天啊,老傑沒打電話給妳嗎?」尤娜說。我真不敢相信。我是說,難道她以為我平時就會打扮成兔女郎還是怎樣?「老傑?」她說,「你沒打給布莉琪嗎?我們都很期待見見妳的新男友,」她說,東張西望,「人呢?」

「他有工作要忙。」我嘀咕。

「我的小布莉琪還好嗎?」傑佛瑞叔叔踉蹌走過來,醉醺醺的。

---

[2] 皮姆(Pimms)通常的調法是利口酒皮姆1號、檸檬汁和冰塊攪拌後,加入新鮮水果和小黃瓜切片,再補上薑汁汽水或檸檬汽水,最後加入薄荷葉。

「傑佛瑞。」尤娜冷冰冰地說。

「是,是,該做的都做了,一切皆已遵照指令辦理,上尉,」他邊說邊行軍禮,然後癱靠尤娜的肩膀上,咯咯笑著,「可是打過去是該死的答錄機那種鬼東西。」

「傑佛瑞,」尤娜嘶聲說,「去看看烤肉的狀況。抱歉,親愛的,是這樣的,牧師們出了那些醜聞之後,我們決定舉辦蕩婦和牧師派對實在沒什麼意義,因為……」她笑了起來,「……因為反正大家都覺得牧師就是蕩婦。噢,天啊。」她邊說邊抹眼睛。「總之,這個新傢伙如何?他星期六在忙什麼鬼東西?噴!這種藉口不怎麼高明。按這種步調走,我們是要怎麼把妳嫁掉?」

「按這種步調走,我最後會淪落為應召女郎。」我嘟噥,試著把別在屁股上的兔子尾巴解開。

我感應到某人的視線,抬起頭就看到馬克‧達西定定盯著兔尾巴。他旁邊就是那位高䠷苗條、光鮮亮麗的頂尖家事法訴訟律師,穿著端莊的淡紫色洋裝搭外套,就像賈姬那樣,頭上頂著墨鏡。

那個自鳴得意的狐狸精對著馬克露出壞笑,用非常無禮的方式,大剌剌上下打量我。「妳剛從別場派對過來的嗎?」娜塔莎輕聲說。

「其實,我正要去上班呢。」我說。馬克‧達西聽了露出淺笑,撇過臉去。

「哈囉,親愛的,我沒辦法停下腳步。我正在拍東西。」老媽用高亢的聲音說,穿著亮綠松石色的打褶襯衫式洋裝,朝我們快步走來,手裡揮著場記板。「妳到底穿了什麼東西啊?親愛的?看起來簡直像妓女。請務必安靜,各位,還有⋯⋯」她朝著朱力歐的方向嚷嚷,他正揮舞著攝影機。「開拍!」

我驚慌地環顧四周,尋找老爸的身影,但放眼都看不到他。我看到馬克‧達西在跟尤娜說話,朝我的方向打著手勢,然後尤娜一臉目標明確,朝我的方向趕來。

「布莉琪,關於弄錯扮裝的事,我真的很抱歉,」尤娜說,「馬克剛剛在說,有這些老傢伙在妳四周晃來晃去,妳一定覺得很不自在。妳要不要借點衣服穿?」

那場派對餘下的時間,我都在吊襪帶裝扮上方,套了潔寧的 Laura Ashley 伴娘洋裝,蓬蓬袖、帶葉嫩枝的碎花。馬克‧達西的娜塔莎冷笑著,老媽偶爾會快步經過,喊著:「這件洋裝漂亮喔,親愛的。卡!」

「我對那個女朋友沒什麼好感,妳呢?」尤娜‧厄康伯利發現我落單時便大聲說,朝著娜塔莎的方向點點頭,「擺出一副大小姐的架勢。伊蓮認為她很急著奠定自己的地位。噢,哈囉,馬克!想再來一杯皮姆嗎?真可惜布莉琪沒帶男朋友過來。他真是個幸運的小伙子,是吧?」這一切都用非常挑釁的態度說的,馬克選擇當女友的人——(a)不是我(b)不是尤娜在火雞咖哩餐會上介紹給馬克的——尤娜彷彿把這件事當成對她個人的侮辱。「他

叫什麼來著？丹尼爾是吧？潘姆說他是年輕有為的出版業者之一。」

「丹尼爾·克利弗嗎？」馬克·達西說。

「是，沒錯，其實。」我邊說邊外推下巴。

「是你朋友嗎？馬克？」尤娜說。

「絕對不是。」馬克突兀地說。

「噢噢，我希望他好到配得上我們的小布莉琪，」尤娜堅持下去，對我眨眼，彷彿覺得這樣很滑稽而不是可怕。

「我想我可以自信滿滿地再說一次，絕對不是。」馬克說。

「噢，等等，奧德莉在那邊。奧德莉！」尤娜說，根本沒在聽，然後腳步輕盈地離開了。感謝老天。

「我想你覺得那樣很高明。」她離開以後，我氣呼呼地說。

「什麼？」馬克說，一臉訝異。

「少跟我裝傻，馬克·達西。」我嘀咕。

「妳講起話來跟我母親一樣。」他說。

「你莫名其妙地在別人父母的朋友面前，隨口批評別人不在場的男友。不為別的，只因為你在嫉妒。我想你一定覺得這樣做沒關係。」我胡亂揮著手。

他盯著我，彷彿為了其他事情而分了心。「抱歉，」他說，「我只是想弄清楚妳的意思。我……？妳是在暗示我嫉妒丹尼爾‧克利弗？為了妳？」

「不，不是為了我，」我氣沖沖地說，因為我意識到自己說出口確實有那種感覺，「我只是假設你對我男友的評價這麼糟，除了純粹的惡意，肯定有什麼理由。」

「馬克，親愛的，」娜塔莎柔聲哄著，腳步輕盈，姿態優雅地越過草地到我們身邊。她高䠷細瘦，不覺得有必要穿上高跟鞋，就可以輕易橫越草地而不陷進土裡，彷彿天生就為此而設計，有如沙漠中的駱駝。「來跟你母親說一下我們在康倫家居[3]看過的餐廳家具。」

「那就保重了，」馬克小聲說，「我也會請妳媽媽好好保重。」他說，意有所指地朝朱力歐點點頭，一面被娜塔莎拖走。

多煎熬了四十五分鐘之後，我想我總算可以好好退場了，於是以工作為由向尤娜告辭。

「妳們這些職業女性！不能永遠拖延下去，知道吧：時間滴答滴答在走喔。」她說。

我必須先在車裡抽個五分鐘的菸，心情才平靜到足以啟程。我開

---

[3] 康倫家居（Conran Shop）是英國家居生活設計品牌，1973 年在倫敦開設第一家零售店面，後來進一步在全球布點。

回大馬路的時候，老爸的車駛了過去。坐在副駕的是潘妮・哈斯本－波思沃斯，穿著紅色蕾絲鋼圈托高的緊身馬甲，頂著兩隻兔耳朵。

回到倫敦，下了公路。比我預期得早多了。我心神震盪，不想直接回家，索性先到丹尼爾的家去尋求慰藉。

我把車頭對著丹尼爾的車頭停好。我按電鈴的時候沒有回應，所以我稍等了一下，然後再次按鈴，免得他正看到精彩的一輪擊球還是什麼的。還是無人回應。我知道他一定在，因為他的車子在，而且他說要忙工作跟看板球。我抬頭望向他的窗戶，丹尼爾就在那裡。我對他露出燦笑，揮揮手、指指門。他消失了，我想是為了按下開門鍵，所以我再次撳門鈴。他花了點時間才回應：「嗨，小琪，我在跟美國通話，能不能10分鐘後到酒館會合？」

「好啊。」我爽朗地說，想都沒想就朝著街角走去。可是就在我回頭的時候，他又出現了，並不是在講電話，而是透過窗戶望著我。

我生性狡猾，只是裝作沒看到，繼續往前走，可是我的內心一片騷亂。他為什麼在看？他為什麼頭一次沒來應門？他為什麼不乾脆按下開門鍵，放我直接上樓？突然間，一個念頭像雷電一樣劈中了我。他身邊有女人。

我的心怦怦猛跳。繞過轉角之後身體平貼在牆上，探出轉角一瞥，確定他已經離開窗邊。不見他的蹤影。我匆匆趕回去，蹲伏

在他隔壁的門廊,觀察柱子之間的門口,免得有個女人走了出來。我等待著,蹲伏了一段時間。可是接著我開始想:要是有個女人走出來,我怎麼知道她是從丹尼爾的公寓,而不是別戶公寓出來的?我又能如何?當面質問她?執行公民逮捕[4]?也阻止不了他把那個女人留在公寓裡,指示她暫時待著,等他上酒館之後再自行離開。

我看著手錶。6:30。哈!酒館還沒開。完美的理由。我壯起膽子,朝門口趕去,按下了門鈕。

「布莉琪,又是妳嗎?」他厲聲說。

「酒館還沒開。」

一陣沉默。背景裡有沒有人講話的聲音?我陷入否認的情緒,告訴自己,他只是在洗錢或是賣毒品。他可能在某些南美洲綁著馬尾油嘴滑舌男人的協助下,試圖將塞滿古柯鹼的塑膠袋藏進地板木條底下。

「讓我進去。」我說。

「就跟妳說,我在講電話。」

「放我進去。」

「什麼?」他在拖時間,我看得出來。

「按下開門鍵,丹尼爾。」我說。

---

[4] 普通民眾發現現行犯後自行逮捕,並送至相關機構。

即使你看不到、聽不到也無法辨識對方,還是可以感應到某人的存在。聽不到也無法辨別對方,這不是很有趣嗎?噢,我爬上樓梯的時候當然沿路檢查了櫃子,裡頭都沒躲人。可是我知道丹尼爾家裡有個女人,也許是淡淡的氣味……或是丹尼爾的言行舉止。不管是什麼,我就是知道。

我們謹慎地站在起居室的兩側。我急著想跑去所有的櫥櫃開開關關,就像我老媽那樣,然後撥給1471看看有沒有儲存來自美國的電話號碼。

「妳身上穿的是什麼東西?」他說。我在激動中都忘了潔寧的洋裝。

「伴娘的禮服。」我高傲地說。

「想喝點東西嗎?」丹尼爾說。我腦筋快速轉動。我必須先把他弄進廚房,這樣我才能檢查所有的櫥櫃。

「一杯茶,麻煩了。」

「妳還好嗎?」他說。

「嗯!還好!」我高聲說,「在派對上玩得很愉快。只有我一個人打扮成蕩婦,所以不得不換上伴娘的禮服。馬克・達西也在,帶了娜塔莎過來,你這件襯衫真不錯……」我停下來,上氣不接下氣,意識到我已經(而不是「逐漸」)變成了我老媽。

他瞅著我片刻,然後舉步走進廚房,我則迅速越過起居室,檢查

沙發和窗簾後方。

「妳在幹嘛？」

丹尼爾正站在門口。

「沒事，沒事。只是想說我可能留了一件裙子在沙發後面。」我說，瘋狂地拍鬆靠墊，彷彿自己在某齣法式鬧劇裡。

他一臉懷疑，再次走往廚房。

我判定沒時間可以撥 1471，於是迅速檢查櫥櫃，他平時用那裡來放沙發床用的棉被——沒有人類的跡象——然後跟在後面走往廚房，路過走廊時拉開那裡的櫥櫃門，結果燙熨板掉了出來，接著裝滿 45 轉黑膠老唱片的紙箱滑了出來，灑得地上到處都是。

「妳在幹嘛？」丹尼爾再次溫和地說，從廚房走出來。

「抱歉，袖子鉤到門，」我說，「只是要去上廁所。」

丹尼爾盯著我看，彷彿我瘋了似的，所以我沒辦法去檢查臥房。我只是鎖上廁所門，開始瘋狂翻找東西。我不確定自己在找什麼，金色長髮、有口紅印的面紙、陌生的梳子——任何可能是跡象的東西。一無所獲。接著我靜靜地開了門鎖，東張西望，然後悄悄穿過走道，推開丹尼爾的臥房房門，然後險些嚇破了膽。房間裡有人。

「小琪。」是丹尼爾，充滿戒心地在身前舉著一件牛仔褲。「妳進來這裡幹嘛？」

「我聽到你進來這邊，所以⋯⋯我還以為⋯⋯你想來個祕密約會。」我邊說邊以自認撩人的姿態走過去，但那件碎花嫩枝洋裝只是礙事，我把頭貼在他的胸口上，手臂環抱住他，試著從他的襯衫嗅出香水的餘味，然後仔細瞧了瞧床鋪，跟平日一樣沒整理。

「嗯，妳底下還穿著兔女郎的裝扮，對吧？」

他邊說邊開始拉下伴娘禮服的拉鍊，緊緊貼著我的身子，明顯表達了自己的意圖。我突然想到，這可能是他在耍的花招，他打算誘惑我，好讓那個女人神不知鬼不覺溜出去。

「噢，水一定滾了。」丹尼爾突然說，將我的洋裝拉鍊再拉好，安慰似地輕輕拍了拍我，這種作風很反常。通常起了性致，他絕對會貫徹到底，不管有地震、海嘯或電視上出現了維吉尼亞‧巴頓里[5]的裸照。

「噢，對，最好去泡那個茶。」想這可以給我機會好好檢查臥房跟搜索書房。

「妳先請。」丹尼爾說，將我推出去，關上了門，所以我不得不

---

[5] 維吉尼亞‧巴頓里（Virginia Bottomley, 1948- ），英國保守派政治人物。

在他前面走回廚房。我這麼做的時候，突然瞥見通往屋頂露台的那扇門。

「我們去坐下吧？」丹尼爾說。

她一定在那裡，就在該死的屋頂上。

「妳到底怎麼了？」丹尼爾說。我疑神疑鬼盯著那扇門。

「沒什麼，」我語調歡喜，用唱歌般的方式說，腳步沉重地走進起居室，「只是因為那場派對有點累。」

我一屁股坐進沙發，納悶該如何用滿不在乎的態度，以比光速還快的步伐移動到書房，因為那是她可能在的最後一個地方，或是飛快衝到屋頂去。我想如果她不在屋頂上，那就表示她一定在書房裡、在臥房衣櫥裡或是在床鋪底下。如果我們到屋頂上去，她就能順利逃走。可是如果是這樣，丹尼爾會提議我們更早到屋頂上去。

他端了杯茶給我，走去坐在他的筆電前面；筆電蓋子掀開，電源開著。就在那時，我開始認為可能根本沒有別的女人。螢幕上有份文件——也許他真的在忙工作，跟美方通電話。我卻表現得跟個瘋女人似的，狠狠出了洋相。

「妳確定一切都好？小琪？」

「嗯，沒事，為什麼問？」

「唔,妳沒先通知就突然跑來,打扮成『假裝是伴娘』的兔子,用奇怪的方式在房間裡竄來竄去。我不是刻意想打探還是什麼的,我只是在想,妳是不是有個理由,就這樣而已。」

我覺得自己是徹底的傻蛋。試圖破壞我倆關係的是該死的馬克・達西,是他在我心中埋下了懷疑的種子。可憐的丹尼爾,我這樣懷疑他,真是不公平,都是因為某個傲慢、壞脾氣的頂級人權律師說的話。接著我聽到我們上方的屋頂傳來刮磨聲。

「我覺得有點熱,」我說,仔細看著丹尼爾,「我想我也許可以到屋頂上坐一會兒。」

「妳也行行好,能不能靜靜坐個兩分鐘!」他嚷嚷,動身要擋住我的去路,可是我動作快到他攔不住。我閃身衝刺,打開門,奔上階梯,將活板門往外推進陽光。

在那裡,呈大字形躺在休閒椅上的是個皮膚曬成古銅,四肢修長,渾身赤條條的金髮女子。我站在原地無法動彈,感覺像是一個穿著伴娘禮服的巨型布丁。女人抬起頭來,掀起墨鏡,閉著一眼瞅著我。我聽到丹尼爾從我背後登上樓梯。

「蜜糖,」女人用美式口音說,視線越過我的腦袋看著他,「我還以為你說她滿瘦的。」

8月／分崩離析
Disintegration

8月1日星期二

56.2公斤,酒3單位,菸40根(但為了抽更多,不再把煙吸進身體),卡路里450(沒胃口),用1471查詢來電14次,刮刮樂7張。

5 a.m. 我快解體了。我的男朋友跟膚色曬成古銅的女巨人上床;老媽跟葡萄牙人上床;傑瑞米跟可怕的蕩婦上床;查爾斯王子跟卡蜜拉・帕克・鮑爾斯上床。不知道該相信什麼,或者該抓住什麼。想打電話給丹尼爾,希望他可以否認一切,為屋頂上那個沒穿衣服的瓦爾基麗[1]提出貌似合理的解釋——妹妹、友善的鄰居,因為家裡淹水或類似狀況而暫時借住——那就會讓一切都好起來。可是湯姆在電話上貼了張紙,寫著:「千萬不要打電話給丹尼爾,要不然妳會後悔莫及。」

早該聽湯姆的提議,暫時去住他家。討厭半夜獨自一人,抽菸啜泣,像個瘋狂的心理變態。擔心樓下的丹會聽到,然後打電話給瘋人院。噢,老天,我是怎麼搞的?為什麼沒一件事順心?都是因為我太胖了。考慮再打電話給湯姆,可是45分鐘前才打給他的。沒臉回去上班。

在屋頂的那場偶遇之後,我一個字也沒跟丹尼爾說:只是鼻子抬得老高,滑過他身邊,大步下樓到街上,上了車之後立刻開走。

---

[1] 瓦爾基麗(Valkyrie),北歐神話中的女武神。

我立刻衝到湯姆家,湯姆直接用酒瓶倒伏特加灌進我的喉嚨,然後再倒入番茄汁和伍斯特醬[2]。回到家的時候,我發現丹尼爾留了三次言,要我回電給他。我聽從湯姆的勸告,忍住不回電。湯姆提醒我,面對男人想成功的唯一方法,就是對他們很惡劣。以前覺得湯姆這種想法真偏激,很不對,但我想我一直對丹尼爾滿好的,結果看看我落得什麼下場。

噢,老天,小鳥開始唱歌了。再三個半小時,我就必須去上班了。我辦不到。救命,救命。突然靈機一動:打電話給老媽。

10 a.m. 老媽真有一手。「親愛的,」她說,「妳當然沒有吵醒我。正要出發到攝影棚。真不敢相信妳為了個蠢男人陷入這個狀態。他們都是徹底自我中心,性愛失禁[3],對人或獸一點用途都沒有。對,你也包括在內,朱力歐。好了,親愛的。堅強起來,回去補眠,然後打扮得美爆了去上班。不要讓任何人──尤其是丹尼爾──懷疑這一點:妳甩了他之後,突然發現,沒了那個自以為是的浪蕩老屁股對妳呼來喚去,人生多麼美妙,而且妳會好好的。」

「妳都還好嗎?媽?」我問,想到老爸載著那個石棉寡婦潘妮・哈斯本-波思沃斯抵達尤娜的派對。

「親愛的,妳真貼心。我現在壓力無敵大。」

「有什麼我能做的嗎?」

---

[2] 調製血腥瑪麗的基本材料。
[3] 性愛失禁(Sexual incontinence),包括高潮時尿失禁,以及性興奮時尿失禁。

「其實倒是有件事，」老媽說，語氣開心起來，「妳朋友會有莉莎‧李森的電話號碼？妳知道的，就是尼克‧李森[4]的老婆？我急著找她好幾天了。她很適合上《突然單身》。」

「我剛剛講的是老爸，不是《突然單身》。」我用氣音說。

「老爹嗎？老爹不是我壓力的來源。別傻了，親愛的。」

「可是那場派對……還有潘妮‧哈斯本－波思沃斯太太。」

「噢，我知道，簡直笑掉大牙。他原本想吸引我的注意力，結果搞得自己大出洋相。潘妮覺得自己看起來怎樣？倉鼠還是什麼的嗎？總之，我得走了，我忙得不可開交，可是妳想誰可能有莉莎的電話？我給妳我的專線號碼，親愛的。然後別再繼續愚蠢地哀嚎了。」

「噢，可是媽，我不得不跟丹尼爾一起工作啊，我──」

「親愛的──妳說反了。是他必須跟妳一起工作。給他好看，寶貝。」（噢──天啊，真不知道老媽近來都跟誰打交道。）「反正我一直在想，妳也該離開那份沒前途的蠢工作了，那裡沒人欣賞妳。準備遞辭呈吧，小鬼。對，親愛的……我會在電視台替妳找份工作的。」

---

[4] 尼克‧李森（Nick Leeson, 1967- ）曾任英國歷史最悠久的投資銀行霸菱銀行投資交易員，他的交易失利導致該銀行倒閉。其妻子莉莎‧李森（Lisa Leeson）在1997年與他離婚。

我剛出門要上班，一身套裝、抹了唇蜜，看起來像是該死的伊凡娜‧川普[5]。

8月2日星期三

56.2公斤，大腿腿圍18吋，酒3單位（但喝的是非常純的酒），菸7根（可是沒把煙吸進身體），卡路里1500（太棒了），茶0杯，咖啡3杯（但是用真的咖啡豆煮成的，所以比較不會造成橘皮組織），咖啡因4單位。

一切都好。打算再次往下降到54公斤，徹底消除大腿的橘皮組織。到時一切一定都會好起來。已經開始投入密集排毒課程，包括不碰茶、咖啡、酒精、白麵粉、牛奶，還有什麼？噢，這個嘛，還有不能碰魚肉吧，也許。必須做的就是每天早上乾刷皮膚5分鐘，然後倒消脂精油到浴缸裡，泡個15分鐘的澡，在這期間就像捏麵團一樣，揉捏身上的橘皮組織，再來則是用更多的消脂精油，往橘皮組織裡按摩。

我對最後一部分有點困惑——消脂精油真的可以透過皮膚讓橘皮組織吸收嗎？既然這樣，如果你將助曬乳液抹在皮膚上，那是不

---

[5] 伊凡娜‧川普（Ivana Trump, 1949-2022），捷克裔美國社交名媛和時裝模特兒，第二任丈夫是唐納‧川普。

是表示你體內的橘皮組織也會跟著曬黑？或是血液會曬黑？或是會有曬黑的淋巴引流系統？呃啊。總之……（香菸。那是另一回事。不能碰菸。嘔，這個嘛，太遲了，我明天再來遵守。）

8月3日星期四

55.8公斤，大腿腿圍18吋（老實說，這有什麼該死的意義），酒0單位，菸25根（太棒了，考慮到現況），負面思緒：每小時幾乎有445次，正面思緒0。

大腦再次陷入很糟的狀態。想到丹尼爾跟別人在一起就難以忍受。心思滿是他們一起投入各種事情的可怕幻想。減重和改變個性的計畫讓我暫時打起精神兩天，最後還是全盤失敗。我意識到這只是複雜型態的否認行為，原本相信可以在短短幾天之內重新打造自己，以便抵抗丹尼爾傷人且羞辱人的不忠行徑帶來的衝擊：他的劈腿等於是發生在我前世的事；等我提升為嶄新的自我之後，永遠不會再碰到這樣的事。遺憾的是，我現在才領悟到，扮演態度冷淡、濃妝豔抹的冰山美人，進行消脂的節食計畫，整個重點只是為了讓丹尼爾意識到，他錯得離譜。這點湯姆確實跟我警告過，並說接受整型的女人裡有90%，老公都跟年紀更小的女人跑了。我說，那位屋頂上的女巨人確實比較高，但沒比我年輕多少，但湯姆說那不是重點。哼。

上班的時候，丹尼爾一直發訊息給我。說「我們應該談談」等等

的，我刻意不予理會。但他越發訊息來，我就越得意忘形，想像這套自我改造的計畫生效了，他終於領悟到自己犯下一個離譜至極的錯誤，他到現在才明白他真心愛的是我，而屋頂上的那個女巨人已經是過去式。

今天晚上我正要離開辦公室時，他在門外追上我。「親愛的，拜託，我們真的需要談一談。」

我就像個傻瓜似的，跟著他到薩沃依飯店的美國酒吧去喝一杯，讓他用香檳軟化我的態度，他巴拉巴拉扯了一大堆我覺得好糟糕，我真的很想妳的話。等我一承認，「噢，丹尼爾，我也很想你，」他態度突然變得高人一等、公事公辦，並說：「重點是，我跟蘇琪……」

「蘇琪……叫『俗雞』還差不多，」我說。以為丹尼爾正準備說「就像兄弟姊妹」、「表親」、「死敵」或「已經是過去式了」，他卻一臉生氣。

「噢，我沒辦法解釋啦，」他氣鼓鼓地說，「很特別就是了。」

我盯著他，對他翻臉如翻書感到錯愕。

「抱歉，親愛的，」他邊說邊抽出信用卡，身子開始往後傾，想引來服務生的注意力，「不過我們要結婚了。」

8月4日星期五

大腿腿圍 18 吋，負面思緒每分鐘 600 次，恐慌發作 4 次，狂哭發作 12 次（不過兩次都在廁所裡，而且記得帶著睫毛膏補妝），刮刮樂 7 張。

辦公室，三樓廁所。這真是……真是……令人難以忍受。我到底著了什麼魔，竟然以為跟老闆談情說愛會是好主意？我在辦公室待不下去。丹尼爾已經對外宣布他跟那位女巨人訂婚了。業務員對我們的狀況毫不知情，一直打電話來恭賀我，我還必須解釋他訂婚的對象是別人。我一直想起關係剛開始的時候多麼浪漫，透過電腦互傳祕密訊息，在電梯裡幽會。我聽到丹尼爾在講電話，今晚要安排跟「俗雞」碰面，然後他用童話兔子的聲音說，「還不壞……到目前為止」，我知道他在講我的反應，彷彿我是該死的薩拉・凱斯[6]或什麼人。我認真考慮去做臉部拉皮。

8月8日星期二

57.2公斤，酒 7 單位（哈哈），菸 29 根（嘻嘻），卡路里 500 萬，負面思緒：0，一般思緒 0。

---

[6] 薩拉・凱斯（Sara Keays）是英國保守黨政治家塞西爾・帕金森的私人祕書。凱斯公開揭露了她懷孕的事實與兩人長達十二年的戀情，導致帕金森辭去柴契爾夫人政府的「貿易及工業大臣」一職。

剛剛打電話給茱德，跟她說了點跟丹尼爾之間的悲劇，她驚恐萬分，立刻宣布緊急事態，說她會打電話給雪倫，安排大家在當晚9點聚會。她要到那個時間才能來，因為要先跟卑鄙李察碰面；李察終於決定跟她一起接受關係諮商。

2 a.m. 不過，老天，今天晚上該死的好玩透了。呼。跌了個狗吃屎。

8月9日星期三

58.1公斤（但理由充分），大腿腿圍16吋（要不是因為奇蹟，就是因為宿醉量錯），酒0單位（但身體還在吸收昨晚攝取的飲酒單位），菸0根（啊）。

8 a.m. 啊。身體狀態簡直災難，但情緒上因為昨晚出門透氣，受到大大的鼓舞。茱德抵達的時候，正處於地獄潑婦的暴怒狀態，因為卑鄙李察放她鴿子，沒去參加關係諮商。

「那個女諮商師顯然認為他是我想像出來的男朋友，覺得我這個人非常、非常可悲。」

「所以妳怎麼做？」我同情地說；一面驅走來自撒旦的卑劣不義想法：「她想得沒錯。」

「她說我必須談談跟李察無關的問題。」

「可是妳的問題全部都跟李察有關啊。」雪倫說。

「我知道。我跟她說了啊,然後她說我有界線問題,最後跟我收了 55 英鎊。」

「他為什麼沒去?我希望那隻有虐待狂的蟲子有個好理由。」雪倫說。

「他說他被工作絆住了,」茱德說,「我跟他說,『聽著,不只你有承諾問題好嗎?其實我也有。如果你哪天真的面對自己的承諾問題時,搞不好會被我的承諾問題弄得措手不及,到時就太遲了。』」

「妳有承諾問題?」我說,聽得入迷,立刻想說我自己搞不好也有。

「我當然有承諾問題,」茱德怒斥,「只是因為大家都被李察的承諾問題淹沒了,沒人看得出來。其實我的承諾問題比他的深沉多了。」

「唔,沒錯,」雪倫說,「可是妳不會像這年頭 20 歲以上的每個該死男人那樣,老是把承諾問題掛在嘴邊。」

「我就是這個意思,」茱德啐道,試著再點燃一根絲卡,可是一直弄不好打火機。

「整個該死的全世界都有承諾問題,」雪倫從喉嚨深處,發出近

似影星克林·伊斯威特的低吼,「這是三分鐘文化,是遍及全球的注意力缺失症。男人的典型作風,就是強佔世界的趨勢,將它們化為嫌棄女人的手段,讓男人覺得自己聰明,讓我們女人覺得自己很笨。其實根本只是情感操弄。」

「王八蛋!」我開心大喊,「我們能不能再來瓶酒?」

9 a.m. 哎,老媽剛剛來電。「親愛的,」她說,「妳猜怎樣?《午安!》正在找研究員。時事,好極了。我跟編導理查·芬奇講過話,把妳的事情都跟他說了。我說妳有政治學的學位,親愛的。別擔心,他到時會忙到沒時間查證。他希望妳星期一過去聊聊。」

星期一。噢,我的天。我只剩五天時間可以學學時事。

8月12日星期六

57.2公斤(理由依然很充分),酒3單位(非常好),菸32根(非常、非常不好,尤其是戒菸第一天),卡路里1800(不錯),刮刮樂4張(還可以),閱讀正經的時事文章:1.5篇,用1471查詢來電22次(還好),花在想像跟丹尼爾憤怒對話的時間120分鐘(非常好),花在想像丹尼爾求我復合的時間90分鐘(好極了)。

好。決心要對一切都抱持正面的態度。我要改變人生:要能隨時掌握時事、徹底戒掉菸癮、跟成年男性建立運作正常的關係。

8:30 a.m. 還是沒碰菸。非常好。

8:35 a.m. 整天都沒碰菸。好極了。

8:40 a.m. 納悶郵件會不會捎來好消息？

8:45 a.m. 啊。社會安全局寄來的討厭文件，催繳1452英鎊。什麼？怎麼會這樣？我哪有1452英鎊啊。噢，天啊，需要來根菸平定一下心神。絕對不行。絕對不行。

8:47 a.m. 剛剛抽了菸。可是戒菸日要等到換好外出服才正式開始。突然間想起前任男友彼得，我跟他的關係正常運作了七年，直到為了某種衷心的痛苦原因而結束，但原因我記不得了。三不五時——通常沒人可以相約去度假時——他會試圖跟我復合，說希望我們結婚。在搞不清楚目前的處境以前，我忘情地想像彼得就是解決問題的答案，而到了得意忘形的地步。既然彼得想要跟我在一起，我又何必這麼不開心跟寂寞呢？我迅速找出電話，撥給彼得，在他的答錄機上留言——只是請他回電，並未講出共度餘生等等的那整套計畫。

1:15 p.m. 彼得沒有回電。現在所有男人都討厭我，連彼得也是。

4:45 p.m. 戒菸政策功虧一簣。彼得終於來電。「嗨，蜜蜂。」（我們一向互稱蜜蜂和黃蜂）。「我正好要打電話給妳。我有好消息，我要結婚了。」

啊。我的胰臟附近感覺很不舒服。前任永遠不該跟其他人約會或

結婚，而是應該一路禁慾到人生盡頭，這樣才能提供妳一個心理上的退路。

「蜜蜂？」黃蜂說，「嗡嗡嗡？」

「抱歉，」我說著便癱靠在牆上，頭昏昏的，「只是，嗯，看到窗外有車禍。」

不過，對於這場對話我顯然是多餘的，黃蜂滔滔不覺說著婚禮搭建大帳棚的花費，前後大約 20 分鐘，然後說：「我得走了，我們今天晚上要煮德莉亞・史密斯[7]鹿肉腸，搭配杜松果，邊吃邊看電視。」

啊。剛剛抽掉整包絲卡，這是對存在感到絕望的自我毀滅式行為。希望他們都變成大胖子，必須用起重機從窗戶拖吊出來。

5:45 p.m. 努力專注在背誦影子內閣的成員姓名上，免得陷入自我懷疑的深淵。我當然沒見過黃蜂的未婚妻，可是想像是纖瘦金髮、屋頂女巨人那種類型，每天五點起床，上健身房，用鹽巴搓洗全身，然後整天經營國際商業銀行，完全不會弄糊睫毛膏。

羞辱感漸漸滲入心頭，我意識到這些年來之所以對彼得感到沾沾自喜，是因為當初主動提出分手的是我，而現在他藉由跟北歐女武神巨人小姐結婚，有效終結了跟我之間的關係。我陷入了憤世

---

[7] 德莉亞・史密斯（Delia Smith, 1941- ），英國廚師和電視主持人，是英國大眾文化裡名氣最高的名人主廚之一。

嫉俗的病態省思：心碎之所以浪漫，有多少成分跟自我以及自尊被惹惱有關，而不是真正的失去。同時接受附加的想法：佛姬瘋狂的過度自信，原因可能來自安德魯還是希望她回到身邊[8]（直到他娶了別的女人，哈哈）。

6:45 p.m. 剛剛開始看六點新聞，筆記本備好，媽這時提著大包小包衝進來。

「好了，親愛的，」老媽邊說邊闊步走過我身邊，進入了廚房，「我帶了點好喝的湯給妳，還有我的時髦衣服讓妳星期一穿！」她一身萊姆綠套裝，搭配黑色絲襪，踩著船形高跟鞋，看起來就像《盲目約會》的主持人席拉‧布蕾克。

「妳的湯杓收哪去了？」老媽說，用力開關櫥櫃門，「說真的，親愛的，這裡簡直亂成一團！好了。我加熱湯的時候，妳先看看袋子裡的東西吧。」

我決定忽略這些事實：現在是（a）八月（b）熱炸了（c）6：15（4）我根本不想喝湯，我謹慎地往第一個購物袋裡一窺，那裡裝著亮黃色合成纖維、有細褶的東西，上頭帶有赤褐色的葉片設計。「呃，媽……」我正要說，但她的手提包響了起來。

「啊，一定是朱力歐打來的。嗯，嗯，」現在她將行動電話卡在下巴那裡，快筆寫著，「嗯，嗯，換上啊，親愛的，」老媽嘶聲

---

[8] 佛姬（Fergie）是莎拉‧瑪嘉烈‧佛格遜（Sarah Margaret Ferguson）的綽號，和約克公爵安德魯王子在 1986 年結婚，1996 年離婚。

說,「嗯,嗯。嗯,嗯。」

現在,我錯過了新聞,而老媽跑去參加乳酪跟葡萄酒派對,丟下打扮得像泰瑞莎・戈爾曼[9]的我,一身亮藍色套裝,下面是光滑的綠色襯衫,藍色眼影一路抹到了眉梢。

「別傻了,親愛的,」是老媽離開前給我的最後一擊,「如果妳不對自己的外表下點功夫,永遠找不到新工作,更不要說另一個男朋友!」

午夜。老媽離開之後,我打電話給湯姆,他帶我去參加他朋友辦在薩奇畫廊的派對,是他藝術大學的同學,免得我胡思亂想下去。

「布莉琪,」我們走進一個白色的洞,置身在一大群走頹廢風的年輕人之間時,湯姆緊張地咕噥,「妳知道對著裝置藝術作品大笑,很不潮吧?」

「好啦,好啦,」我悶悶不樂地說,「我不會說什麼死魚[10]笑話啦。」

有個叫格夫的人說「嗨」:目測大概22歲,模樣性感,穿著皺縮的衣服,露出跟砧板一樣平坦的腹部。

---

[9] 泰瑞莎・戈爾曼(Teresa Gorman, 1931-2015),英國政治人物。
[10] 典故來自1992年英國藝術家達米恩・赫斯特(Damien Hirst)的〈生者對死者無動於衷〉系列展品之一,以大型水缸展出浸泡在福馬林裡的死去虎鯨。

「真的、真的、真的、真的很不可思議,」格夫正在說,「像是敗壞的烏托邦,針對失去的國家認同,嗯,做出真的、真的、真的很不錯的呼應。」

他興奮地帶著我們穿越這個偌大的白色空間,到了一個廁所衛生紙捲那裡:厚紙捲筒在外,衛生紙在內。

他們滿懷期待看著我。突然間我知道我就要哭出來。湯姆現在正痴痴看著一塊銘刻陰莖形狀的巨型肥皂。格夫盯著我。「哇,有這種,嗯,反應⋯⋯」我眨眼忍淚,格夫肅然起敬地低聲說,「⋯⋯真的、真的、真的很瘋狂。」

「我去一下廁所。」我脫口就說,拔腿離開,路過衛生棉處理袋組成的構造體,流動廁所外頭排了隊,我加了進去,顫抖著。突然間,就快輪到我的時候,我感覺有人的手搭在我的手臂上。是丹尼爾。

「小琪,妳來這裡幹嘛?」

「看起來像什麼?」我斥道,「抱歉,我趕時間。」我衝進隔間,正準備上廁所,這時才意識到這間廁所其實只是仿製廁所內部的模具,以塑膠膜真空包裝起來。然後丹尼爾從門邊探進腦袋。

「小琪,別在藝術裝置上撒尿,可以嗎?」他說,然後再次關上門。

我走出來的時候,他已經消失蹤影。我看不到格夫、湯姆或任何

我認識的人。最後我找到真正的廁所，坐下來，然後哭了出來，想說我再也不適合在社會上走跳了，我必須離開一陣子，直到這種感覺消失為止。湯姆在外頭等著。

「來跟格夫聊聊，」湯姆說，「他對妳，嗯，真的很有好感。」接著他看了看我的臉，並說：「噢，靠，我帶妳回家好了。」

這樣沒幫助。有人離開你之後，你會想念對方；你們兩人共創的整個小世界隨之崩塌，而你看到的和所做的一切都會讓你想起對方，除此之外，最糟的是想到對方拿你來試用，你的各項表現加總起來之後，最後被你所愛的人狠狠蓋上「不合格」的戳章。你對自己的信心最後怎麼可能不會大降，就像沒人想碰的英國鐵路三明治？

「格夫喜歡妳。」湯姆說。

「格夫才 10 歲。反正他只是因為誤以為我為了衛生紙捲掉淚，所以才喜歡我。」

「就某方面來說，妳是啊，」湯姆說，「該死的垃圾，丹尼爾。要是波士尼亞的戰亂，都是那個傢伙一手搞出來的，我也一點都不會訝異。」

8月13日星期日

非常糟糕的一晚。除了其他一切，我試著讀新一期的《尚流》[11]來助眠，結果卻發現倫敦排名前五十的黃金單身漢主題報導裡，浮現馬克・達西該死的臉龐，他誇誇其談，說著自己多富有又多美好。啊，讀到這個，讓我以無法理解的方式，陷入更深的沮喪。總之。我要停止為自己擔憂，把上午的時間花在背誦報紙上。

中午。蕾蓓嘉剛剛打電話來，問我是不是「還好」。想說她指的是關於丹尼爾的事，我說，「嗯，嗯，超沮喪的。」

「噢，妳真可憐。對，我昨天晚上看到彼得了⋯⋯」（哪裡？什麼？為什麼我沒受邀？）「⋯⋯他在跟大家說，婚禮的事情讓妳有多難過。他說，這確實不容易，單身女人隨著年紀變大，確實比較容易有走投無路的感覺⋯⋯」

到了午餐時間，再也沒辦法裝成一切沒事，好好過完星期天。我打電話給茱德，跟她聊到黃蜂、蕾蓓嘉、工作面試、老媽、丹尼爾、悲慘的經歷，約好兩點在 Jimmy Beez 來一杯血腥瑪麗。

6 p.m. 茱德碰巧在讀一本精彩的書，叫做《眾生皆有聖靈》[12]。這本書顯然在說，在妳人生的某些時刻，一切都會出差錯，妳不

---

[11] 《尚流》（*Tatler*）是 1901 年創始於英國的時尚雜誌，內容聚焦於時尚、生活風格、上流社會與政治等。
[12] 本書全名為 Goddesses in Everywoman, Gods in Everyman，是美國精神科醫師及榮格學派分析師，珍・史娜達・寶鈴（Jean Shinoda Bolen, 1936- ）的著作。

知道該往哪裡走，彷彿四周的一切都是緊緊關上的不鏽鋼門，就像在《星際爭霸戰》（Star Trek）裡一樣。妳需要做的就只是當個女英雄、保持勇氣，不要沉溺在酒精或自憐裡，然後一切都會好起來。所有的希臘神話和許多成功電影的重點都在這裡：當人類面臨艱困的試煉時，不要當個懦弱的人，而是要穩住陣腳，然後突破困境。

這本書也說，因應艱難時光就像在一個貝殼螺旋裡，每個轉彎都會碰到一個非常痛苦且棘手的點，也就是妳特有的問題或痛點。妳在狹小尖起的螺旋末端時，就常常會回到那個處境裡，因為旋轉的範圍很小。繞啊繞的，妳碰到困擾的頻率會越來越低，但妳依然會返回這個處境。所以等妳再次碰上同樣狀況時，不該覺得自己回到了起點。

問題是，現在我酒醒了，卻無法確定我真的懂得她在說什麼。

老媽來電，我試著跟她談談身為女人的困境，跟男人不同，女人的生殖能力有保存期限，可是老媽只說：「噢，老實說，親愛的，這年頭的女生就是很挑剔又講求浪漫，妳們就是選擇太多了。我不是說我不愛妳爸，妳知道的，我們這輩的人被教導的是『少點期待、多多寬恕』，而不是等著愛得神魂顛倒。老實講，親愛的，生養孩子根本沒有大家講的那麼美好。我是說，無意冒犯，沒有針對妳的意思，可是要是有機會重來，我不確定我會⋯⋯」

噢，老天，連我自己的老媽都希望我從來沒出生。

8月14日星期一

59.4 公斤（太棒了，都要面試了，還肥成了一座豬油山，也長了痘子），酒 0 單位，菸很多根，卡路里 1475（可是有效率地吐掉了大約 400）。

噢，天啊，面試嚇壞我了。我跟柏珮嘉說我要去看婦科——我知道我應該說牙科，可是我絕對不能放過任何折磨那個世上最愛管閒事的女人的機會。我幾乎準備好了，只需要上妝，一面練習我對東尼·布萊爾領導力的看法。噢，我的天，誰是影子國防部長？噢，幹，噢，幹。是某個長了鬍子的人嗎？靠，電話響了。真不敢相信，電話傳來青春洋溢的聲音，真嚇人，以高高在上的南倫敦唱歌風格的方式說：「哈—囉，布莉琪，這裡是理查·芬奇辦公室。理查今天早上人在布萊克浦，趕不上這次的會面。」改期到星期三。到時必須假裝婦科狀況復發，今天早上剩下的時間乾脆都請假好了。

8月16日星期三

可怕的夜晚。頻頻醒來，渾身是汗，為厄爾斯特聯盟黨和社會民主工黨的差別，以及伊恩·皮斯禮參與的是哪一個而恐慌。

他們並未帶我進辦公室去見偉大的理查·芬奇，而是把我留在櫃檯那裡 40 分鐘，汗涔涔地想著，噢，我的天，衛生部長又是誰？

然後那個講話像唱歌的個人助理帕楚莉來接我,她穿著萊卡單車短褲、戴鼻釘,看到我穿著 Jigsaw 品牌的套裝,臉色一白,彷彿我嘗試做出正式打扮,但判斷嚴重失準,最後穿著拖地的 Laura Ashley 亮光綢長舞裙現身。

「理查說到會議室去,懂我的意思吧?」她嘀咕,大步衝過走廊,我快步追在後頭。她衝進一扇粉紅色的門,進入一個寬闊的開放式辦公空間,裡面散落著一疊疊稿子、電視螢幕從天花板懸掛下來,牆上滿是圖表,登山單車靠在辦公桌邊。遠端有張大長方桌,會議正在進行。我們走過去的時候,大家都轉過來盯著看。

一個圓胖的中年男人,頂著一頭金色鬈髮,穿著丹寧襯衫,戴著克里斯多福・畢金斯[13]式的紅色眼鏡,在長桌末端上下抖動。

「快想!快想!」他正在說,像拳擊手那樣舉起雙拳,「我在想休葛蘭。我在想伊莉莎白・赫莉。我在想為什麼都兩個月了,他們還在一起。我在想他怎麼幹了壞事卻好端端的。那就是了。有伊莉莎白・赫莉那種長相的女友,卻找妓女在公路上替他口交,這樣的男人是怎麼逃過懲罰的?俗話說『地獄之火都比不上遭背叛的女人的怒氣』,這回怎麼失效了?」

我真不敢相信。影子內閣呢?和平進程呢?他顯然是想弄清楚,自己跟妓女上床後要怎麼逃過責難。突然間,他直直看著我。

---

[13] 克里斯多福・畢金斯(Christopher Biggins, 1948-),英國演員及電視節目主持人。

「妳知道嗎?」整桌頹廢風的年輕人怔怔看著。「妳,妳一定是布莉琪!」他不耐煩地大喊。「有美麗女友的男人跟妓女上床,被發現之後,怎麼就跟沒事一樣呢?」

我恐慌起來,腦袋一片空白。

「如何?」他說,「如何?快想,說點什麼!」

「唔,也許,」我說,因為我只想得到這個,「因為有人吞掉了證據。」

大家陷入一片死寂,然後理查‧芬奇笑了起來。這是我這輩子聽過最令人反感的笑聲。然後所有頹廢風的年輕人也跟著笑起來。

「布莉琪‧瓊斯,」理查‧芬奇終於說,抹著眼睛,「歡迎來到《午安!》。坐吧,我親愛的。」然後他眨了眨眼。

8 月 22 日星期二

58.1 公斤,酒 4 單位,菸 25 根,刮刮樂 5 張。

還沒收到面試結果的通知。不知道銀行放假日要做什麼好,無法面對獨自在倫敦。小雪要去愛丁堡國際藝術節,我想,湯姆也是,辦公室有很多人都會去。我也想去,可是不確定自己負擔得起,也怕碰到丹尼爾。還有,大家都會比我更成功,也過得比我愉快。

8月23日星期三

確定要去愛丁堡了。丹尼爾待在倫敦忙工作,所以在皇家大道[14]上不會有碰到他的風險。出去透透氣對我來說是好的,不要成天執著在等待《午安!》的來信上。

8月24日星期四

我要留在倫敦。我還滿想去愛丁堡的,可是到時會搶不到好看的表演票,最後頂多只能看到默劇。穿一身夏天的打扮過去,結果天寒地凍,到時必須打著哆嗦、搖搖晃晃爬好幾英里鋪了鵝卵石的斜坡,想著其他人都去參加大派對了。

8月25日星期五

7 p.m. 我要去愛丁堡了。今天柏珮嘉說:「布莉琪,我通知得有點太臨時,不過我剛剛才想到,我在愛丁堡買了戶公寓——如果妳想借住,歡迎。」她真是慷慨好客。

10 p.m. 剛剛打電話給柏珮嘉,跟她說我不去了。這一切都很蠢。

---

[14] 皇家大道(Royal Mile)位於愛丁堡舊城區,原文名稱因為全長約為1英里而得名,左邊終點為愛丁堡城堡,右邊的終點則是英國女王在蘇格蘭的皇宮,荷里路德宮。

我就是負擔不起。

8月26日星期六

8:30 a.m. 好,我要在家裡度過安靜健康的時光。很好。也許可以把《飢餓之路》[15]讀完。

9 a.m. 噢,天啊,我好沮喪。大家都到愛丁堡去了,除了我。

9:15 a.m. 我納悶柏珮嘉離開了嗎?

午夜。愛丁堡。噢,天啊,我明天一定要去看點節目。柏珮嘉以為我瘋了。整趟火車旅程,她都拿行動電話抵著耳朵,對著我們其他人低吼。「亞瑟·史密斯的《哈姆雷特》都被訂光了,所以我們五點可以去看柯恩兄弟,但那就表示我們來不及去看理查·賀靈。所以我們是不是不要去看珍妮·艾克萊——噴!真不知道她為什麼不嫌麻煩——然後去看《拉納克》,然後試著進去哈瑞·希爾或《女農工》跟朱利安·克雷里?等等。我來試試「鍍金氣球」。不行,哈瑞·希爾已經被訂光了,所以我們是不是跳過柯恩兄弟?」

我說,我會在六點到普雷桑斯劇場跟他們碰頭,因為我想到喬治飯店去,留個訊息給湯姆,然後我在酒吧碰到提娜。我不知道普

---

[15] 《飢餓之路》(*The Famished Road*)是奈及利亞作家班·歐克里(Ben Okri, 1959-)的小說,出版於1991年,榮獲英國布克獎,被譽為媲美馬奎斯《百年孤寂》,但又具有非洲氣味的魔幻寫實經典。

雷桑斯劇場多遠，等我抵達的時候，演出已經開始，不剩任何座位。我暗地鬆了口氣，步行（或者說下山）回到公寓，外帶美味的帶皮烤馬鈴薯配咖哩雞肉，邊吃邊看電視劇《急診室》。我應該在九點到集會廳跟柏珮嘉碰面，但等我準備好的時候，已經8:45了，沒想到電話撥不出去，無法預約計程車，等我走路抵達的時候已經慢了一步。我回到喬治酒吧去找提娜，問問小雪在哪裡。我替自己點了杯血腥瑪麗，試著假裝我不介意身旁沒有任何朋友。這時我注意到，有個角落簇擁著一堆燈光跟攝影機，我差點放聲尖叫。是老媽，打扮得像瑪莉安・菲絲佛[16]，正準備訪談艾倫・楊圖[17]。

「大家安靜！」她用尤娜・厄康伯利那種霸道的高亢語氣說。

「然後，開拍！！！！跟我說，艾倫，」老媽說，一臉受創，你有沒有過……自殺的念頭？」

老實說，今天晚上電視還滿好看的。

8月27日星期日，愛丁堡

看過的藝術節節目數量 0。

---

[16] 瑪莉安・菲絲佛（Marianne Faithfull, 1946- ），英國搖滾創作歌手。
[17] 艾倫・楊圖（Alan Yentob, 1947- ），英國電視台主管及主持人。

2 a.m. 睡不著,打賭他們都去了很棒的派對。

3 a.m. 剛剛聽到柏珮嘉進門來,針對那些另類的喜劇演員做出判決:「傻氣……幼稚極了……就是蠢。」我想她可能在過程中誤會了什麼。

5 a.m. 屋裡有個男的,我就是感覺得到。

6 a.m. 男人在行銷部黛比的房間裡。可惡。

9:30 a.m. 被柏珮嘉渾厚的聲音吵醒:「有人要去聽詩歌朗讀嗎?!」然後一片寂靜,我聽到黛比和那個男人竊竊私語,然後男人走進廚房。接著傳來柏珮嘉中氣十足的聲音:「你在這裡幹嘛?!!我說過不能找人來過夜。」

2 p.m. 噢,我的天。我睡過頭了。

7 p.m. 國王十字火車。噢,天啊,三點要跟茱德在喬治飯店碰面。我們原本要去問答時段,可是我們喝了幾杯血腥瑪麗,想起問答時段對我們會有不良影響。試著想出問題,舉起手再放下,會變得超級緊繃。最後終於有機會問出口,半伏低身子,以古怪的高亢聲音說話,然後尷尬地動也不動坐著,像是坐在車子後座的狗一樣頻頻點著腦袋,而針對你長達 20 分鐘的回答,卻是你打從一開始就沒興趣的。總之,我們都還沒搞清楚自己身在何處時,就已經 5:30 了。然後柏珮嘉帶著整群辦公室的同事出現了。

「啊,布莉琪,」她元氣十足地說,「妳去看了什麼節目?」一

陣大大的沉默。

「其實，我正打算去⋯⋯」我說，起頭自信滿滿，「⋯⋯趕火車。」

「妳根本什麼都沒看，對吧？」她高聲一呼，「總之，妳欠我 75 鎊的房錢。」

「什麼？」我結巴起來。

「沒錯！」她嚷嚷，「原本是 50 鎊，如果房裡有兩個人，就要多五十趴。」

「可是⋯⋯可是那不是⋯⋯」

「噢，少來了，布莉琪，我們都知道妳房間裡有個男的，」她吼道，「別擔心。那不是真愛，只是愛丁堡。我會確定這件事會傳回丹尼爾耳邊，給他一個教訓。」

8 月 28 日星期一

59.9 公斤（塞滿啤酒和帶皮馬鈴薯），酒 6 單位，菸 20 根，卡路里 2846。

回去聽老媽的留言，她問說送電動攪拌棒給我當聖誕禮物，我的想法如何？另外，今年的聖誕節是星期一，我要在星期五晚上還

是星期六回家？

煩人程度少很多的是收到理查・芬奇寄來的信。就是《午安！》的編導，我想他是要錄用我了。信裡只寫了：

> 好，我親愛的，行。

8月29日星期二

58.1公斤，酒0單位（非常好），菸2根（不錯），卡路里1456（開始新工作前的健康飲食）。

10:30 a.m. 辦公室。剛剛打電話給理查・芬奇的助理帕楚莉，確定是那封信是雇用通知，但一定要在一週內報到。我對電視一無所知，但管他的，反正我在這裡等於困在死胡同裡，而且現在跟丹尼爾共事就是太丟臉了。我最好去跟他通知一聲。

11:15 a.m. 真不敢相信。丹尼爾竟然盯著我，臉色灰敗。「妳不能這樣，」他說，「妳知不知道過去幾個星期對我來說有多麼難熬？」然後柏珮嘉衝了進來——她一定在門外偷聽。

「丹尼爾，」她暴氣了，「你這個自私自利、自我放縱、愛操弄人的情感勒索犯。拜託——明明是你——甩了她。所以你該死的好好吞下去。」

突然間我想我愛柏珮嘉，雖然不是女同志那種愛法。

9月／攀上消防員滑柱
Up The Fireman's Pole

9月4日星期一

57.2公斤，酒0單位，菸27根，卡路里15，花在幻想跟丹尼爾對話、跟他說我對他的看法的時間：145分鐘（還不錯，好了些）。

8 a.m. 新工作第一天。以平靜權威的新形象作為起步，一定要貫徹始終。不要抽菸。抽菸是脆弱的表現，會破壞個人的權威。

8:30 a.m. 老媽剛剛打電話來。我想是要祝我新工作好運。

「妳猜怎樣？親愛的？」她說。

「怎樣？」

「伊蓮邀妳去參加他們的四十週年紅寶石婚慶！」她說，上氣不接下氣，滿懷期待地頓住。

我的心思一片空白。伊蓮？是布萊恩和伊蓮？還是柯林和伊蓮？還是嫁給戈登的那個伊蓮？戈登以前是塔馬克建材凱特林分公司的負責人。

「她覺得現場有一兩個年輕人可以跟馬克作伴，可能不錯。」

啊，是麥爾康和伊蓮。就是創造過度完美的馬克·達西的人。

「馬克顯然跟伊蓮說，他覺得妳很迷人。」

「噴！少騙人，」我嘀咕，不過暗暗高興。

「唔,反正他一定就是那個意思,親愛的。」

「他到底說了什麼?」我用氣音說,突然起疑。

「他說妳非常⋯⋯」

「媽⋯⋯」

「唔,他實際上用的字眼,親愛的,是『奇特』。可是那滿不錯的,不是嗎?──『奇特』?總之,妳可以在紅寶石婚慶上自己問他。」

「我才不要為了出現在那個說我『奇特』的有錢離婚男人面前,老遠跑到亨廷頓去慶祝那兩個人的紅寶石婚,我3歲以來只跟他們講過八秒鐘的話。」

「好了,別傻了,親愛的。」

「總之,我得走了。」我說,我真傻,因為老媽一如既往,開始嘰哩呱啦講不停,彷彿我是等著被處死的囚犯,而這是我們最後一次通話,然後我就會被注射致命的針劑。

「他一個小時就可以賺進幾千英鎊,辦公桌上有個時鐘,滴滴答答走啊走。我有沒有跟妳說過,我在郵局看到了梅薇絲・安德比?」

「老媽,今天是我第一天上班,我真的很緊張。我不想聊梅薇絲・安德比的事。」

「噢,老天,親愛的!妳打算穿什麼?」

9月/攀上消防員滑柱 | 233

「我的黑色短裙和棉衫。」

「噢,妳不可以穿成配色黯淡的邋遢遊民。換上時髦和鮮豔的東西。穿妳以前那個櫻桃色兩件式套裝如何?噢,對了,我有沒有跟妳說尤娜去遊尼羅河了?」

呃啊啊。老媽掛掉電話的時候,我心情好差,一連抽了五根絲卡。今天起步就不順。

9 p.m. 在床上,累壞了。都忘了到新公司上工有多討厭,沒人認識妳,所以妳的整個人格就由妳每次隨口的發言或有點奇怪的言論所定義;連要補個妝都得先問女廁在哪裡。

我會遲到不是我的錯。我之所以進不了電視攝影棚,是因為我沒有通行證,而大門是由某種保安人員在管理,他們以為自己的工作是要阻擋員工進入大樓。當我終於抵達櫃檯時,櫃檯又不肯放行,只好等人來接我才上能上樓。到了這時已經 9:25 了,而 9:30 就要開會。

帕楚莉最終牽著兩條汪汪吠叫的大狗,其中一隻往上一跳,舔了我的臉,另一隻則直接把腦袋探進我的裙子。

「牠們是理查的。很不錯吧?」她說,「我牽牠們去車子那裡。」

「這樣開會我不會遲到嗎?」我心急如焚地說,把那隻狗的腦袋夾在膝蓋間,試著把牠推開。帕楚莉上下打量我,彷彿在說「那又怎樣?」然後拖著狗消失蹤影。

所以等我走進辦公室，會議已經開始，除了理查，大家都盯著我看，理查發福的身軀裹在奇怪的綠色羊毛連身工作服裡。

「快想，快想，」他正在說，上下跳動，用雙手召喚整張桌子的人轉向他，「我在想九點的儀式，我在想下流的牧師，我在想教堂裡的性行為，我在想女人為什麼會愛上牧師？快想。我可不是白白付薪水給你們的。快出主意啊。」

「為什麼不找喬安娜・特洛普[1]來訪談？」我說。

「脫衣舞？」他說，茫然地盯著我，「什麼脫衣舞？」

「喬安娜・特洛普，她寫了《牧師的妻子》這本書，後來改編成電視劇。《牧師的妻子》。她應該會知道答案。」

一抹色色的笑容在他臉上擴散。「太好了，」他對著我的胸部說，「他媽的太好了。有人有喬安娜・特洛普的電話號碼嗎？」

一陣長長的停頓。「呃，其實我有。」我終於說，感覺那些頹廢青年散發出一股恨意，像牆壁包圍住我。

會議結束之後，我衝進廁所想恢復平靜，帕楚莉正在那裡，站在朋友旁邊化妝，她朋友穿著噴料纖維貼身洋裝，露出了內褲以及肚子。

---

[1] 喬安娜・特洛普（Joanna Trollop, 1943- ），英國小說家，著有多本暢銷書，有幾部作品改編為電視劇，其一是《牧師的妻子》（The Rector's Wife）。Trollop 另有蕩婦、妓女的意思。

「這樣不會太騷吧？」女生對帕楚莉說，「我走進來的時候，妳應該看看那些三十幾歲賤人的表情……噢！」

兩個女生看著我，神情驚恐，雙手摀住嘴巴。

「我們指的不是妳。」她們說。

我不確定自己有沒有辦法忍受這種事情。

9月9日星期六

56.2公斤（非常好，多虧新工作帶來的緊繃狀態），酒4單位，菸10根，卡路里1876，花在幻想跟丹尼爾對話24分鐘（棒極了），花在腦海裡重播跟老媽的對話，在這些對話中我佔了上風94分鐘。

11:30 a.m. 為什麼，噢，為什麼我當初要把公寓的一份鑰匙交給老媽呢？五個星期以來頭一次，週末開場時，我不會想盯著牆壁哭出來。我在新公司撐過了一週，正開始覺得也許一切都會好起來，也許我以後不見得會孤獨死，然後被德國狼犬吃掉，這時老媽捧著縫紉機衝進來。

「妳到底在幹嘛？傻瓜？」老媽高聲說，我正在用一根巧克力棒來秤出100公克的穀片當早餐（這個秤的重量以盎司顯示，沒用處，因為卡路里圖表以公克計算）。

「妳猜怎樣？親愛的？」老媽說，開始開開關關櫥櫃門。

「怎樣？」我說，穿著襪子跟睡衣站著，試著抹掉眼底沾到的睫毛膏。

「麥爾康和伊蓮現在要改在倫敦舉辦紅寶石婚了，在 23 日，所以妳就可以過來陪陪馬克了。」

「我才不想陪馬克。」我咬牙切齒地說。

「噢，可是他很聰明耶。以前讀劍橋，而且看來在美國賺了不少錢⋯⋯」

「我不去。」

「好了，別這樣，親愛的，我們不要吵架，」老媽說，彷彿我只有 13 歲，「是這樣的，馬克在荷蘭公園的房子已經完工了，他要為他們籌辦整場派對，六層樓，叫外燴跟一切⋯⋯妳打算穿什麼去？」

「妳要跟朱力歐，還是跟老爸去？」我說，為了讓她閉嘴。

「噢，親愛的，我不知道。可能兩個一起吧。」她用一種氣音很重的特殊嗓音說話，當她自認是黛安娜・鐸絲[2]的時候就會這樣講話。

---

[2] 黛安娜・鐸絲（Diana Dors, 1931-1984），英國演員及歌手，以性感象徵之姿得到矚目，之後在影視上有不錯發展。

「妳不可以這樣。」

「可是我跟老爹還是朋友,親愛的。我跟朱力歐也只是朋友。」

呃,呃啊,呃啊啊。她陷入這種狀態的時候,我根本應付不來。

「總之,我會跟伊蓮說妳很樂意參加,可以吧?」她邊說邊捧起令人費解的縫紉機,走向門口。「得走了,掰掰。」

我不打算再過一個晚上,像舉在嬰兒面前的一匙蕪菁泥那樣,在馬克‧達西面前晃來晃去。我不得不出國避個風頭什麼的了。

8 p.m. 去參加晚餐派對。既然我現在恢復單身了,那些沾沾自喜已婚人士一直在星期六晚上邀我出席,把我的座位排在越來越可怕的單身男人前面。他們這樣做是出於好意,我也很感激,但這樣只是強調了我情感上的挫敗和孤立——雖然瑪格妲說我應該記得,單身總比有個愛拈花惹草、性愛失禁的老公好。

午夜。噢,老天。大家都試著要逗樂那個落單的男人(37歲,剛被太太離婚,觀點範例:「我不得不說,我真的認為麥可‧霍華[3]受到的中傷不大公允。」)

「我不知道你在抱怨什麼,」傑瑞米對他誇誇其談,「男人隨著年紀增長,會變得更有魅力,女人則是相反,所以當初你25歲的時候,那些22歲的女生看也不看你一眼,現在看到你就會慾

---

[3] 麥可‧霍華(Michael Howeard, 1941-),英國保守黨政治人物。

火焚身。」

聽到他們的推論,說女性有保存期限,而人生有如大風吹遊戲,等音樂一停(過了30歲),沒搶到椅子(男人)的女性就等於「出局」了。我垂著腦袋坐著,聽到氣得發抖。哼,說得跟真的似的。

「噢,對,我同意找年紀更輕的伴侶是最好的,」我脫口就說,語氣輕快,「三十幾歲的男人無聊透頂,煩惱一堆,痴心妄想所有女人都想設圈套騙他們結婚。這些日子以來,我只對二十出頭的男人真心有興趣。他們好多了,在那方面……唔,你們知道的……」

「真假?」瑪格姐說,態度也太熱切,「怎麼個好……?」

「對,妳有興趣,」傑瑞米打岔,怒瞪著瑪格姐,「可是重點是,他們不會對妳有興趣。」

「嗯,抱歉,我目前的男友就是二十三。」我說,語氣甜美。

一陣驚愕的靜默。

「唔,既然如此,」艾利克斯嘻嘻笑著說,「下週六妳來吃晚餐的時候,可以帶他過來吧?」

可惡。願意在星期六晚上陪我來參加沾沾自喜已婚者的餐會,而不是去吞不純的快樂丸的23歲小伙子,我要上哪兒去找?

9月15日星期五

57.2公斤，酒0單位，菸4根（非常好），卡路里3222（吸收了討厭的英國鐵路三明治），花210分鐘想像辭掉新工作時要講的話。

啊。跟惡霸老闆理查・芬奇在開討厭的會議：「好。哈洛德百貨尿一次要付一英鎊的廁所。我在想奇幻風格的廁所。我在想攝影棚的進行：弗蘭克・斯金納[4]和理察・羅傑斯爵士[5]坐在毛茸茸的馬桶座椅上，扶手上附有電視螢幕，供應超厚廁所衛生紙。布莉琪，妳負責批判靠救濟金過活的無業青年。我考慮選北方的城市。我在想領救濟金的無業青年，成天遊蕩。妳用現場直播來處理。」

「可是⋯⋯可是⋯⋯」我支支吾吾。

「帕楚莉！」他大喊，這時他辦公桌底下的狗醒過來，開始跳來跳去，汪汪狂吠。

「怎樣？」帕楚莉在喧鬧聲中嚷嚷。她穿著中長針織洋裝，戴著垂軟的編織帽，上身穿著橘色的馬鞍針法尼龍襯衫。我以前青春時期穿的東西彷彿都是滑稽的笑話。

---

[4] 弗蘭克・斯金納（Frank Skinner, 1957- ），英國喜劇演員及主持人。
[5] 理察・羅傑斯爵士（Sir Richard Rogers, 1933-2021），英國知名建築師，眾多作品包括法國龐畢度中心（與皮亞諾合作）和英國千禧巨蛋。

「靠救濟金過活的無業青年直播地點在哪?」

「利物浦。」

「利物浦。好,布莉琪,直播團隊會在購物中心的 Boots 藥妝店外面,五點半直播。替我找來六個靠救濟金過活的無業青年。」

後來,我正要離開去趕火車時,帕楚莉隨口嚷嚷,「噢,對了,那個,布莉琪,不是利物浦喔,是,那個,曼徹斯特,可以吧?」

4.15 p.m. 曼徹斯特。

接洽領救濟金的無業青年人數 44,同意受訪人數 0。

曼徹斯特回倫敦的火車時間 7 p.m. 啊。到了 4:45,我已經歇斯底里地在水泥花盆之間狂奔,急促不清地說話。

「『嘟』攪一下,你有工作嗎?沒事。『嘟』謝!」

「我們要做什麼?」攝影師問,連假裝有興趣都懶得裝。「訪問領救濟金的失業青年,」我興高采烈地說,「馬上回來!」然後衝過轉角,用手猛拍額頭,透過耳機可以聽到理查在說:「布莉琪⋯⋯媽的到底在哪⋯⋯?領救濟金的失業青年。」然後我在牆上看到了提款機。

到了 5:20,有六個青年聲稱自己無業,整齊排在攝影機前面,每

個人的口袋裡各有一張爽脆的 20 英鎊紙鈔，我手忙腳亂試圖對自己身為中產階級做出間接的補償。到了 5:30，我聽到專屬的曲調砰砰噹噹傳來，接著理查嚷嚷，「抱歉，曼徹斯特，我們要放棄你們了。」

「嗯……」我開始說，對著那些滿懷期待的臉龐。那些青年顯然以為我得了想假裝自己為電視台工作的病。更糟的是，整個星期瘋狂工作，趕來曼徹斯特，對明天沒有約會對象即將造成的創傷束手無策。接著我望向那些自命不凡的美妙青年，背景裡又有提款機，一個道德上極度可疑的念頭開始在我的腦海裡萌芽。

嗯嗯。不要誘惑救濟金無業青年陪我去參加科斯莫的派對，我想這個決定是對的。這麼做等於在剝削人，是不對的。不過還是不知道怎麼解決這個難題。到吸菸車廂去抽一根好了。

7:30 p.m. 啊。結果發現抽菸車廂是個可怕的豬圈，抽菸的人圍聚在一起，慘兮兮又不服氣。意識到抽菸的人再也無法過有尊嚴的生活，而必須被迫在次級的髒亂生存環境中生悶氣。要是這個車廂哪天被轉到側線那邊，再也不出現，我也不會有絲毫詫異的感覺。也許私有化的鐵路公司會開始營運抽菸列車，這樣的列車經過時，村民會揮舞拳頭、丟擲石頭，把那些會噴火的怪胎編成故事來嚇唬自己的孩子。總之，用火車上的神奇電話撥給湯姆。（這種電話怎麼運作的？原理是什麼？明明沒有線路。好怪。也許是透過車輪跟軌道之間的電力接觸連結起來的），針對沒有 23 歲約會對象的危機，對他大發牢騷。

「格夫如何？」湯姆說。

「格夫？」

「妳知道的，就是妳在薩奇畫廊遇到的那個傢伙啊。」

「你想他會介意嗎？」

「不會啦，他真的對妳有意思。」

「他才沒有。閉嘴啦。」

「真的有，別再煩惱了，交給我就對了。」

有時候覺得，要是沒有湯姆，我一定會沉下去，一點痕跡也不留，整個消失不見。

9月19日星期二

56.2公斤，酒3單位（非常好），菸0根（在自命不凡的健康青年面前抽菸太丟臉）。

哎唷，一定要趕時間了。準備去跟愛喝健怡可樂、自命不凡的年輕人約會。結果發現格夫這個人還真不錯，星期六在艾利克斯的晚餐派對上，他表現得可圈可點，跟所有的太太調情，對我無限諂媚，以萬靈學院獎學金學生在智性上的靈活度，順利擋掉所有關於我倆「關係」的陷阱題。遺憾的是，我對他過於感激*，回程搭計程車的時候，無力抵擋他的攻勢**。不過，我勉強克制住自己***，沒有接受進他家喝杯咖啡的邀約。不過，後來我對自

己身為**騷貨心生愧疚** ****，所以當格夫打電話來，約我今晚到他家吃晚飯的時候，我很有風度地接受了 *****。

午夜。覺得自己像是離群索居的老婦人，已經很久沒約會，結果自以為是到忍不住向計程車司機吹噓起我的「男友」，說要到「男友家」，說他要親自下廚煮晚餐給我吃。

不過，遺憾的是，我抵達的時候，馬登路四號是一家蔬果店。

　　* 色慾
　　** 我的手搭上他的膝蓋
　　*** 我的恐慌
　　**** 無法停止想著「可惡、可惡、可惡！」
　　***** 幾乎無法抑制我的興奮

「妳想用我的電話嗎？親愛的？」計程車司機疲憊地說。

當然，我不知道格夫的電話號碼，所以我不得不假裝打電話給格夫，發現佔線中，然後再打電話給湯姆，試著問他格夫的地址，免得計程車司機以為我謊稱有男友。原來地址是馬登維拉斯44號，我記下來的時候不專心。開往新地址的時候，我跟計程車司機之間漸漸無話可說。他一定以為我是妓女還是什麼的。

等我抵達的時候，信心已經不如之前。氣氛一開始很甜美、羞澀——有點像是小學時到可能成為摯友的人家裡喝茶吃點心。格夫煮了義大利肉醬麵。等食物準備好端上桌之後，活動轉為談話，這時問題就來了。不知怎的，我們最後聊起了黛安娜王妃。

「感覺好童話，我記得婚禮的時候，坐在聖保羅大教堂外面的牆壁上，」我說，「你也在那邊嗎？」

格夫一臉尷尬。「其實我當時才 6 歲。」

我們最後放棄了談話，格夫興奮非常（我記得這就是 22 歲的人的美妙之處），開始吻我，同時想找出我衣服的入口。最後，他好不容易將手滑到了我的肚子上，這時他說——很侮辱人——「嗯，妳整個好肥軟。」

聽到這個之後，我無法繼續下去。噢，老天，這樣不行。我太老了，我必須放棄，改到女子學校去教宗教知識課程，然後搬去跟曲棍球老師一起住。

9 月 23 日星期六

57.2 公斤，酒 0 單位，菸 0 根（非常、非常好），手寫草擬給馬克‧達西的邀請函的回覆 14 份（但至少取代了跟丹尼爾的想像對話）。

10 a.m. 好。我要回覆馬克‧達西的邀約，清楚堅定地說，我無法出席。我沒有出席的理由。我既不是密友，也沒有親戚關係，而且去參加的話就會錯過《盲目約會》和《急診室》。

不過，噢，天啊。是那種用第三人稱寫成的超扯邀請函，彷彿每

個人都很上流,彷彿對邀請對象直說他們要舉行派對、想知道對方想不想參加,就像是把「女用化妝室」叫做「茅坑」那樣。我從童年汲取記憶,想來也應該要以同樣委婉的風格回覆,彷彿我是幻想人物,由我個人僱來回覆幻想人物寄來的邀請函,而那些幻想人物是由發出邀請的朋友們僱來的。寫什麼才好?

布莉琪・瓊斯很遺憾她將無法⋯⋯

布莉琪・瓊斯小姐心煩意亂,因為她將無法⋯⋯

說布莉琪・瓊斯小姐心力交瘁,都不足以充分表達她的感受⋯⋯

非常遺憾,謹此通知,布莉琪・瓊斯小姐因為無法接受馬克・達西先生的善意邀請而心亂如麻,進而結束了自己的生命,因此前所未有地確定她將無法接受馬克・達西先生的善意⋯⋯

噢,有電話。

是老爸:「布莉琪,我親愛的,妳下星期六要來參加那場恐怖活動吧?」

「你是指達西夫婦的紅寶石婚嗎?」

「要不然還有什麼?妳媽八月初找莉莎・李森來訪談過後,滿腦子只有家裡的桃花心木展示櫃、矮茶几組該歸她還是該歸我,只有這個活動才能轉移她的注意力。」

「我還滿希望可以閃過的。」

電話另一頭陷入靜默。

「爸?」

傳來悶住的啜泣聲。老爸在哭。我想老爸精神崩潰了。注意了,要是我跟媽結婚三十九年,即使她沒跟著葡萄牙旅遊承包商走,我也會精神崩潰。

「怎麼了?爸?」

「噢,只是⋯⋯抱歉,只是⋯⋯我本來也是希望可以逃過。」

「唔,那就逃過吧。萬歲,我們去看電影吧。」

「只是想⋯⋯」老爸再次崩潰,「想到她要跟那個噴了香水、頭髮蓬鬆的油滑南歐佬一起出席,我那些有四十年交情的老朋友和老同事對著他們兩個喊著『乾杯』,把我當成過去式。」

「他們不會⋯⋯」

「噢,會的,他們會。我下定決心要去了,布莉琪。我要換上我最棒的衣服,把頭抬得高高的,然後⋯⋯可是⋯⋯」再次啜泣。

「怎樣?」

「我需要精神支持。」

11:30 a.m.

  布莉琪·瓊斯小姐很榮幸⋯⋯
  布莉琪·瓊斯小姐感謝馬克·達西先生的⋯⋯
  布莉琪·瓊斯小姐很榮幸地接受⋯⋯

噢，老天爺。

  親愛的馬克，
  謝謝你邀請我參加麥爾康和伊蓮的紅寶石婚派對。我很樂意參加。
  祝好，
  布莉琪·瓊斯

嗯嗯嗯。

  祝好，
  布莉琪

或只是

  布莉琪
  布莉琪（瓊斯）

好，就好好抄在紙上，檢查拼字之後寄出去。

9月26日星期二

56.7公斤，酒0單位，菸0根，卡路里1256，刮刮樂0張，一直想到丹尼爾0次，負面思考0，我現在走完美的聖人路線。

開始考慮到自己的事業，而不是擔心枝微末節的小事——男人和關係，這樣很棒。在《午安！》工作還算順利。我想我對流行電視節目可能有天分。真正令人興奮的消息是，他們就要讓我到鏡頭前試鏡了。

上星期末尾，理查・芬奇突然有個點子，就是想做實境真人特輯，在首都到處派記者去跟拍急難服務。但他一起步就運勢不佳。事實上，辦公室的大家說，每個意外緊急單位、倫敦周圍各郡的警察和救護車部門都拒絕了。可是今天早上我到辦公室時，他抓著我的肩膀嚷嚷：「布莉琪，有了！火災。我要妳上鏡頭。我在想迷你裙。我在想消防員的頭盔。我在想舉著消防水帶面對鏡頭。」

從那之後，一切陷入混亂，當日新聞的例行公事全被拋到腦後，大家都語無倫次地通著電話，急著安排連線、電波和外景直播等事宜。總之，全部都會在明天發生，我必須在十一點到路易斯罕消防局報到。我今天晚上要打電話給大家，提醒他們記得看。等不及要跟老媽說。

9月27日星期三

55.8公斤（因為尷尬而縮小），酒3單位，菸0根（消防局不能抽菸），然後一個小時內抽了12根，卡路里1584（非常好）。

9 p.m. 我這輩子從沒這麼丟臉過。花了一整天彩排跟安排一切。構想是他們將鏡頭切到路易斯罕，我要沿著消防員滑柱滑進畫面，然後開始訪問一位消防員。五點我們上線時，我正蹲坐在滑柱頂端，準備一收到信號就往下滑。接著我突然透過耳機聽到理查大喊：「快、快、快、快、快！」於是我放開了手，開始往下滑，然後他繼續說，「快、快、快，新堡！布莉琪，路易斯罕那邊預備，30秒之後換妳。」

我原本考慮等我滑到柱子底部後，再衝上樓梯重來一次，但我只是往下滑了幾英尺，所以索性開始將自己往上拉。接著突然間，耳朵傳來大吼。

「布莉琪！鏡頭對著妳了，妳他媽的在搞什麼？妳應該要沿著柱子往下滑，而不是往上爬。快、快、快。」

我歇斯底里地對著鏡頭咧嘴笑，讓自己往下滑，按計畫落地，停在我應該要訪問的消防員身邊。

「路易斯罕，我們沒時間了。快收尾，快收尾，布莉琪。」理查在我耳裡嚷嚷。

「現在還給棚內。」我說，就這樣。

9月28日星期四

56.2公斤,酒2單位(非常好),菸11根(不錯),卡路里1850,消防單位或對手電視台的工作邀約0(也許這沒什麼好訝異的)。

11 a.m. 我顏面盡失,成了笑柄。會議上,理查‧芬奇在大家面前羞辱我,隨口對我拋出「亂七八糟」、「丟人現眼」跟「該死的白痴」這類的字眼。

「現在還給棚內」似乎在辦公室成了新的口頭禪。只要有人被問問題,不知道答案是什麼,他們就會說:「呃……現在還給棚內。」然後噗哧大笑。不過,有趣的是,那些頹廢派青年對我的態度變得友善許多。帕楚莉(連她也是!)走過來說,「噢,那個,別理會理查啦,可以吧?他,那個,妳知道的,控制慾很強。妳知道我在說什麼吧?那個消防員滑柱真的很顛覆,滿精彩的。總之,那個……還給棚內,可以吧?」

理查‧芬奇現在只要走到我附近,要不是把我當空氣,不然就是難以置信搖著頭,整天下來都沒交辦事情給我做。

噢,老天,我好沮喪。我以為難得找到自己擅長的事情,結果現在全都毀了,而且最糟的是,這個星期六就是那場可怕的紅寶石婚,而我沒東西可以穿。沒一件事是我拿手的,不管是男人、社交技巧或工作。沒一件事。

10月／跟達西約會
Date with Darcy

10月1日星期日

55.8 公斤,菸 17 根,酒 0 單位(非常好,特別是在派對上)。

4 a.m. 精彩。這輩子最精彩的夜晚之一。

星期五陷入沮喪之後,茱德過來找我聊天,關於要怎麼對事情抱持更正面的態度,她還帶了她美妙的黑色洋裝要借我穿去派對。原本擔心可能會扯破或弄髒洋裝,但她說她因為頂尖的工作,口袋很深,弄破或弄髒洋裝無所謂,要我別擔心。真愛茱德。女生比男人好太多了(除了湯姆之外——可是他是同志)。決定用亮面萊卡黑色絲襪(6.95 鎊),配上 Pied à terre 的黑色麂皮中根鞋(已經把沾到的馬鈴薯泥清乾淨)。

抵達派對的時候大感震撼,馬克·達西的房子跟我預期的不同,不是波特蘭路上那種單薄的白色連棟透天或類似的東西,而是結婚蛋糕風格、巨大獨棟的宅邸,位於荷蘭公園大道(他們說哈洛·品特[1]就住那邊)的另一側,放眼都是綠意。

他肯定為他爸媽砸了一大筆錢。所有的樹木上都賞心悅目地妝點了紅色小彩燈和一串串的閃亮紅心,搭起白色頂棚的步道一路通往屋前的小徑。

在大門那裡,一切開始更令人期待,有服務人員上前迎接,提供

---

[1] 哈洛·品特(Harold Pinter, 1930-2008),英國劇作家及劇場導演,2005 年諾貝爾文學獎得主。

香檳並接過我們帶來的禮物（我帶了麥爾康和伊蓮結婚那年派瑞・柯莫[2]推出的情歌專輯，另外還有美體小舖的赤陶精油擴香座要送給伊蓮，因為她在咖哩火雞餐會上問過我精油的事）。接著，我們被迎著走下誇張的淡色木製螺旋樓梯，每階都由紅色心型蠟燭映亮。樓下是一間偌大的房間，鋪著深色木頭地板，還有一間通往花園的溫室。整個房間都由燭火照亮。我跟老爸只是站在原地，看得目瞪口呆。

完全推翻你對爸媽那一世代雞尾酒會花招的期待——不是放滿醃黃瓜的雕花玻璃分隔盤；一盤盤鋪著花邊紙墊的鹹食小點；半個葡萄柚面朝下，像刺蝟那樣，插滿牙籤串起的乳酪和鳳梨塊——而是大大的銀托盤上放了蝦子雲吞、番茄和莫札瑞拉乳酪的餡餅、烤雞肉串。客人們彷彿無法相信自己這麼好運，把腦袋往後一甩，放聲大笑。尤娜・厄康伯利則一臉酸溜溜。

「噢，親愛的，」老爸說，跟著我的視線望去，尤娜正朝我們快步走來，「我不確定這種派對合不合媽咪和尤娜的胃口。」

「有點太招搖了，對吧？」尤娜一走進聽覺範圍就說，氣呼呼地扯著圍在肩上的披肩，「我想這些事情要是弄到太過頭，反倒會變得俗氣。」

「噢，別胡扯了，尤娜，這個派對妙透了。」老爸說，拿了第

---

[2] 派瑞・柯莫（Perry Como, 1912-2001），美國全方位男星，曾獲葛萊美最佳男歌手等獎項肯定。

19個開胃小點。

「嗯嗯，我同意，」我說，吃得滿嘴都是餡餅，我的香檳酒杯神奇地又被斟滿了，「這場派對該死的棒極了。」原本為了面對滿室一身Jaeger兩件式套裝女性的地獄做了許久的心理準備，我整個人心花怒放，甚至沒人問我為什麼還沒結婚。

「嗯哼。」尤娜說。

老媽現在也朝我們大步走來。

「布莉琪，」老媽嚷嚷，「妳跟馬克打過招呼了嗎？」

我突然意識到，心裡畏縮一下，尤娜和老媽各自的紅寶石婚一定也快到了。依我對老媽的認識，老媽絕不可能會讓「離棄老公並跟旅遊承包商跑了」這種瑣碎細節，妨礙她的大肆慶祝，她一定會下定決心，不計任何代價，就是不要被伊蓮・達西比下去，即使要用媒妁婚姻來犧牲無害的女兒，也在所不惜。

「穩住，大傢伙。」老爸說，掐掐我的手臂。

「真是不錯的房子。妳沒有披巾可以蓋肩膀嗎？布莉琪？頭皮屑！」媽尖聲說，手拂過老爸的背。「好了，親愛的，妳到底為什麼沒去找馬克聊天？」

「嗯，這個嘛……」我嘀咕。

「妳覺得如何，潘姆？」尤娜緊繃地嘶聲說，朝著房間點點頭。

「太招搖了，」老媽低聲說，像雷斯‧道森[3]那樣誇張地用嘴形說。

「我剛剛就是這麼說的，」尤娜得意洋洋地用嘴型說，「我剛剛是不是這樣說啊，科林？就是招搖。」

我緊張地環顧四周，嚇得跳起來。就在那邊，馬克‧達西正看著我們，距離不到三英尺。他一定什麼都聽到了。為了亡羊補牢，我張嘴想說點什麼——卻不確定該說什麼。不過，他走開了。

晚餐在地面樓層的「會客室」供餐，我到階梯上排隊的時候，發現自己就排在馬克‧達西的後方。

「嗨。」我說，希望能補償老媽之前的無禮舉動。馬克左顧右盼，完全不理會我，然後看著原本的方向。

「嗨。」我又說，然後戳戳他。

「噢，嗨，抱歉，我沒看到妳。」他說。

「派對辦得很棒，」我說，「謝謝你邀請我來。」

他盯著我片刻。「噢，不是我，」他說，「是我媽邀的。總之。得去監督一下，呃，座位安排。對了，我很欣賞妳在路易斯罕消防局的報導。」他轉過身去，跨步上樓，在客人之間穿梭一面說借過，我覺得暈頭轉向。嗯哼。

---

[3] 雷斯‧道森（Les Dawson, 1931-1993），英國喜劇演員及主持人。

他走到樓梯頂端的時候，娜塔莎穿著令人驚豔的金色緞子合身洋裝，佔有似地揪住他的手臂，她在匆忙之中，絆倒了一根蠟燭，紅色蠟淚灑在她的洋裝裙襬上。「該死，」她說，「該死。」

他們消失在前方時，我可以聽到娜塔莎在斥責馬克。「就跟你說過，你花整個下午的時間在危險的地方擺蠟燭，會害人絆倒的。你的時間應該用在更好的地方，確保座位安排……」

有趣的是，位置安排得恰到好處。老媽的旁邊不是老爸，也不是朱力歐，而是布萊恩·安德比，老媽向來喜歡跟他打情罵俏。朱力歐被安排在馬克·達西美麗動人的 55 歲阿姨旁邊，他阿姨開心得無法自己。老爸歡喜得臉色泛紅，旁邊坐的是個肖似夏奇拉·肯恩[4]的美豔女子。我真的很興奮。也許我會被排在馬克·達西兩個性感的朋友之間，搞不好是頂尖的訴訟律師，或來自波士頓的美國人。可是我在座位表上尋覓自己的名字時，旁邊傳來一個熟悉的聲音。

「我的小布莉琪最近怎樣啊？我真是幸運啊。欸，妳就坐我隔壁耶。尤娜跟我說妳跟男友分手了，哎呀，真不知道我們什麼時候才能把妳嫁掉！」

「唔，我希望，當我們把妳嫁掉的時候，可以由我來證婚，」我另一邊傳來說話聲，「我想找新的肩帶。嗯。杏桃色的絲料，或

---

[4] 夏奇拉·肯恩（Shakira Caine, 1947- ），英國前女演員和時裝模特兒，印度裔蓋亞那人，她的丈夫是英國演員米高·肯恩。

者去 Gamirellis 找 39 顆鈕釦的聖袍。」

馬克體貼地將我排在傑佛瑞・厄康伯利和那個同志牧師之間。

不過，幾杯酒下肚以後，我們之間的對話就自在起來了，我正在問牧師，他對印度象頭神甘尼許喝牛奶的奇蹟有什麼想法。牧師說教會圈子裡的說法是，那場奇蹟的起因，是炎熱夏季之後接著寒冷的天氣，對赤陶造成了影響。

晚餐散會後，大家開始下樓去參加舞會，我正在思考他說的事情。因為不敵強烈的好奇心，也急著避開跟傑佛瑞・厄康伯利跳扭扭舞的義務，我暫時告退，謹慎地從桌上拿起一根茶匙跟牛奶罐，快步走進專門擺放禮物的房間──證實了尤娜說辦得太招搖的看法──禮物已經拆開包裝並展示出來。

我花了點時間才找到赤陶精油擴香座，被塞在靠近後面那裡，可是當我倒了點牛奶到茶匙上，傾斜茶匙，抵在放蠟燭進去的那個洞的邊緣。真不敢相信。精油擴香座竟然把牛奶吸收進去了。真的可以看到茶匙上的牛奶消失不見。

「噢，我的天，是奇蹟。」我驚呼。哪知道馬克・達西偏偏在這時候該死的路過？

「妳在幹嘛？」他說，站在門口。

我不知道該說什麼。他顯然以為我想偷禮物。

「嗯?」他說。

「我買來送你媽的精油擴香座會喝牛奶耶。」我悶悶不樂地嘀咕。

「噢,別胡扯了。」他邊笑邊說。

「真的會,」我憤慨地說,「你看。」

我往茶匙上倒了更多牛奶,傾斜匙子,而精油擴香座緩緩地開始吸收牛奶。

「看吧,」我得意地說,「是奇蹟。」

他一臉佩服,真的。「妳說得對,」他輕聲說,「是奇蹟。」

就在那時,娜塔莎出現在門口。「噢,嗨,」她說,看到我,「今天沒穿妳的兔女郎裝啊,」然後笑了一下,假裝剛剛的惡劣言論是有趣的玩笑。

「其實我們兔子為了保暖,冬天會改穿這樣。」我說。

「約翰・羅查[5]的東西?」她說,盯著茱德的洋裝,「去年秋天的款式?我認得那個衣襬。」

我一時卡住,很想端出機智犀利的回答,但很遺憾,什麼也想不出來。所以經過一陣愚蠢的停頓之後,我說:「總之,我確定你們會很想到處巡巡,很高興再碰到你們,掰掰!」

我判定自己需要到外頭稍微透個氣,並且來根菸。今天晚上美妙溫暖、滿天星辰,月亮照亮了所有的杜鵑花叢。就個人來說,我對杜鵑花向來不怎麼熱衷。它們讓我想起 D. H. 勞倫斯[6]書中的北方維多利亞鄉間宅邸,那裡會有人溺死在湖泊裡。我往下走進凹陷花園。他們正在播放維也納華爾滋,頗為時髦的千禧年末風格。然後我突然聽到上方傳來聲音。落地窗映出一個人影的輪廓。是個金髮青少年,公學學生類型的迷人傢伙。

「嗨,」少年說,他搖搖晃晃點燃一跟菸,怔怔看著,步下階梯朝我走來,「想跳個舞嗎?噢,啊,抱歉。」他邊說邊伸出手,彷彿我們在伊頓公學的開放參觀日,而他是一時忘了禮貌的前任內政大臣。「我叫西蒙・達爾利。」

「布莉琪・瓊斯。」我邊說邊僵硬地伸出手,覺得自己彷彿是戰爭內閣的一員。

「嗨,嗯,很高興認識妳。所以能不能一起跳支舞?」他說著又變回了公學男孩的態度。

「唔,這我肯定不清楚。」我說,變成了酒醉的蕩婦,不由自主發出刺耳的笑聲,活像是個葉慈酒館的妓女。

「我的意思是在外頭這邊,就跳一下。」

---

[5] 約翰・羅查(John Rocha, 1953-),香港出生的愛爾蘭籍時裝設計師。
[6] D. H. 勞倫斯(D. H. Lawrence, 1885-1930)英國作家。20世紀英語文學中最重要的人物之一。

我遲疑起來。說實在，還滿受寵若驚的。因為少年邀舞，以及之前在馬克‧達西面前行使奇蹟，這一切都讓我開始得意忘形。

「拜託，」西蒙催促，「我沒跟年紀較大的女性跳過舞。噢，天啊，抱歉，我的意思不是……」他看到我的表情，於是說了下去。「我是說，沒跟已經離開中學的女性跳過舞。」他邊說邊熱情地抓起我的手。「妳介意嗎？我會非常、非常感激的。」

西蒙‧達爾利顯然從出生就學了國標舞，所以在他技巧嫻熟的引導之下，跳起舞來還滿享受的。問題是，他似乎，唔，直言不諱地說，勃起的程度是我有幸遇到的當中最大的──我們跳舞的時候，身體貼得如此靠近，實在無法當成鉛筆盒視而不見。

「現在我來接手，西蒙。」有個聲音說。

是馬克‧達西。

「來吧，進屋裡去，你現在應該上床就寢了。」

西蒙一臉被徹底擊垮的樣子，滿面通紅，快步趕回派對。

「請問我可以嗎？」馬克說，向我伸出手。

「不行。」我說，氣呼呼。

「怎麼回事？」

「嗯，」我說，急著想找自己這麼生氣的理由，「你在自命不凡的年輕人面前耀武揚威，在他那樣敏感的年紀羞辱他。」接著，

注意到馬克困惑的表情,我繼續喋喋不休,「不過我真心感謝你邀我來參加派對。很棒,非常謝謝你,這場派對實在棒極了。」

「是,我想妳說過了。」他說,快速眨著眼,其實他一臉激動和受傷。

「我……」他停頓,然後開始在露台上來回踱步,嘆著氣,用手搔弄頭髮,「如何……妳近來讀了什麼好書嗎?」難以置信。

「馬克,」我說,「如果你再問我一次近來讀了什麼好書,我就要生氣了。你幹嘛不問我別的事情?稍微有點變化吧。問我有沒有任何嗜好,或是我對單一歐洲貨幣有什麼看法,或是我對保險套有沒有特別頭痛的經驗?」

「我……」他又再次開口。

「或是問我如果必須跟道格拉斯・赫德、麥可・霍華或吉姆・戴維森[7]上床,我會選哪一個。其實,高下立判,我會選道格拉斯・赫德。」

「道格拉斯・赫德?」馬克問。

「嗯,對,嚴格但公平得令人開心」

「嗯,」馬克若有所思地說,「雖然妳這麼說,但麥可・霍華的

---

[7] 道格拉斯・赫德(Douglas Hurd, 1931-),英國保守黨政治人物。麥可・霍華(Michael Howard, 1941-),英國保守黨政治人物。吉姆・戴維森(Jim Davidson, 1953-),英國喜劇演員及電視主持人。

太太極度迷人跟聰明。他一定有某種不為人知的魅力才對。」

「你是指在那方面嗎?」我說,幼稚地希望他能說點關於性愛的事。

「這個嘛……」

「我想搞不好他是性愛高手。」我主動說。

「或是技藝高超的陶藝家。」

「或是有認證的香氛治療師。」

「要不要跟我一起吃晚餐?布莉琪?」馬克說,態度突兀,而且相當暴躁,彷彿打算要我坐在桌邊,好好訓斥我一頓。

我停下來,盯著他。「是我媽要你這樣做的嗎?」我懷疑地說。

「不是……我……」

「是尤娜・厄康伯利嗎?」

「不是,不是……」

突然間,我明白是怎麼回事了。「是你媽,對吧?」

「唔,我母親是……」

「你因為你媽的意思,才約我出去吃晚餐,我不想要這樣。總之,我們到時要聊什麼?你只會問我近來讀了什麼好書,然後我就必須編些可悲的謊言,而且——」

他驚愕地盯著我。「可是尤娜・厄康伯利跟我說妳是某種文藝才女，對書本徹底痴迷。」

「是嗎？」我說，突然對這個想法感到滿意，「她還跟你講了什麼？」

「唔，說妳是激進女性主義者，過著無比光鮮的生活⋯⋯」

「噢噢噢。」我嬌嗔。

「⋯⋯有幾百萬個男人約妳出去。」

「呃。」

「丹尼爾的事情我聽說了，很遺憾。」

「我想你確實嘗試警告過我。」我鬱悶地嘀咕，「你跟他到底有什麼過節？」

「他跟我太太上了床，」他說，「在我們婚禮兩週後。」

我驚恐萬分盯著他，上方有個聲音傳來：「馬克兒！」是娜塔莎，燈光照出了她的輪廓，她正往下俯瞰目前的狀況。

「馬克兒！」她再次呼喚，「你在底下幹嘛？」

「去年聖誕節，」馬克匆匆說了下去，「我覺得如果我母親再多提一次『布莉琪・瓊斯』，我就要去找《週日人物》，指控她在我童年時用腳踏車打氣筒虐待我。就在那時，我見到了妳⋯⋯我

穿著那件荒唐的方塊圖案毛線衣,是尤娜送我的聖誕禮物……布莉琪,我認識的其他女生都包裝過度。我不認識任何會把兔子尾巴繫在褲子上或……」

「馬克!」娜塔莎嚷嚷,步下樓梯朝我們走來。

「可是你目前有約會對象。」我說,點出這件顯而易見的事。

「其實沒有了,」他說,「就一起吃個晚餐吧?找個時間?」

「好,」我低聲說,「好。」

後來,我想我最好回家了。娜塔莎盯著我的一舉一動,彷彿是條鱷魚,而我有點太靠近她的蛋似的。我給了馬克・達西地址和電話,約好下星期二跟他碰面。我穿過舞會大廳時,看到了老媽、尤娜和伊蓮・達西正生氣勃勃地在跟馬克閒聊——忍不住想像她們的表情,如果她們知道剛剛發生了什麼事。腦袋突然浮現明年的火雞咖哩餐會,布萊恩・安德比將褲頭往上一提,說:「嗯哼,看到年輕人自得其樂,真不錯,是吧?」然後我跟馬克・達西被迫要把戲給聚會的人看,像是互蹭鼻子或是在他們面前做愛,就像一雙作秀的海豹。

10月3日星期二

56.2公斤,酒3單位(非常好),菸21根(差),在過去24個小時裡罵「混蛋」這個字眼369次(大約)。

7:30 p.m. 徹底的緊急狀態。馬克‧達西半小時內要來接我。我剛下班回家，頭髮一團亂，衣服又碰上不幸的洗滌危機。救命，噢，救命。打算穿 Levi's 白色直筒牛仔褲，可是突然想到，他可能會帶我去嚇人的高檔餐廳。噢，老天，我沒什麼高檔服飾可穿。你想他會期待我繫上兔子尾巴嗎？我也不是對他有興趣什麼的。

7:50 p.m. 噢，天啊，噢，天啊。還來不及洗頭，得趕快泡個澡。

8:00 p.m. 現在正在吹乾頭髮。很希望馬克‧達西會遲到，可不希望他看到我頭髮濕答答，披著浴袍的模樣。

8:05 p.m. 現在頭髮多少算是乾了。剩下就是化妝、穿上衣服，把亂七八糟的東西藏到沙發後面。事有先後。化妝最重要，再來才是整頓環境。

8:15 p.m. 幸好還沒到，很好。我欣賞會遲到的男人，跟提早抵達的男人產生鮮明對比，提早抵達會令人驚嚇恐慌，家裡會有難看東西沒藏好而被發現。

8:20 p.m. 唔，現在差不多準備好了。也許會換不同的衣服。

8:30 p.m. 怪了，遲到超過半小時不像他的作風。

9:00 p.m. 真不敢相信。馬克‧達西竟然放我鴿子。混蛋！

10月5日星期四

56.7公斤（差），巧克力產品4塊（差），看影片的次數17（差）。

11 a.m. 在公司的廁所裡。噢，不，噢，不。除了被放鴿子的奇恥大辱之外，我發現自己在今天的晨會裡成了可怕的焦點中心。

「好，布莉琪，」理查・芬奇說，「我要再給妳一次機會，是伊莎貝拉・羅塞里尼[8]的案子，預計判決今天會出來。我們認為她會安全下莊。妳到高等法院去。我不想再看到妳爬上任何柱子或燈桿。我要一場直球對決的訪談，問她這是不是表示，我們每次只要不想跟某人做愛，就可以幹掉對方。妳還在等什麼？快去啊。」

我根本不知道他在講什麼，一丁點概念都沒有。

「妳注意到伊莎貝拉・羅塞里尼的判案了吧？」理查說，「妳偶爾也會讀一下報紙吧？」

這份工作有個問題就是，大家會一直對你拋出名字和報導，所以你只有一點時間可以決定要不要承認根本不知道他們在講什麼。如果你不慎讓那個時刻溜走，下半小時就會急著想抓住線索，看看大夥兒以自信滿滿的態度，深入且詳盡討論的東西，到底是怎麼回事：而這次的伊莎貝拉・羅塞里尼就是這種狀況。

---

[8] 伊莎貝拉・羅塞里尼（Isabella Rossellini, 1952- ），義大利裔美國演員和模特兒。

現在,五分鐘內我一定要出發到法庭去跟嚇人的攝影團隊會合,然後要在電視上即時報導一則我根本搞不清楚狀況的故事。

11:05 a.m. 感謝老天有帕楚莉。我剛從廁所走出來,理查的狗正扯著牽繩,拉著她往前走。

「妳還好嗎?」她說,「妳看起來有點嚇傻的樣子。」

「不,不,我沒事。」我說。

「妳確定?」她盯著我片刻,「聽著,好,妳知道他在會議上指的不是伊莎貝拉‧羅塞里尼吧?他在想的是艾蓮娜‧羅西尼,對。」

噢,感謝老天以及天上所有的天使。艾蓮娜‧羅西尼是保母,被控謀殺雇主,據說雇主反覆強暴她,並將她軟禁在家裡十八個月。我抓起幾份報紙蒐集資訊,然後衝去搭計程車。

3 p.m. 不敢相信剛剛發生什麼事。我在高等法院外跟攝影團隊閒晃了好久,一群記者都在等審判結束。其實該死的有趣,甚至開始看出被自作聰明先生馬克‧達西放鴿子裡的有趣面向。突然意識到菸抽完了,於是小聲問攝影大哥,我能不能開溜五分鐘跑一趟店家,他人真好,說沒關係,因為庭內的人準備出來的時候,都會先向大家發出預警。如果就快出來了,他們會去叫我。

聽說我要到店家去,一堆記者問我能不能幫忙買菸跟甜食回來,所以花了一陣子時間處理。我站在店裡,跟店員把所有的找零一一分開,這時,有個傢伙走進來,顯然在趕時間,說:「能

不能給我一盒花街糖果盒？」當我不在場似的。可憐的店員看著我，彷彿不確定該怎麼辦。

「抱歉，對你來說，『排隊』這個詞沒有意義嗎？」我用傲慢的語氣說，轉過身看著他。我發出古怪的聲音。是馬克・達西，穿著正式的訴訟律師服，他只是一如既往地盯著我。

「你昨天晚上死到哪裡去了？」我說。

「我才想問妳同一個問題。」他說，態度冰冷。

就在那一刻，攝影助理衝進店裡。「布莉琪！」他嚷嚷，「我們錯過訪談了。艾蓮娜・羅西尼已經出來，然後離開了。妳買到我的銀河巧克力豆了嗎？」

我無言以對，抓住甜食櫃檯的邊緣撐住自己。

「錯過了？」我等呼吸穩定下來之後，立刻說，「錯過了？噢，老天。這是我在消防員滑柱之後的最後一次機會，而我竟然忙著買甜食。我會被炒魷魚的。其他人訪問到了嗎？」

「其實沒人訪問到她。」馬克・達西說。

「是嗎？」我說，絕望地抬頭看他，「可是你怎麼會知道？」

「因為我是她的辯護律師，我要她別接受訪談。」他隨口說著，「看，她在我車上。」

我望過去，艾蓮娜・羅西尼把頭探出車窗外，用外國腔調喊著：

「馬克,抱歉,能不能幫我拿雀巢綜合巧克力,拜託,不要花街糖果盒。」就在那時,我們的攝影車開了過來。

「德瑞克!」攝影大哥在車窗那裡嚷嚷,「幫我們買個特趣巧克力棒跟獅子巧克力棒。」

「所以妳昨天晚上去哪了?」馬克・達西問。

「在等該死的你啊。」我咬牙切齒說。

「什麼?8點5分嗎?我按了妳的電鈴12次耶。」

「對,我當時……」我說,漸漸意識到真相而內心一揪,「正在吹頭髮。」

「大型吹風機嗎?」他說。

「對1600伏特,沙龍特選的,」我得意地說,「為什麼問?」

「也許妳可以買安靜一點的吹風機,或是早點開始梳妝打扮,總之,來吧。」他笑著說,「要妳的攝影人員準備好,我看我可以怎麼幫妳。」

噢,老天,尷尬死了,我真是徹底的笨蛋。

9 p.m. 真不敢相信最後的結局這麼美妙。剛剛第五次重播《午安!》的頭條。

「以及《午安!》的獨家報導,」上頭寫著,「在今天無罪判決

之後幾分鐘，《午安！》為各位帶來艾蓮娜・羅西尼的獨家專訪。由我們的國內新聞特派員，布莉琪・瓊斯，為您帶來獨家報導。」

我真愛這部分：「由我們的國內新聞特派員，布莉琪・瓊斯，為您帶來獨家報導。」

我再倒轉重播一次就好，然後就一定會住手。

10月6日星期五

57.2公斤（吃有安慰作用的食物），酒6單位（飲酒問題），刮刮樂6張（有安慰作用的賭博），用1471查詢馬克・達西是否來電21次（顯然只是好奇），重看影片的次數9（好一些）。

9 p.m. 嗯哼。昨天留言給老媽，跟她說我有獨家報導，所以當她今天晚上來電時，我以為是為了恭賀我，結果老媽滿口都是那場派對，尤娜和傑佛瑞、布萊恩和梅薇絲，還有馬克這個人有多棒，為什麼我不跟他講話等等。好想跟老媽說事發經過，但勉強克制住自己，因為預期的結果會是：老媽對於我們敲定約會狂喜地放聲尖叫，但是聽到實際結果時，肯定會殘忍謀殺唯一的女兒。

眼巴巴地希望達西會打電話給我，自從上次的吹風機烏龍事件之後再約我出去一次。也許我應該寫個感謝函給他，謝謝他安排訪

談,然後對吹風機事件表示歉意。並不是因為我對他有意思或什麼的,只是基本禮貌。

10月12日星期四

57.6公斤(差),酒3單位(健康又正常),菸13根,脂肪17單位(納悶有沒有可能算出全身的脂肪單位內容?希望不行),刮刮樂3張(可以),用1471查詢馬克‧達西是否來電12次(好了些)。

嗯哼。被沾沾自喜已婚記者在報上刊登的一篇自以為是的文章惹毛了。標題是「單身生活的喜樂」,帶有法蘭基‧豪沃[9]式的性影射暗諷。

「他們年輕、有野心、經濟無虞,但他們的生活隱含著無端的寂寞……他們下班的時候,有個情感深淵就在眼前裂開……講究生活風格的寂寞個體,會從加熱即食的安慰食品尋求慰藉,就是他們的母親可能會料理的那種。」

呃哼。真是好大膽子。22歲的沾沾自喜太太怎麼這麼自以為是啊?多謝雞婆。

---

[9] 法蘭基‧豪沃(Frankie Howerd, 1917-1992),英國喜劇演員。

我要根據跟沾沾自喜已婚人士的「數十場對話」，寫成一篇文章：「已婚人士下班的時候，總是會哭出來。因為，雖然筋疲力盡，回家後卻還得削馬鈴薯皮，把髒衣服拿去洗，而他們肥胖臃腫的老公卻打著嗝，癱軟在電視前面看足球賽，要求妳端洋芋片過去給他。在其他晚上，老公打電話回家說又要加班，背景傳來皮製衣物的嘎吱響以及性感單身女郎的吃吃笑，這些太太在家裡穿著過時的圍裙，頓時跌進了情緒的大黑洞。」

下班後跟雪倫、茱德和湯姆碰面。湯姆也忿忿地構思一篇想像文章，主題是沾沾自喜已婚人士的情感深淵。

「已婚人士的影響力遍及一切，從建造的房屋種類，到超市貨架上擺設的食品。」湯姆滿滿反感的文章即將開始謾罵，「放眼到處都是安森默[10]的店面，專門迎合家庭主婦的口味，可悲地試圖仿效單身貴族所享有的刺激性愛。而瑪莎百貨為疲憊夫婦準備更具異國風情的即食料理，讓他們假裝自己跟單身貴族一樣上了美妙的餐廳吃飯，而且飯後不用清洗碗盤。」

「對於單身生活這種傲慢的過度憂慮，我該死的受夠了！」雪倫吼道。

「沒錯，沒錯！」我說。

「你們都忘了情感操弄，」茱德打了嗝，「我們一向會碰到情感

---

[10] 安森默（Ann Summers）是英國經營內衣和性愛玩具的零售連鎖店，1970 年在倫敦創立。

操弄的問題。」

「總之,我們才不寂寞。我們有大家庭,就是由朋友所組成的網絡,用電話串連起來。」湯姆說。

「沒錯!萬歲!單身貴族不應該永遠都要替自己解釋,而應該獲得普遍受到認可的地位——就像藝妓女孩那樣。」我歡喜地大喊,唏哩呼嚕暢飲我那杯智利夏多內白酒。

「藝妓女孩?」雪倫說,冰冷地看著我。

「閉嘴啦,小琪,」湯姆口齒不清說,「妳喝醉了。妳只是想藉著酒醉,逃離裂開的情感深淵。」

「唔,小雪該死的也是啊。」我鬱悶地說。

「我才沒有。」雪倫說。

「妳該死的就是有。」我說。

「欸,安靜啦,」茱德說,又打了嗝,「要不要再點一瓶夏多內?」

10月13日星期五

58.5公斤(但整個人暫時化為酒袋),酒0單位(但從酒袋攝取酒精),卡路里0(非常好)*。

＊乾脆老實說好了。不是真的很好，之所以是 0，是因為吃完以後立刻吐掉 5876 卡路里。

噢，天啊，我好寂寞。一整個週末在眼前開展，沒有人愛，也沒人可以同樂。總之，我不在乎。我有瑪莎百貨的可口薑味蒸布丁可以放進微波爐加熱。

10 月 15 日星期日

57.2 公斤（好一點），酒 5 單位（但場合特殊），菸 16 根，卡路里 2456，花在想達西先生的時間：245 分鐘。

8.55 a.m. 換衣服準備看 BBC 的《傲慢與偏見》影集[11]之前，趕快去買個菸。很難相信路上有那麼多車。他們不是應該在家裡準備追劇嗎？我真愛對這齣戲上癮的國家。我知道自己的癮頭是單純的人類需求：達西可以跟伊莉莎白上床。湯姆說足球大師尼克・宏比[12]在書裡寫過，男人對足球的執迷不在於想要替代性的體驗。宏比聲稱，睪固酮爆發的粉絲並不希望親自站上足球場，而是把他們支持的球隊當成自己選定的代表，有點像是國會那

---

[11] 英國廣播公司（BBC）在 1995 年推出改編自珍・奧斯汀出版於 1813 年的同名小說《傲慢與偏見》（Pride and Prejudice）的六集電視劇，收視率高達 40%，風靡英美，引發「Austenmania！」（奧斯汀狂熱）的現象。
[12] 尼克・宏比（Nick Hornby, 1957- ），英國小說家、作詞人，有幾部作品都改編為電影。

樣。那正是我對達西和伊莉莎白的感受。他們就是我選出的，在性愛或戀愛領域裡的代表。不過，我並不希望看到他們達成任何實質目標。我會很討厭看到達西和伊莉莎白上床，然後在事後抽著菸。那樣是不自然而且錯誤的，我會很快就失去興趣。

10:30 a.m. 茱德剛剛來電，我們花了 20 分鐘低吼。「吼喔，那個達西先生啊。」我很愛他說話的方式，彷彿就是懶得開口。迷死人了！然後討論了很久，比較劇中的達西先生和馬克·達西的優點，但我們都同意達西先生更迷人，因為他更無禮，可是他畢竟是個想像人物，這個劣勢不容忽視。

10 月 23 日星期一

58 公斤，酒 0 單位（很好，發現一種可以取代酒精的美味飲料叫果昔——非常不錯、有果香），菸 0 根（果昔排除了對菸的需求），果昔 22 份，卡路里 4265（其中有 4135 來自果昔）

啊。正準備看《廣角鏡》[13] 談「風潮：負責賺錢養家、資歷傲人的女性——偷走了所有最棒的工作！」（我向天主和祂所有的熾天使禱告，我未來會成為其中一位）：「解決方法是否在於重新設計教育課程表？」我無意間在《標準報》看到達西和伊莉莎白

---

[13]《廣角鏡》（*Panorama*）是 BBC 電視時事紀錄片節目，於 1953 年首播。

的合照,令人厭惡。兩人打扮成現代情人,在一片草地上勾肩搭背:她頂著上流社會造型的金髮,一身亞麻褲裝;他則穿著條紋高領搭皮夾克,留著鞋帶風格的八字鬍。看樣子他們已經睡在一起了,真是噁心透頂。我頓時茫然若失,擔憂罩頂,因為達西先生永遠不會做出「當演員」這樣虛榮跟瑣碎的事情,不過達西先生確實是演員啊。嗯嗯。好困惑啊。

10月24日星期二

58.5公斤(該死的果昔),酒0單位,菸0根,果昔32份。

工作順利得不得了。自從訪談艾蓮娜某某以來,做什麼似乎都得心應手。

「快想!快想!蘿絲瑪麗・韋斯特[14]!」我走進辦公室(其實有點遲到,這種事大家都難免)的時候,理查・芬奇像拳擊手那樣舉高雙拳,正在說,「我在想女同志強暴受害者,我在想珍特・溫特森[15],我在想《午安!》醫師,我在想女同志真正會做什麼。這就是了!女同志在床上實際會做什麼?」突然間,他直勾勾看著我。

---

[14] 蘿絲瑪麗・韋斯特(Rosemary West, 1953-),英國連續殺人犯,1973-1987年間和丈夫聯手虐殺了至少九名年輕女子。
[15] 珍特・溫特森(Jeanette Winterson, 1959-),英國女作家。

「妳知道嗎？」大家都盯著我看。「快想啊，布莉琪他媽的遲到大王，」他不耐煩地大叫，「女同志在床上實際會做什麼？」

我深吸一口氣。「其實我想我們應該做達西和伊莉莎白在螢光幕之外的浪漫愛情。」

他緩緩地上下打量我。「太好了，」他滿懷敬意地說，「他媽的太棒了。好。扮演達西和伊莉莎白的演員？快想，快想。」他邊說邊在會議上打拳。

「柯林・佛斯和珍妮佛・艾爾。」我說。

「妳，我親愛的，」他對著我一側的胸部說，「絕對是個該死的天才。」我向來希望自己可以變成天才，可是我從不相信自己——或是我的左胸——真的會榮獲這種稱號。

11月／家族裡的罪犯
A Criminal in the Family

11月1日星期三

56.7公斤（耶！耶！），酒2單位（非常好），菸4根（可是不能在湯姆家抽菸，免得害「另類世界小姐」[1]的服裝著火），卡路里1848（不錯），果昔12份（很棒的進步）。

剛剛到湯姆那裡進行頂級高峰會議，討論馬克‧達西的事情。不過，發現湯姆正為了即將到來的「另類世界小姐」選拔焦慮不安。他很久以前便決定要以「全球暖化小姐」的角色前往參賽，但目前陷入了信心危機。

「我一點勝算也沒有，」他正在說，照著鏡子，然後以誇張的動作氣鼓鼓地走到窗邊。他穿著塑膠球體，球體表面畫得像是世界地圖，但北極的冰帽正在融化，而巴西那裡有個大大的燃燒痕跡。他一手拿著熱帶硬木、除臭劑噴霧罐，另一手拿著毛茸茸的不明物體，他聲稱是死掉的美洲豹貓。「妳想我應該畫出黑色素瘤嗎？」他問。

「這是選美比賽，還是扮裝比賽？」

「問題就在這裡，我不知道，沒人知道，」湯姆說，拋下頭飾——是他打算在比賽期間點燃的一棵迷你樹，「兩個都是。什麼都是。美麗、創意、藝術性。不清不楚到了極點。」

---

[1] 另類世界小姐（Alternative Miss World）是以選美比賽形式展現的藝術時裝活動，從1972年開始不定期舉行。

「必須是男同志才能參賽嗎？」我問，把弄著一小塊塑膠。

「不用，任何人都能參加：女人、動物、什麼都行。那就是問題所在，」湯姆說，「有時候我覺得，如果我是一條自信爆棚的狗，贏面還比較大。」

最後我們都同意，雖然地球暖化這個主題本身無懈可擊，但塑膠球體也許不是最有加分效果的晚禮服造型。事實上，到最後，我們發現我們比較想用帶亮光綢效果的克萊因藍，有流動感的合身洋裝，在各種煙霧和泥土的色調上方飄過，象徵著北極冰帽正在融化。

判定那一刻無法從湯姆那裡得到關於馬克·達西的最佳建言，於是趕在時間太晚之前先行告辭，答應他會努力幫忙想想泳裝和日常穿著的造型。

回到家以後，打電話給茱德，但她跟我說起一個神奇嶄新的東方概念，叫做「風水」，就在本月分的《柯夢波丹》雜誌裡，可以幫助你在人生中心想事成。你需要做的顯然只是清空公寓的櫥櫃，解鎖自己，然後將公寓分成九個區位（這叫作畫出八卦圖），每個區位代表你人生的不同領域：事業、家庭、關係、財富或後代，比方說。不管你家中的那個區域裡有什麼，都會支配你人生在那個領域的表現。譬如，如果你一直發現自己口袋空空，可能是因為你在自己的財富角落放了廢紙簍。

這套新理論令我興奮難抑，可以說明很多事情。決心一有機會就

要買本《柯夢波丹》。茱德交待我別跟雪倫說，因為雪倫肯定會覺得風水是胡謅的。最後好不容易把對話帶到了馬克‧達西。

「妳當然對他沒興趣了，小琪，這個想法從沒閃過我的心頭。」茱德說。她說答案很明顯：我應該舉辦晚餐派對，邀請他過來。

「太完美了，」她說，「這不算是找他約會，所以會解除所有的壓力，妳可以全力展現自己，並且要妳的朋友們都假裝覺得妳棒透了。」

「茱德，」我說，心裡受傷，「妳剛剛說『假裝』嗎？」

11月3日星期五

58.1公斤（嗯哼），酒2單位，菸8根，果昔13份，卡路里5245。

11 a.m. 對晚餐派對非常興奮。新買了很棒的食譜書，是馬可‧皮埃爾‧懷特[2]的。終於明白家常料理和餐廳食物之間的簡單差異。有如馬可說的，全都跟味覺的濃度有關。而醬汁的祕訣當然除了味覺濃度之外，就在真正的高湯裡。一定要把一大鍋魚骨、雞骨架等等的先煮沸，再以高湯冰塊的形式冷凍起來。接下來，

---

[2] 馬可‧皮埃爾‧懷特（Marco Pierre White, 1961- ），英國廚師、餐館老闆和電視名人。

要煮出米其林星級標準的料理，就會跟做牧羊人派一樣簡單：其實是更簡單。因為不需要先削馬鈴薯皮，只要用鵝油封住。真不敢相信以前從未領悟到這點。

菜單預計如下：

> 芹菜白醬（只要先備好高湯，這道就很簡單又便宜）
> 炭烤鮪魚佐櫻桃番茄醬，翻糖馬鈴薯和油封蒜頭淋醬。
> 蜜漬橙片。調製香橙干邑蛋奶醬。

會很棒的，以後大家都會認定我是功夫了得但顯然輕鬆自如的廚師。

大家會蜂擁來到我的晚餐派對，津津樂道地說：「能去布莉琪家吃晚飯真的太棒了，在波希米亞風格的環境裡，吃到米其林星級風格的食物。」馬克‧達西會深感欽佩，會明白我既不普通也不無能。

11 月 5 日星期日

57.2 公斤（災難），菸 32 根，酒 6 單位（店家的果昔都賣完了——粗心的混蛋），卡路里 2266，刮刮樂 4 張。

7 p.m. 嗯哼。煙火節[3]之夜，並未受邀去參加任何煙火秀。煙花對我嘲諷似地往左、往右、往中間噴射。要去湯姆家。

11 p.m. 在湯姆家度過該死的美好夜晚,湯姆試著要面對這個事實:另類世界小姐的頭銜被該死的聖女貞德拿走了。

「讓我很氣的是,他們說那不是選美比賽,可是明明就是。我是說,我確定要不是我的鼻子長這樣⋯⋯」湯姆說,對著鏡子火大地盯著自己。

「什麼?」
「我的鼻子。」
「有什麼問題?」
「有什麼問題?噴!瞧瞧這個。」

原來有人在他 17 歲的時候,朝他的臉丟了個杯子,最後那裡留下了很小很小的隆起。「這樣妳明白了吧?」

我覺得,正如我所解釋的,聖女貞德從湯姆的眼皮底下奪走了頭銜,錯不在這個小小的隆起上,除非評審用哈伯太空望遠鏡來看。但隨後湯姆說,他也太胖了,準備要開始節食。

「如果要節食,應該吃多少卡路里才對?」

「大概 1000 吧。唔,我通常把目標放在 1000,但最後大概會落在 1500 左右。」我邊說邊意識到,嚴格說來最後一部分不是真的。

---

[3] 煙火節(Bonfire Day),又稱為「蓋福克斯之夜」(Guy Fawkes Night)。英國通常在每年的 11 月 5 日舉行,以紀念 1605 年 11 月 5 日的歷史事件「火藥陰謀」。每年 11 月英國各地都有大大小小的煙花活動。

「1000？」湯姆說,難以置信,「但我還以為單是要生存下來,至少需要 2000。」

我不知所措地看著他。我意識到,節食這麼多年以來,「人實際上需要卡路里才能存活」這一點從我的意識被徹底抹除了,我的想法偏頗到竟然相信營養的理想就是什麼也不吃,相信人們進食的唯一理由是因為貪婪,無法阻止自己破戒、毀掉節食計畫。

「水煮蛋有多少卡路里?」湯姆問。

「七十五。」

「香蕉呢?」

「大的還是小的?」

「小的。」

「去掉皮的?」

「對。」

「八十。」我說,充滿自信。

「橄欖呢?」

「黑色還是綠色?」

「黑色。」

「九。」

「消化燕麥餅呢?」

「八十一。」

「一個巧克力禮盒呢?」

「一萬零八百九十六。」

「這些事情妳怎麼都知道？」

我想了想。「就是知道，就像大家知道字母表或九九乘法表。」

「好，九乘八。」湯姆說

「64，不，是56。72啦。」

「J前面的字母是？快問快答。」

「P。我是說L啦。」

湯姆說我有病，但我恰好知道我很正常，跟其他人（也就是雪倫和茱德）沒有兩樣。老實說，我還滿擔心湯姆的。我想，參加選美比賽開始讓湯姆進入我們女性長期承受的壓力底下，漸漸崩潰。他就要成為缺乏安全感、執著於外貌、瀕臨罹患厭食症的人了。

這天晚上的高潮就是湯姆為了逗自己開心，在屋頂露台上，朝下方居民的花園大放沖天炮。湯姆說他們都是些恐同者。

11月9日星期四

56.7公斤（最好別碰果昔），酒5單位（總比塞滿水果泥的巨胃好），菸12根，卡路里1456（太棒了）。

對晚餐派對非常興奮。花了一週調整時間，最後訂在某個星期

二。賓客名單如下：

茱德	卑鄙李察
小雪	
湯姆	裝模作樣傑若姆
	（除非運氣很好，在那個星期二之前他跟湯姆吹了。）
瑪格妲	傑瑞米
我	馬克‧達西

我打電話給馬克‧達西的時候，他似乎非常高興。

「妳打算煮什麼？」他說，「妳對廚藝拿手嗎？」

「噢，你知道的……」我說，「其實我通常用馬可‧皮埃爾‧懷特的食譜。如果追求味覺濃度，真的簡單得不可思議。」

他哈哈笑，然後說：「唔，不用做太複雜的東西。要記得，大家是為了去看妳，不是為了吃用糖籠罩住的芭菲[4]。」

丹尼爾永遠不會說這樣的貼心話。非常期待那場晚餐派對。

11 月 11 日星期六

56.2 公斤，酒 4 單位，菸 35 根（危機），卡路里 456（沒胃口）。

---

[4] 芭菲（Parfait），或譯為「帕菲」，是雞蛋、糖、奶油製成的法式凍糕甜點。

11 月／家族裡的罪犯 | 289

湯姆失蹤了。今天早上雪倫打電話來說，雖然她不會以自己媽媽的性命來發誓，但她覺得星期四晚上搭計程車的時候，從車窗看到湯姆沿著拉德伯克街遊蕩，手捂著嘴，而且她覺得湯姆一眼瘀青。等她要計程車返回原地，湯姆已經不見蹤影。她昨天留言了兩次問湯姆是否還好，但一直沒得到回覆。

她說著說著，我突然意識到，我星期三也留了個訊息給湯姆，問他週末在不在，但他並未回覆，這不像他的作風。接下來是瘋狂的連環扣。湯姆的電話只是響了又響。所以我打電話給茱德，茱德說她也沒有湯姆的消息。我試著撥打湯姆的裝模作樣傑若姆的電話，也沒有結果。茱德說她打電話給西蒙，西蒙就住湯姆隔壁那條街，要西蒙過去一趟。茱德 20 分鐘後回電，說西蒙按了湯姆的門鈴好久，用力敲門，可是也沒有回應。接著雪倫又打電話。她跟蕾蓓嘉通過話，蕾蓓嘉認為湯姆應該會去麥可家吃午餐。我打電話給麥可，麥可說湯姆留過一個詭異的訊息，用古怪扭曲的聲音說他沒辦法過來，而且沒說明理由。

3 p.m. 恐慌起來，同時又很享受身處風波中心的感受。基本上我是湯姆的死黨，所以每個人都會打給我。而對於整件事，我展現出平靜但深切憂心的態度。突然想到，也許湯姆有了新對象，正跑到某個僻靜的地方，享受幾天蜜月風格的性愛。也許雪倫那天看到的不是他，也許一眼瘀青只是因為活躍積極的青春性愛，或後現代風格的諷刺復古《洛基恐怖秀》[5] 彩妝。一定要再打更

---

[5]《洛基恐怖秀》(Rocky Horror Show) 是 1975 年推出的音樂劇，是對 1930-1960 年代跟科幻和恐怖有關 B 級片的幽默致意。

多電話來測試這套新理論。

3:30 p.m. 大家的意見推翻了新理論，因為一般的共識是湯姆不可能認識新男人——更不要說開始談情說愛——而不打電話向每個人炫耀一番。這點我無法反駁。滿腦子瘋狂的念頭。無法否認的是湯姆近來確實情緒不大穩定。開始納悶自己是否算是稱職的朋友。大家在倫敦這麼忙碌，往往自顧自的。我的朋友裡竟然可能有人因為如此不快樂而……噢，原來我把這個月的《美麗佳人》丟在這邊；在冰箱頂端！

我一面翻著《美麗佳人》，一面開始想像湯姆的葬禮，還有我到時要穿什麼。啊啊啊，突然想起有個國會議員死在垃圾袋裡，脖子上纏著管子，嘴裡塞了巧克力柳橙還是什麼的。納悶湯姆會不會沒跟我們說，逕自進行一些詭異的性愛活動？

5 p.m. 剛剛又打了電話給茱德。

「妳想我們應該打電話給警察，要他們硬闖進門嗎？」我說。

「我已經打給警察了。」茱德說。

「他們怎麼說？」我忍不住暗暗心煩，茱德竟然沒先問過我，就自作主張打給警察。湯姆的死黨可是我，不是茱德。

「他們好像不覺得有什麼大不了。他們說如果到了星期一還找不到人，再打電話過去。我明白他們的意思。有個 29 歲單身男子星期六早上不在家，也沒出席他事先就說不會去的午餐派對，這

樣就報警好像有點大驚小怪。」

「不過,有狀況,我就是知道。」我以意在言外的神祕語氣說,頭一次意識到自己的直覺和本能多麼強烈。

「我懂妳的意思,」茱德說,語氣不祥,「我也感覺得到。肯定有狀況。」

7 p.m. 怪了。跟茱德講過電話後,沒辦法面對逛街或類似輕鬆愉快的事情。想說正好拿這個時間來處理風水,於是出門買了本《柯夢波丹》。小心翼翼運用《柯夢波丹》裡的圖示,將這戶公寓的八卦圖畫了出來。突然閃現可怕的領悟。我在「貴人位」放了個廢紙簍。難怪該死的湯姆消失了。

我趕緊打電話給茱德報告這件事。茱德要我把廢紙簍移開。

「不過,要移到哪去?」我說,「我才不要放在夫妻位或後代子女位。」

茱德說等等,她去查一下《柯夢波丹》。

「移去財富位那邊如何?」她回來的時候說。

「嗯,我不知道耶,聖誕節快到了什麼的。」我說,邊說邊覺得自己很小氣。

「唔,如果那是妳看事情的角度,我是說,反正到時妳也許會少一份禮物要買⋯⋯」茱德語帶控訴地說。

最後，我決定把廢紙簍收到我的文昌位，然後到雜貨店買有圓形葉子的植物，放在家庭位和貴人位（尖葉植物，尤其是仙人掌，會帶來反效果）。正要從水槽下方的櫃子拿花盆出來，這時我聽到叮噹響，頓時狠狠撞到額頭。是湯姆以前去伊比薩島時，寄放在我這裡的備用鑰匙。

一時片刻，我考慮在沒有茱德的狀況下，自己過去一趟。

我是說，她沒先跟我報備就逕自打電話給警察，不是嗎？可是到最後感覺這樣太惡劣了，於是我打電話給她，我們決定也叫小雪過來，因為最先發出警示的是她。

我原先想像有報社來訪問我時，我會表現得多麼莊重、悲劇、能言善道，不過，當我們轉進湯姆的那條街時，這番幻想頓時煙消雲散，我反倒疑神疑鬼，恐懼起來，害怕警方會判定，出手謀害湯姆的其實是我。突然間，這一切不再是一場遊戲。也許真的發生恐怖又悲慘的事情了。

登上前門階梯時，我們都沒人開口，也沒正眼看對方。

「要不要先按門鈴？」雪倫低聲說，我朝門鎖舉起鑰匙。

「我來。」茱德說，她匆匆看了我們一眼，然後按下門鈴。

我們默默站著。沒有回應。她又按門鈴。我正準備把鑰匙插進門鎖，這時對講機傳來聲音。「哈囉？」

「你哪位？」我顫抖著說。

「妳以為是誰？妳這頭蠢母牛。」

「湯姆！」我歡喜地大聲說,「放我們進去。」

「誰是我們?」他起疑地說。

「我、茱德、小雪。」

「老實說,我寧可妳們不要上來,親愛的。」

「噢,真他媽見鬼了,」雪倫說,擠過我身邊,「你這個愚蠢該死的女王,害半個倫敦氣急敗壞地打電話給警察,在市區地毯似地搜尋你的下落,就因為沒人知道你上哪去了。他媽的放我們進去。」

「除了布莉琪之外,我誰也不要。」湯姆暴躁地說。我樂不可支地對著其他人燦笑。

「你他媽的少公主病了。」小雪說。

沉默。

「快啊,你這個大笨蛋,放我們進去。」

一陣停頓之後,門鈴響起。「咘滋滋。」

「妳們準備好要面對了嗎?」我們抵達頂樓時,湯姆打開門的同時,傳來說話的聲音。

我們三人同聲驚叫。湯姆整張臉是扭曲的,滿是醜陋的黃色和黑色,裹在石膏裡。

「湯姆,你出什麼事了?」我喊道,笨拙地嘗試擁抱他,最後弄

到吻了他的耳朵。茱德哭了出來,小雪伸腳去踹牆壁。

「別擔心,湯姆,」她低吼,「我們會找出幹了這件事的混蛋。」

「出什麼事了?」我再次說,淚水開始淌下我的臉頰。

「呃,這個嘛……」湯姆說,彆扭地從我的擁抱裡抽開身子,「其實我,呃,我鼻子去整型了。」

原來湯姆星期三偷偷去動手術,但是太難為情而沒跟我們說,因為我們都不把他鼻子上的小隆起當一回事。原本應該由傑若姆照顧——從今以後要改叫「怪胎傑若姆」(原本要叫「無情傑若姆」,可是我們都同意怪胎這個稱號聽起來太有趣)。不過,怪胎傑若姆在手術後看到湯姆,覺得反感至極,說他要出城幾天,便拍拍屁股走了,從此不見人影,毫無音訊。可憐的湯姆如此沮喪、心理受創,而且麻醉後感覺很古怪,索性拔掉電話線,躲到毛毯底下睡大覺。

「星期四晚上我在拉德伯克街看到的是你嗎?」小雪說。

是。顯然他等到半夜,在夜色的掩護下才出門覓食。儘管湯姆還活著這點讓我們興高采烈,湯姆依然對傑若姆非常不悅。

「沒人愛我。」湯姆說。

我要湯姆撥電話到我的答錄機聽,裡面有 22 通他朋友們心急如焚留下的語音訊息,因為湯姆消失了 24 個小時,大家都心亂如麻。朋友們的熱烈反應,終結了我們對孤獨死、被德國狼犬吃掉的恐懼。

「或是死後三個月才被發現……整個在地毯上爆開。」湯姆說。

總之,我們告訴湯姆,一個名字很蠢、喜怒無常的討厭鬼,怎麼會讓他誤以為自己沒人愛?

喝了兩杯血腥瑪麗之後,湯姆嘲笑傑若姆著迷於使用「自我覺察」這個詞,還有他長及小腿的卡文克萊緊身衛生褲。同時,西蒙、麥可、蕾蓓嘉、瑪格妲、傑瑞米,和一個自稱是艾希的男生都打電話來問他是否還好。

「我知道我們全都神經兮兮、單身、功能失調,而且全部都是透過電話在維繫。」湯姆多愁善感、口齒不清地說,「不過,我們確實算是個家庭,是吧?」

我就知道風水會有用。現在——那盆圓葉植物完成了任務——我要趕快把它搬到我的夫妻位。真希望也有廚藝位。距離派對只剩九天了。

11月20日星期一

56.2公斤,菸0根(施行料理奇蹟時抽菸是很糟的),酒3單位,卡路里200(比起買到的熱量,更不用說吃下去的了;上超市採買材料燃燒掉的卡路里一定更多)。

7 p.m. 剛剛從超市回來,在那裡體驗了討厭的中產單身貴族愧

疚感。排隊結帳時,站在帶著孩子、運作正常的成年人旁邊,他們買了青豆、炸魚條、字母義大利麵等等,而我的推車裡放了以下這些:

　　20 顆蒜頭
　　1 罐鵝油
　　1 瓶柑曼怡香橙干邑
　　8 塊鮪魚排
　　36 顆柳橙
　　4 品特的雙倍奶油醬
　　4 條香草莢（每條 1.39 英鎊）

今天晚上必須開始籌備,因為明天還要上班。

8 p.m. 啊,提不起勁料理。尤其要處理一袋奇形怪狀的雞骨架:噁心透頂。

10 p.m. 現在把雞骨架放進鍋子了。問題是,馬可說我應該用線繩把增添風味的韭蔥和芹菜綁在一起,但我手邊只有藍色的線。噢,這個嘛,就希望可以了。

11 p.m. 老天,高湯要花該死的老半天才熬得出來,可是很值得,最後會得到超過兩加侖的高湯,可以冷凍成冰塊型態,而且只要 1.7 英鎊。嗯,蜜漬橙片也會很美味。現在只需要把 36 顆柳橙切成薄片,然後挫柳橙皮提味用。應該不用太久。

1 a.m. 現在累到無法保持清醒,不過我想高湯還得再熬兩個鐘頭,烤箱裡的柳橙需要再一個小時。我知道。就用小火繼續通宵熬高湯,柳橙也用烤箱最低設定來處理,到時就會像燉菜那樣柔軟。

11月21日星期二

55.8公斤(緊張會消耗脂肪),酒9單位(真的很糟),菸37根(非常、非常糟),卡路里3479(噁心死了)。

9:30 a.m. 剛剛掀開鍋蓋。原本希望可以得到兩加侖的高湯,體驗味覺爆發,結果變成了凝結膠質的燒焦雞架。蜜漬橙片看起來很棒,就像圖片,只是顏色更深。一定要上班去了。打算四點前離開公司,然後看看怎麼解決湯品危機。

5 p.m. 噢,天啊。今天一整天都成了惡夢一場。晨會時,理查·芬奇在大家面前痛斥我。「布莉琪,老天,放下那本食譜啦。煙火燒傷小孩。我在想受傷致殘,我在想快樂的家庭慶祝活動轉眼成了惡夢。我在想二十年之後。60年代被口袋裡的響炮燒掉雞雞的那個小鬼如何?他現在在哪裡?布莉琪,找出那個沒雞雞的煙火小鬼。找到那個60年代的蓋福克斯[6]斷根男。」

啊,我帶著火氣打第48通電話,想查出有沒有雞雞被燒掉的受害者互助小組時,我的電話響了。

「哈囉,親愛的,我是媽咪。」她的語調異常高亢、歇斯底里。

「嗨,媽。」

「哈囉,親愛的,只是出發前打電話跟妳說聲掰,希望一切都順利。」

「出發?去哪裡?」

「噢,啊哈哈哈哈,我告訴妳,我跟朱力歐要到葡萄牙兩個星期,就是去看看家人等等的,想趕在聖誕節以前稍微曬黑一下。」

「妳沒先跟我說。」

「噢,別傻了,親愛的。我當然跟妳說過了,妳一定要學會傾聽。總之,好好保重,可以吧?」

「嗯。」

「噢,親愛的,還有一件事。」

「什麼事?」

「我竟然忙到忘了跟銀行訂旅行支票。」

「噢,別擔心,機場就換得到了。」

「可是問題是,親愛的,我現在正要去機場的路上,而且我忘了

---

[6] 請見註3,煙火節(Bonfire Day)又稱「蓋福克斯之夜」(Guy Fawkes Night)。

帶金融卡出門。」

我對著電話眨眨眼。

「真麻煩。我在想……妳有沒有可能借我一點現金？我是說，不用太多，大概 200 英鎊什麼的就好，這樣我就能換成旅行支票。」

她說這番話的方式讓我想到無家醉鬼討錢說要喝杯熱茶。

「我正在忙工作，媽，朱力歐不能借點錢給妳嗎？」

老媽火冒三丈。「真不敢相信妳這麼小氣，親愛的。我為妳付出這麼多。我給妳生命的贈禮，妳竟然連借妳媽幾鎊來買旅行支票都不願意。」

「可是我要怎麼拿給妳？我得出去找提款機，然後把錢放在摩托車上等妳來拿，到時錢會被偷走。這樣太荒唐了。妳在哪裡？」

「噢，這個嘛，其實呢，運氣不錯，我就在附近，所以如果妳可以到公司對面的國民西敏銀行，我五分鐘內就可以到那裡跟妳會合。」她語速飛快，「太好了，親愛的，等會見！」

「布莉琪，妳他媽的要去哪裡？」我試著溜出去的時候，理查嚷嚷，「妳找到那個響炮斷根男了嗎？」

「我有可靠的情報。」我說，輕敲鼻子，然後一溜煙跑走。

我等提款機吐鈔，新鮮平整、熱騰騰的鈔票，一面納悶老媽單靠 200 英鎊要怎麼在葡萄牙過兩個星期，這時看到老媽快步朝我走

來。雖然雨嘩啦啦下著，老媽卻戴著墨鏡，態度閃躲地東張西望。

「噢，妳在這裡，親愛的。妳真貼心，非常謝謝妳。我得走了，不然會錯過班機。掰！」老媽邊說邊從我手中抓走鈔票。

「怎麼回事？」我說，「這裡到機場又不順路，妳跑來這邊幹嘛？沒有金融卡要怎麼生活？朱力歐為什麼不能借妳錢？為什麼？妳在打什麼主意？怎麼回事？」

一時片刻，老媽一臉害怕，彷彿就要哭出來，視線定在不遠處，露出了黛安娜王妃受傷的神情。

「我不會有事的，親愛的。」老媽露出她特有的勇敢笑容。「保重了。」她抖著聲線說，匆匆擁抱我之後離開了，揮手讓車流暫時停下，然後快步穿越馬路。

7 p.m. 剛剛回到家。好。鎮定，鎮定。內在安定。湯品不會有事的。按照食譜的指示，將蔬菜煮熟並磨成泥，然後——為了創造味覺的濃度——用水沖掉雞架子上的藍色膠凍，把蔬菜泥跟奶油醬放進高湯裡煮滾。

8:30 p.m. 順利得不得了。客人都在客廳裡了。馬克・達西人真好，帶了香檳跟一盒比利時巧克力來。除了翻糖馬鈴薯，還沒做好主菜，可是肯定很快就能弄好。總之，湯品優先。

8:35 p.m. 噢，我的老天。剛剛掀開砂鍋蓋子，將雞骨架挪開。結果，湯是亮藍色的。

9 p.m. 好愛這些可愛的朋友。他們對藍色湯品不只是表示支持而已。馬克・達西和湯姆甚至長篇大論一番，希望飲食世界可以減少對顏色的偏見。說到底，有如馬克說的——只是因為一般人無法隨意想出一種藍色蔬菜——為什麼就要反對藍色的湯品？說到底，炸魚條的橘色也不是天然的啊。（事實上，儘管費盡心力，湯品喝起來就像是一大碗煮滾的奶油醬，卑鄙李察壞心地指出這點。就在這時，馬克・達西問卑鄙李察以什麼為生，這倒有趣了，因為卑鄙李察上週才因為虛報開支被炒魷魚。）算了。反正主菜會非常可口的。好了，要開始弄櫻桃番茄醬。

9:15 p.m. 噢，天啊。攪拌機裡一定有什麼東西，也就是 Fairy 牌洗碗精，結果櫻桃番茄醬似乎在冒泡，而且**體積漲了三倍**。還有，**翻糖馬鈴薯**應該在 10 分鐘之前準備好，現在卻硬得跟石頭似的。也許應該放微波爐熱一下。啊啊啊啊。剛剛檢查冰箱，鮪魚排竟然不在裡面。鮪魚發生什麼事了？什麼？什麼？

9:30 p.m. 感謝老天。茱德和馬克・達西進廚房來，幫我煎了大大的歐姆蛋，把半生不熟的**翻糖馬鈴薯**磨成泥，然後在煎鍋裡炸成薯餅，最後把食譜放在桌子上，讓大家可以看看原本炭烤鮪魚會是什麼樣子。至少蜜漬橙片會不錯。看起來很棒。湯姆說不必那麼麻煩還調香橙干邑蛋奶醬，直接喝香橙干邑就好。

10:30 p.m. 非常悲傷。滿懷期待地環顧餐桌，大家吃了第一口蜜漬橙片。一陣尷尬的沉默。

「這是什麼？親愛的？」湯姆終於開口，「柑橘醬嗎？」

我驚恐萬分,自己吃了一口。就像湯姆說的,是柑橘醬沒錯。費這麼多力氣,花了一堆錢,結果端出什麼東西招待客人:

藍色湯品
歐姆蛋
柑橘醬

真是一敗塗地。什麼米其林星級料理?說是快餐還差不多。

在柑橘醬之後,覺得事情不可能更糟了。不過,這個可怕的一餐整理乾淨之後,電話立刻響起。幸運的是,我把電話拿進臥房講。是老爸。

「妳自己一人嗎?」老爸說。

「不是,大家都在。荣德跟每個人。怎麼了?」

「我──我希望妳身邊有人陪著……很抱歉,布莉琪,我恐怕要跟妳說個壞消息。」

「什麼?什麼?」

「妳媽媽跟朱力歐被警察通緝了。」

2 a.m. 北安普敦郡,厄康伯利夫婦家客房裡的單人床。啊。我必須坐下來,調順呼吸,老爸再三反覆說:「布莉琪?布莉琪?布莉琪?」就像鸚鵡那樣。

「發生什麼事了?」我好不容易說出口。

「他們恐怕——我祈禱,也許妳媽並不知情——從很多人身上詐取了一大筆錢,包括我自己,還有我們非常親近的幾個朋友。我們目前不清楚詐騙的規模大小,可是就警方的說法來看,妳媽恐怕必須坐牢好一段時間。」

「噢,我的天,難怪她拿著我的 200 英鎊,溜到葡萄牙去。」

「到現在,她可能跑更遠了。」

我看到未來在我眼前展開,就像恐怖的夢魘:理查·芬奇戲稱我為《午安!》的「突然單身的囚鳥之女」,然後強迫我到霍洛威監獄的會客室連線直播,之後在連線時突然炒我魷魚。

「他們幹了什麼好事?」

「朱力歐顯然利用妳媽媽作為幌子——可以這麼說,從尤娜和傑佛瑞、奈吉和伊莉莎白、麥爾康和伊蓮身上,」(噢,我的天,是馬克·達西的爸媽)「騙走了大筆款項,好幾萬英鎊,作為分時度假公寓[7]的頭期款。」

「你本來不知道嗎?」

「不知道。我想,他們跟那個渾身香水味、油滑的南歐佬有生意

---

[7] 分時度假公寓(Time-share apartment),與他人共同持有或共同享有使用權,每年大家錯開時段使用的度假住處。

往來,克服不了殘存的尷尬感,所以刻意避免對我提起這件事,畢竟那個傢伙害他們的老友戴了綠帽。」

「所以發生什麼事了?」

「那間分時度假公寓根本不存在,妳媽的儲蓄跟我的儲蓄或退休金一毛也不剩了。我真是不智,竟然把房子留在她名下,而且她把房子拿去抵押貸款了。我們毀了,一窮二白,連個家都沒了,布莉琪,而且妳媽就要被烙上罪犯的印記了。」

語畢,老爸情緒崩潰。尤娜來到電話邊,說她會泡點阿華田給爸喝。我說我兩個小時內會趕到,但尤娜說,在震驚的心情尚未平復以前不要開車,反正目前大家都一籌莫展,等明天早上再說。

把話筒掛回去之後,我癱靠在牆上,虛弱地咒罵自己竟把菸留在客廳裡。不過,茱德立刻端了杯香橙干邑出現。

「發生什麼事了?」

我把事情一五一十告訴她,邊說邊灌香橙干邑。茱德一語不發,但立刻去帶馬克・達西過來。

「都怪我,」他邊說邊用雙手耙抓頭髮,「我應該在『蕩婦跟牧師』派對上將自己的意思表達得更清楚。我那時就知道朱力歐這個人很可疑。」

「什麼意思?」

「我在長條花壇那裡聽到他用行動電話談事情,他不知道會有人

無意間聽到。要是知道我父母也會被捲進去，我就……」他搖搖頭。「現在想來，我確實記得我母親提到什麼，但我當時單是聽到『分時度假』這些字眼，就有點不高興，肯定嚇得她閉嘴不談。妳母親現在人在哪裡？」

「我不知道，葡萄牙？里約熱內盧？做頭髮去了？」

馬克開始在房裡來回踱步，像頂尖的訴訟律師那樣連珠砲似的發問。

「為了找到她，採取了什麼行動？」「牽涉的總金額有多少？」「這件事怎麼曝光的？」「警察參與的程度如何？」「這件事有誰知道？」「妳父親目前在哪裡？」「妳想去找他嗎？」「讓我載妳去找他好嗎？」他這樣實在性感得要命，真的。

茱德端著咖啡出現。馬克判定，最好叫他的司機載我跟他趕到格拉夫頓安德伍去。有那麼一瞬間，我心頭難得對媽湧現感激之情，這種體驗還真新鮮。

我們抵達尤娜和傑佛瑞的家時，一切都很戲劇化。厄康伯利夫婦、安德比夫婦陷入混亂狀態，人人涕淚縱橫；馬克·達西大步走來走去，忙著撥打電話。我發現自己心生愧疚，因為儘管驚恐，我心中有一部分極為享受正常事務暫時停擺，一切跳脫日常，人人都可以像聖誕節那樣猛灌整杯雪莉酒，大啖鮪魚醬三明治。就跟奶奶思覺失調，把衣服脫個精光，跑進潘妮·哈斯本－波思沃斯的果園，最後警方不得不出面圍捕那次一樣。

11月22日星期三

55.3公斤（萬歲！），酒3單位，菸27根（這點完全情有可原，畢竟老媽成了罪犯），卡路里5671（噢，天啊，胃口似乎回來了），刮刮樂7張（無私的舉動，試著把大家損失的錢贏回來。雖然仔細一想，要是刮中了，也許不會把獎金都交給他們），總共贏了10英鎊，算起來淨賺3鎊（總要有個開始）。

10 a.m. 回到公寓，一夜未眠，徹底累壞了。即使發生這一切，還是得照常上班，然後因為遲到被臭罵一頓。我離開的時候，老爸似乎稍微振作起來，在狂喜跟深深沮喪之間來回擺盪：喜的是，朱力歐最後證明是個無賴，老媽可能會回來並跟他開啟新生活；沮喪的是，所謂的新生活，可能是搭乘公共交通工具去探監。

馬克・達西在凌晨時分回到了倫敦。我在他的答錄機留了訊息，謝謝他的協助跟一切，但他並未回電。不能怪他。打賭娜塔莎之流的人不會請他喝藍色的湯，而且還發現我是罪犯的女兒。

尤娜和傑佛瑞要我別擔心老爸，因為布萊恩和梅薇絲會過來借住，幫忙看顧他。發現我在納悶為什麼總是「尤娜和傑佛瑞」而不是「傑佛瑞和尤娜」；但又總是「麥爾康和伊蓮」、「布萊恩和梅薇絲」。不過，從另一方面來看，大家都固定說「奈吉和奧德莉」。就像永遠都不會有人說「傑佛瑞和尤娜」，反之，永遠都不會有人說「伊蓮和麥爾康」。為什麼，為什麼？發現我不由自主試說自己的名字，想像過幾年之後，雪倫或茱德因為反覆叨

念：「妳認識布莉琪和馬克啊，親愛的，他們就住在荷蘭公園的那棟大宅，常常去加勒比海度假。」讓她們的女兒厭煩至死。這就是了。會是布莉琪和馬克。布莉琪和馬克・達西。達西夫婦。而不是馬克和布莉琪・達西。但願不會，這全都錯了。用這種角度去想馬克・達西，突然感覺很糟糕，就像《真善美》裡的瑪麗亞跟馮・崔普上校一樣，我必須拔腿跑開去找修道院院長，然後她會對我高唱〈攀越每座山嶺〉（Climb Ev'ry Mountain）。

11 月 24 日星期五

56.7 公斤，酒 4 單位（但有警察在場，喝醉顯然不要緊），菸 0 根，卡路里 1760，用 1471 查詢馬克・達西是否來電 11 次。

10:30 p.m. 情勢惡化了。老媽涉及不法，這件事朝光明面想，就是我跟馬克・達西也許會因此走得更近，可是他離開厄康伯利夫婦家以來無消無息。剛剛我在公寓裡接受警察問話。開始表現得像是自家前院裡有飛機失事後，上電視受訪的人，說著新聞播報內容、法庭劇或類似東西借來的制式用語。發現自己將媽形容成「高加索人種」、「中等身材」。

不過，警察們迷人到不可思議，穩定了人心。事實上他們待到滿晚的，其中一位警探還說他改天經過時，會再過來一趟，通知我辦案進度。他真的很友善。

11 月 25 日星期六

57.2 公斤，酒 2 單位（雪莉，啊），菸 3 根（對著厄康伯利家的窗外），卡路里 4567（完全是卡士達醬和鮭魚醬三明治），用 1471 查詢馬克・達西是否來電 9 次（不錯）。

感謝神。老爸剛剛接到老媽的電話。顯然老媽說不必擔心，說她很安全，一切都會好好的，然後立刻掛掉電話。警察在尤娜和傑佛瑞家監聽電話，就像《末路狂花》裡那樣，說她絕對是從葡萄牙打來的，但來不及查出是哪裡。真希望馬克・達西會打來。處理災難跟家族裡的犯罪要素顯然讓他倒盡胃口，他之前只是太客氣，沒有表現出來。淘氣布莉琪的惡毒媽咪偷走了父母的積蓄，相形之下，兒時在充氣泳池裡建立的羈絆，根本不值一提。今天下午準備去探望老爸，以被所有男人摒棄、悲劇老處女之姿，而不是習慣有專屬司機開車，有頂尖訴訟律師陪同的人。

1 p.m. 萬歲！萬歲！我正要出門的時候，接了通電話，但什麼都聽不見，另一端只有嗶嗶聲。接著電話再次響起，是馬克，從葡萄牙打來的。他真是不可思議的善良跟美好。他顯然整個星期都在訴訟業務之間，撥出空檔跟警方保持聯繫，昨天親自飛到了阿爾布費拉。那邊的警察找到了老媽，馬克認為媽可以洗脫罪嫌，因為她顯然不知道朱力歐在搞什麼鬼。他們成功循線追出部分款項的流向，但還沒找到朱力歐。老媽今天晚上就會回英國，但到時必須直接到警局接受詢問。馬克說不要擔心，可能不會有

事,不過他還是做了保釋的安排,以免最後有這個需要。然後我們掛斷電話,我甚至來不及向他道謝。我急著打電話給湯姆報告這個天大好消息,但想起老媽的事情不能跟任何人說,而且遺憾的是,我上次跟湯姆聊到馬克·達西時,可能暗示過達西是個古怪的媽寶。

11月26日星期日

57.6公斤,酒0單位,菸1/2根(再抽更多的機會不大),卡路里天曉得,花在想幹掉老媽的時間:188分鐘(保守估計)。

夢魘之日。原本預期老媽昨天晚上會回來,然後是今天早上,再來是今天下午,有三次都差點出發趕去蓋威克機場,後來才發現老媽今晚會在警察的護送下,抵達魯頓機場。我跟老爸天真地以為老媽會因為這次的經歷而學到教訓,會跟上回那個厲聲斥責我們的人截然不同。我們準備要好好安慰她。

「放開我啦,你這傻瓜,」有個人聲響遍入境大廳,「都回到英國了,肯定會有人認出我,我可不想讓大家看到我被警察用蠻力推擠。噢,你知道嗎?我想我不小心把遮陽帽留在飛機椅子底下了。」

兩個警察翻翻白眼,老媽穿著60年代的黑白方格外套(應該是為了細心配合警察的風格)、頭巾和墨鏡,快速衝回行李提領區,

警察們則疲憊地跟在後頭。45分鐘之後，他們回來了。其中一位警察拿著那頂遮陽帽。

他們試著要老媽坐上警車時，差點發生一場站立格鬥。老爸垂淚坐在Sierra前座，我則試著向老媽解釋，她必須先到警局去，看看是否會被提出告訴，但老媽只是一直說：「噢，別傻了，親愛的。過來。妳的臉上沾到什麼了？妳沒帶面紙嗎？」

老媽從口袋拉出手帕，朝上頭一啐，我抱怨，「媽，妳可能會因為刑事罪被起訴。」她開始擦我的臉，我抗議。「我想妳應該靜靜跟警察到警局去。」

「再說吧，親愛的。也許明天吧，等我先清空家裡的蔬菜籃。我出門前在籃子裡留了兩磅的愛德華國王馬鈴薯，肯定都發芽了。而且我不在的時候，那些盆栽一定沒人顧，然後我敢跟妳打賭，尤娜一定沒關暖氣。」

就在這時，老爸走了出來，老實不客氣地告訴老媽，房子即將被強制查封，包括那個蔬菜籃。老媽終於閉上嘴，任自己被帶上警車後座，坐在警察旁邊。

11月27日星期一

57.6公斤，酒0單位，菸50根（耶！耶！），用1471查詢馬克・達西是否來電12次、睡眠時間0小時。

9 a.m. 出門上班前抽了最後一根菸。累斃了。昨晚,我跟老爸不得不在警局的板凳上苦等兩個鐘頭。最後我們聽到走廊有個聲音越來越近。「是,沒錯,就是我!每天早上的『突然單身』!當然可以了。你有筆嗎?簽在這上頭嗎?要署名給誰?噢,你這個淘氣的男人。你知道我一直好想試戴這個……」

「噢,你在這裡啊,老爹,」老媽邊說邊繞過轉角出現,頭上戴著警盔,「車子在外頭嗎?呼,你知道——我好想趕快回家,煮水泡茶。尤娜記得把計時器打開嗎?」

老爸一臉狼狽、驚愕和困惑,我自己也沒有好到哪裡去。

「妳無罪釋放嗎?」我說。

「噢,別傻了,親愛的。無罪釋放!我不知道!」老媽邊說邊對著資深警探翻白眼,推著我在她前面走出大門。警探在老媽身邊紅著臉,呵護備至;要是老媽為了脫身,在訊問室裡給他性方面的好處,我也一點都不會訝異。

「所以發生什麼事了?」我說。老爸終於把老媽的行李箱、帽子、草編驢子擺飾(超讚的吧?)、響板放進 Sierra 後車廂,啟動了引擎。我下定決心這次不讓老媽裝作沒事,刻意隱瞞一切,然後再次開始用高高在上的態度對待我們。

「現在都搞清楚了,親愛的,只是一點愚蠢的誤會。有人在車裡抽過菸嗎?」

「到底發生什麼事了，媽？」我語帶威嚇說，「大家的錢跟分時公寓呢？我的 200 英鎊呢？」

「噴！只是在建築許可那方面出了蠢問題。妳知道吧，葡萄牙當局有時可以非常腐敗。就像溫妮・曼德拉[8]那樣，都是收買和賄賂，朱力歐把所有的訂金拿去付掉了。而且我們過了個超棒的假期！雖然天氣時好時壞，但……」

「朱力歐人呢？」我起疑地說。

「噢，他留在葡萄牙處理建築許可那類的麻煩事情。」

「我的房子呢？」老爸說，「還有存款呢？」

「我不知道你在說什麼，老爹。房子沒有任何問題。」

不過，對老媽來說，遺憾的是，我們回到老家的時候，所有的門鎖都換掉了，所以我們不得不回到尤娜和傑佛瑞家。

「呼，妳知道嗎，尤娜，我累壞了，我想我要直接上床睡覺了。」老媽瞥一眼那些不滿的臉龐、乾萎的冷盤、疲軟的甜菜根片。

電話響了，是找老爸的。

「剛剛打來的是馬克・達西。」老爸回來的時候說。我的心差點跳進嘴裡，試著控制自己的表情。「他在阿爾布費拉，顯然跟那

---

[8] 溫妮・曼德拉（Winnie Mandela, 1936-2018），南非首位民選黑人總統曼德拉的前妻，雖為推翻種族隔離貢獻心力，但生前涉及暴力行動與貪汙。

11 月／家族裡的罪犯　313

個⋯⋯下流的南歐佬⋯⋯談好什麼協議⋯⋯找回了部分款項。我想老家可能有救了⋯⋯」

聽到這個，大家都高聲歡呼，傑佛瑞唱起了〈他是個快樂好伙伴〉。我等尤娜針對我說點話，但她並沒有。真是典型。我一判定自己喜歡馬克‧達西，大家立刻就停止嘗試撮合我跟他。

「奶味會不會太重，科林？」尤娜說，用飾有杏花飾帶的馬克杯裝茶遞給老爸。

「我不知道⋯⋯我不懂為什麼⋯⋯我不知道該怎麼想。」老爸擔憂地說。

「欸，完全沒必要擔心，」尤娜說，散發出不尋常的平靜和控制感，突然讓我覺得她就像我從未有過的那種媽咪，「因為牛奶我加得有點太多吧。我去倒掉一些，然後摻點熱水進去。」

終於離開這個混亂的場面，回倫敦的路上車開得過快，一路吞雲吐霧，作為無心的反叛舉動。

12月／噢，老天
Oh, Christ

12 月 4 日星期一

58.1 公斤（嗯，一定要在聖誕節暴飲暴食之前減重），酒適中的 3 單位，菸聖人般的 7 根，卡路里 3876（噢，老天），用 1471 查詢馬克‧達西是否來電 6 次（不錯）。

剛剛去超市，發現不知怎地想起了聖誕樹、火爐邊、頌歌、百果甜派等等的。接著我明白為什麼了。通常超市進門的通風口都會排出烘烤麵包的氣味，現在散發出來的卻是百果甜派。真不敢相信，這種操弄顧客的手法也太奸詐了。想起我很愛的一首詩，溫蒂‧柯璞[1] 所寫：

> 聖誕時分，小小孩唱著歌，歡樂鈴聲叮叮噹。
> 冷冽的冬季空氣凍得我們的雙手和臉龐刺癢。
> 快樂的家庭一起上教堂，歡喜齊聚一堂，
> 而這全都可怕無比，倘若你獨身一人淒涼。

依然沒有馬克‧達西的消息。

12 月 5 日星期二

58.1 公斤（嗯好，今天真的要開始節食了），酒 4 單位（節慶季節的開端），菸 10 根，卡路里 3245（好了點），用 1471 查

---

[1] 溫蒂‧柯璞（Wendy Cope, 1945- ），英國詩人。

詢馬克‧達西是否來電 6 次（穩定的進步）。

因為從報紙掉下來的「聖誕塞襪小禮」目錄而反覆分心。我對以「趣味皮草」為襯裡、盾牌形狀的拉絲金屬眼鏡置放架，特別有興趣：「眼鏡經常平放在桌面，招來意外。」再同意不過了。設計線條流暢的「黑貓」鑰匙圈燈，確實有個簡單的按鍵機制，可以「對任何愛貓者的鑰匙孔投下紅色強光」。盆栽工具組！萬歲。「用這盆事先種植的波斯相思樹樹苗，練習古老的盆栽藝術。」不錯，非常不錯。

跟馬克‧達西之間滋長的粉紅浪漫幼苗，慘遭馬可‧皮埃爾‧懷特和老媽的無情踐踏，讓我忍不住覺得悲傷，但盡量以豁達的心態來面對。馬克‧達西擁有那樣的能力、智慧，既沒有菸癮，也不受酒精束縛，還有專屬司機駕駛的車子，也許對我來說，他就是太過完美、乾淨無瑕、太過完整成熟。也許我注定要跟某個更狂野、更接地氣、更會調情的傢伙在一起。比方說，馬可‧皮埃爾‧懷特，或者隨便挑個名字好了，丹尼爾。嗯，總之，生活總是要過下去，不要為自己感到難過。

剛剛打給小雪，她說沒有注定我要跟馬可‧皮埃爾‧懷特那類人交往這回事，更不要說丹尼爾了。在這個年頭跟年紀，女人唯一需要的東西就是自己。萬歲！

2 a.m. 馬克‧達西為什麼還不打電話給我？為什麼？為什麼？儘管努力想要**翻轉孤獨死**的命運，但看來還是會被德國狼犬吃掉。主啊，為什麼是我？

12月8日星期五

59.4公斤（災難），酒4單位（不錯），菸12根（棒極了），買好的聖誕禮物0件（差），寄出的卡片0張，用1471查詢7次。

4 p.m. 嗯哼。茱德剛剛來電，我們說再見以前，她說，「星期日在蕾蓓嘉家見。」

「蕾蓓嘉家？星期日？什麼蕾蓓嘉家？什麼？」

「噢，沒……？她只是約幾……我想只是聖誕節之前的晚餐派對。」

「反正我星期日很忙。」我說謊，終於──難得有機會可以好好打掃家中很難清到的角落。我還以為蕾蓓嘉跟我、茱德兩人的交情相當，她為什麼只邀茱德，沒邀我？

9 p.m. 到192跟雪倫共酌一瓶酒來消除疲勞。她說：「妳要穿什麼去蕾蓓嘉家的派對？」

派對？所以是正式的派對。

午夜。 總之。一定不要為這件事覺得難過。這種事情在人生中再也不重要了。大家辦派對的時候應該可以想邀誰就邀誰，其他人沒必要小心眼而覺得難過。

5:30 a.m. 為什麼蕾蓓嘉沒邀我去她的派對？為什麼？為什麼？

未來還會有多少場派對是每個人都受邀參加,除了我之外?打賭現在大家都在某場派對上談笑,啜飲昂貴的香檳。沒人喜歡我。今年的聖誕節就要成為派對荒漠,只除了擠在 12 月 30 日的三場派對,而我整晚都得忙剪輯。

12 月 9 日星期六

期待參加的聖誕派對 0 場。

7:45 a.m. 被老媽吵醒。

「哈囉,親愛的,只是速速打個電話,因為尤娜和傑佛瑞正在問妳聖誕節想要什麼,我考慮送妳一個蒸臉器。」

在顏面盡失、險些入監幾年的經歷之後,媽怎麼會轉眼故態復萌,明目張膽跟警察調情,還持續折磨我?

「對了,妳會不會來參加⋯⋯」一時片刻,我的心一跳,想到老媽是不是要說「火雞咖哩餐會」,然後隨口帶到馬克・達西,可是沒有,「⋯⋯星期二的活力電視台派對。」她爽朗地說下去。

我因為羞辱而打起哆嗦。老天爺,我就是活力電視台的員工。

「我沒受邀。」我喃喃說,沒什麼比向老媽承認自己不怎麼受歡迎,還糟糕的了。

「噢,親愛的,妳當然受邀了。大家都會去。」

「我就沒有。」

「唔,也許因為妳在那裡上班得還不夠久。總之——」

「可是,媽,」我打岔,「妳根本不在那裡上班啊。」

「唔,那不一樣,親愛的。總之,我得走了,掰!」

9 a.m. 郵件裡收到邀請函,一時出現派對綠洲,但是後來發現是派對海市蜃樓:是名牌眼鏡促銷活動的邀請函。

11:30 a.m. 打電話給湯姆,氣急敗壞想看他今晚想不想出門。

「抱歉,」他愉快地說,「我要帶傑若姆去格勞喬俱樂部[2]參加PACT[3]派對。」

噢,天啊,真討厭湯姆開心自信,跟傑若姆處得很好,我比較喜歡他悲慘、沒安全感和神經質的時候。湯姆從來說不膩的話是:「別人生活不如意的時候,總是令人心頭舒暢。」

「反正明天就會見到面了,」他滔滔說下去,「在蕾蓓嘉家。」

湯姆才見過蕾蓓嘉兩次,兩次都在我家,而且我認識蕾蓓嘉九年了。我決定出門逛街,不要再執著下去。

---

[2] 格勞喬俱樂部(Groucho Club)是 1985 年成立的私人俱樂部,位於倫敦蘇活區,成員主要來自出版、媒體、演藝、藝文界。

[3] PACT 應是「電影電視製片聯盟」的縮寫,全名為 Producers Alliance for Cinema and Television。

2 p.m. 在格雷姆與葛林家居店買一條169英鎊的圍巾，碰巧遇到蕾蓓嘉。（圍巾是怎麼回事？前一刻被歸在9.99英鎊的聖誕塞襪小禮，下一刻又變成華麗的絲絨材質，價格可比電視。明年這種情形可能會發生在襪子或長褲上，如果我們沒穿145英鎊的黑色紋理絲絨《英國怪胎》[4]式燈籠褲，會覺得遭人排擠。）

「嗨，」我興奮地說，想說這場派對惡夢終於要結束，以為她也會說：「星期日見啦。」

「噢，哈囉，」她冷冰冰地說，沒跟我對上視線，「沒辦法停留，真的趕時間。」

她離開的時候，店裡正在播放「在火爐上烤著栗子」[5]，我用力盯著標價185英鎊，菲利普．史塔克[6]的瀝水盆，眨眼忍淚。我討厭聖誕節。一切都是設計給家庭、浪漫愛情、溫暖、情感和禮物的，如果妳沒有男朋友，沒有錢，妳媽的對象是失蹤的葡萄牙罪犯，而妳朋友們再也不想當妳朋友，都會讓妳想移民到惡毒的穆斯林政權去，至少在那裡所有的女人都被當成社會邊緣人。總之，我不在乎。我整個週末都要靜靜讀本書，聽聽古典音樂。也許會讀讀《飢餓之路》。

8:30 p.m. 《盲目約會》很不錯。要再喝一瓶酒。

---

[4]《英國怪胎》（*English Eccentrics*）是1964年首演的兩幕室內歌劇，根據英國詩人伊迪絲．西特維爾（Edith Sitwell）1933年出版的同名書籍改編而成。
[5]〈The Christmas Song〉的第一句歌詞，這首聖誕經典於1945年推出。
[6] 菲利普．史塔克（Philippe Starck, 1949- ），法國建築師及設計師。

12月11日星期一

下班回家,接到語氣冰冷的答錄機訊息。

「布莉琪,我是蕾蓓嘉。我知道妳目前在電視台工作。我知道妳每天晚上有光鮮無比的派對可以參加,可是我還以為妳至少知道禮貌,懂得回覆朋友的邀約,即使妳現在地位太崇高,放不下身段來參加她辦的派對。」

我瘋狂地撥打蕾蓓嘉的電話,但沒人接聽,也沒開答錄機。決定親自過去一趟,留個紙條,卻在樓梯上巧遇丹,就是住樓下的澳洲傢伙,我在四月擁吻過的那位。

「嗨,聖誕快樂,」他色咪咪地說,站得太近,「妳拿到郵件了嗎?」我茫然地看著他。「我陸續塞在妳門下,免得妳早上穿著睡衣出來拿,著涼就不好了。」

我衝回樓上,將門墊往後一掀,就在那裡,有一疊卡片、信件、邀請函,就像聖誕奇蹟似地窩在下面,收件人都是我。我、我、我。

12月14日星期四

58.2公斤,酒2單位(差,因為昨天一個單位也沒喝——明天一定要額外補償一下,免得心臟病發),菸14根(差?也許不錯?是的:只要不是狂抽,這樣程度的尼古丁單位也許對人還

不錯),卡路里1500(太棒了),刮刮樂4張(差,可是如果理查‧布蘭森[7]贏了非營利的樂透競標,就不錯),寄出的聖誕卡0張,買好的禮物0件,用1471查詢5次(太棒了)。

派對、派對、派對!加上辦公室的麥特剛剛來電,問我星期二會不會去參加聖誕節午餐會。他不可能對我有意思吧——我老到可以當他的姨婆了——可是他幹嘛在晚上打電話給我?為什麼還問我身上穿什麼?絕對不能興奮過頭,不可以因為派對狂熱和小白臉打來的電話沖昏頭。關於辦公室戀情,應該要謹記老俗話:「上一次當,學一次乖。」也一定要記得上一次跟自命不凡年輕人擁吻的結果:可怕極了。當時,格夫說「噢,妳整個好肥軟」的恥辱。嗯嗯嗯。撩人的聖誕午餐之後,下午接著到迪斯可跳舞,真詭異(原來電視台編導對享樂的想法是這樣),要搭出適合的裝扮可不容易。最好打個電話給茱德,我想。

12月19日星期二

60.3公斤(但在聖誕節前還有將近一週可以甩掉3.17公斤),酒9單位(差),菸30根,卡路里4240,刮刮樂1張(太棒了),寄出的聖誕卡0張,收到的聖誕卡11張,但有2張來自送報員,1張來自清潔工,1張來自寶獅修車廠,1張來自四年前出差時

---

[7] 理查‧布蘭森(Richard Branson, 1950-),英國億萬富豪和企業家,維珍集團董事長。

過夜的旅館。我不受歡迎,或者大家今年可能都比較晚寄卡片。

9 a.m. 噢,天啊,覺得好糟:可怕又噁心、胃酸逆流的宿醉,而今天是辦公室的迪斯可午餐會。撐不下去了。聖誕節待辦事項帶來的壓力就害我快爆炸了,就像為了期末考啃書複習。因為意識到昨晚在瑪格妲跟傑瑞米家,會是聖誕節前最後一次見到好友們,所以恐慌之下,趕在昨天的午休時間搶購一番,除此之外,聖誕卡沒寫,聖誕禮物也沒買。

很怕跟朋友交換禮物,因為跟家人不同,不可能知道對方會不會送禮,也不知道禮物應該是表達情感的象徵,還是正式的禮品,所以一切都變得像是祕密競投那樣討厭的交換。兩年前我買了蒂妮・霍爾設計的好看耳環送瑪格妲,弄得她尷尬又悲慘,因為她沒買東西送我。所以,去年我沒準備東西給她,結果她卻買了瓶昂貴的香奈兒香水送我。今年我買了一大瓶藏紅花精油跟香檳,還有鐵網香皂盤送給瑪格妲,結果她不悅地嘟囔說自己還沒採買聖誕禮物,一聽就知道是騙人的。去年雪倫送我外型像聖誕老人的泡泡浴瓶,所以昨晚我只送她美體小舖的藻類與水龍骨精油沐浴露,這時她卻拿出一個手提包送我。我額外包了一瓶高級橄欖油,作為緊急備用禮物,卻從大衣口袋滾了出來,摔破在瑪格妲從康倫家居買來的地氈上。

啊。聖誕節要是單純過節,別跟禮物扯上關係就好了。這真的很蠢,大家把自己搞得筋疲力盡,為了沒人想要的無意義東西,害自己荷包大失血,慘兮兮:再也不是表達愛的象徵,而是充滿焦

慮地想方設法解決問題。（嗯，雖然我不得不承認，收到新的手提包該死的還滿開心的。）整個國家為了準備完全無意義的「他人品味」考試，心情大壞地奔走六個星期，最後這場考試全國都考不及格，自食惡果，拿到自己不想要的討厭商品。如果禮物和卡片全都被廢除，把聖誕節當成異教徒風格的亮晶晶慶典，只是為了將大家的注意力從漫長陰鬱的冬季轉移開來，這樣倒還不錯。可是如果政府、宗教團體、父母、傳統等等的，堅持要用「聖誕禮物稅」毀掉一切，何不規定每個人一定要出門，在自己身上花 500 英鎊，然後將買來的東西分配給親戚朋友，請他們包裝好再回贈給本人？就不要讓大家飽受挫敗的精神折磨了。

9:45 a.m. 剛剛跟老媽通了電話。「親愛的，我打電話來只是要說，我決定今年不送禮物了。妳跟傑米現在都知道沒有聖誕老人，而且我們也忙不過來。我們可以只享受彼此的陪伴就好。」

可是我們向來會在床尾那裡收到聖誕老人裝在布袋裡的禮物。這個世界看起來好淒涼、灰濛濛，沒有禮物就不像聖誕節了。

噢，天啊，最好上班去──不過在迪斯可午餐會上不要碰酒，只要對麥特保持友善和專業的態度，停留到下午 3:30 就離開，乖乖回家寫聖誕卡片。

2 a.m. 當然沒關係──辦公室的聖誕派對，大家都醉醺醺的。玩得超開心。一定要上床睡了──衣服脫不脫都無所謂。

12月20日星期三

5:30 a.m. 噢,我的天,噢,我的天。我在哪裡?

12月21日星期四

58.5公斤(其實,還滿有趣的,沒有理由不應該在聖誕節期間減重,因為吃得很飽——在聖誕晚餐之後的任何時間,以肚子太飽為由拒絕所有的食物,是大家都能接受的事。事實上,一年當中可能只有這個時候是可以不吃東西的。)

過去十天都活在永恆的宿醉狀態,隨便覓食勉強維持生存,沒有好好吃正餐或熱食。

聖誕節就像戰爭。到牛津街去採購的念頭,對我來說有如烏雲罩頂,彷彿要爬過壕溝頂端衝向敵軍。找到我的會是紅十字會?還是德軍?啊啊啊。現在是上午10點。還沒完成聖誕購物,也還沒寄發聖誕卡片。得出門上班了。好,我下半輩子永遠、永遠都不要喝酒了。啊啊啊——野戰有線電話響了。

嗯哼。是老媽,說是戈培爾[8]想催我去入侵波蘭也不為過。

「親愛的,我打電話來只是要確定妳星期五晚上幾點抵達。」

---

[8] 戈培爾(Goebbels, 1897-1945),德國政治人物,擔任納粹德國時期的國民教育與宣傳部部長。

老媽以令人嘆服的膽量,規劃了煽情的家庭聖誕節活動,她跟老爸假裝之前整年什麼都沒發生過,「為了孩子們好」(也就是我以及 37 歲的傑米)。

「媽,我想我們之前就討論過了,我星期五沒有要回家,我聖誕夜才回去。針對這個話題,我們聊過好幾次了,記得嗎?頭一次⋯⋯是在八月的時候──」

「噢,別傻了,親愛的。聖誕節要到了,妳總不能自己一個人坐在公寓裡過整個週末吧。到時候妳要吃什麼?」

啊啊啊,真討厭。彷彿只是因為妳單身,就沒有個家或朋友或責任,而整個聖誕時期,如果妳不願被其他人呼來喚去;不願以奇怪的角度用睡袋屈身睡在青少年的臥房地板上;不願成天替 50 個人剝孢子甘藍;不願對那些名字前面冠了「叔叔」的變態「客客氣氣地講話」(他們卻放肆地盯著妳的胸部直看)──唯一可能的理由就是,妳是徹頭徹尾的自私鬼。

另一方面,我哥卻可以來去自如,享有大家的敬意和祝福,只因為他恰好承得住跟吃素的太極愛好者同住。老實說,我寧可對自己的公寓放火,也不要跟蓓嘉一起坐在裡頭。

馬克・達西替老媽收拾爛攤子,真不敢相信老媽沒對他表現出更感激的態度。他成了千萬不可提起的其中一部分,也就是分時公寓大敲詐事件。老媽表現得好像馬克・達西不曾存在似的。忍不住覺得,他為了把大家的錢找回來,肯定自掏腰包打通關。這個

人真的好好，顯然好到我高攀不上。

噢，天啊，一定要鋪上床單。直接睡在不舒服的釘扣床墊上，感覺真噁心。不過，床單在哪裡？真希望身邊有點吃的。

12 月 22 日星期五

現在聖誕節快要到了，發現對丹尼爾湧起愁緒。真不敢相信他沒寄聖誕卡片來（不過，話說回來，我自己連一張卡片也沒寄）。今年明明這麼親近過，現在卻徹底斷了聯繫，感覺好怪。非常傷心。也許丹尼爾出乎意料的是正統派猶太人。也許馬克·達西明天會打電話來祝我聖誕快樂。

12 月 23 日星期六

59 公斤，酒 12 單位，菸 38 根，卡路里 2976，在這個節慶時節，在乎本人的朋友和親人數量 0。

6 p.m. 真高興決定當個獨自在家歡慶的單身貴族，就像黛安娜王妃那樣。

6:05 p.m. 納悶大家都到哪去了？我想他們都跟自己的男友在一起，或者回老家去了。總之，恰好趁這個機會把事情做完⋯⋯或是回歸他們自己的家庭。寶寶。穿著睡衣，臉頰粉紅，軟軟輕輕

的小小孩興奮地看著聖誕樹。或者他們都在一場盛大派對裡，除了我之外。總之，有很多事情要忙。

6:15 p.m. 總之，再一個小時就要播《盲目約會》了。

6:45 p.m. 噢，天啊，好寂寞。連茱德都忘記我了。她打了整個星期的電話，為了要幫卑鄙李察買什麼聖誕禮物而恐慌。一定不能太貴：免得被對方覺得關係太過認真，或企圖閹割他（如果問我，我倒覺得後者是個好點子）；也不要送穿的給卑鄙李察，因為很容易誤踩他的品味地雷，搞不好會讓李察想起前任女友卑鄙吉莉（為了避免必須跟茱德認真談感情，李察即使根本不想跟吉莉復合，也假裝依然愛著吉莉——怪胎）。最後想到的點子是威士忌，但要加上其他小件禮物，免得顯得很小氣或分辨不出是誰送的——也許加上橘子和巧克力硬幣，就看茱德對聖誕襪子這個概念作何感想，是太過俏皮到噁心的地步，或者以後現代的精神來說，時髦到無以復加。

7 p.m. 緊急狀態：茱德在電話上哭哭啼啼。她等會兒要過來。卑鄙李察回到卑鄙吉莉身邊了。茱德說都是禮物的錯。感謝老天，我待在家裡。顯然我是耶穌聖嬰的使者，在這裡協助在聖誕節被效法希律王的人——也就是卑鄙李察——迫害的人們。茱德7:30會到。

7:15 p.m. 該死。錯過了《盲目約會》，因為湯姆打電話來，說要過來一趟。傑若姆跟他復合之後，再次甩了他，然後回到前男友身邊，那個人是音樂劇《貓》裡的合唱成員。

7:17 p.m. 西蒙說要過來。他女朋友回老公身邊了。感謝老天我待在家裡,以紅心皇后或慈善廚房之姿,接待被甩掉的朋友們。可是我就是這樣的人:喜歡對他人表達愛。

8 p.m. 萬歲!

聖誕魔法的奇蹟。丹尼爾剛剛打來。「小瓊斯,」他口齒不清地說,「我愛妳,小瓊斯,我犯了個大錯。愚蠢的蘇琪整過形,胸部一直朝著北邊。我愛妳,小瓊斯。我要過來檢查妳裙子的現況。」丹尼爾。風流倜儻、亂成一團、性感無邊、令人興奮、滑稽的丹尼爾。

午夜。嗯哼。結果他們沒一個出現。卑鄙李察回心轉意,回到茱德身邊。傑若姆、西蒙的女友也是。聖誕精神讓每個人回憶泉湧,對前任伴侶一時動情。還有丹尼爾!他在 10 點打電話來。

「聽著,布莉琪。妳知道我星期六晚上固定都會看球賽吧?我明天可以在球賽開始之前過去嗎?」令人興奮?狂野?滑稽?哼。

1 a.m. 形單影隻。一整年都是個敗筆。

5 a.m. 噢,該死的不必介意。搞不好聖誕節本身並不糟糕。也許老媽和老爸在早上會神采飛揚地出現,滿臉為性愛陶醉,害羞地手牽手並說:「孩子們,我們有事跟你們說。」然後我就可以在他們的婚約更新儀式裡擔任伴娘。

12月24日星期日：聖誕夜

59公斤，酒1單位（少少的一杯雪莉酒），菸2根（可是不好玩因為呼出窗外），卡路里100萬吧，可能，節慶的暖心念頭0。

午夜。對於什麼是真實、什麼不是，感到非常困惑。我床尾有個枕頭套，是老媽睡前放在那裡的，當時她輕聲哄道：「我們看看聖誕老人會不會來唷。」現在裡頭塞滿了禮物。老媽跟老爸原本分居、計畫離婚，現在卻共枕而眠。形成強烈對比的是，我哥和他女友同居四年了，卻睡在不同的房間。這一切的原因都不清不楚，只除了可能是怕讓奶奶難過，她現在（a）精神錯亂（b）人還沒到。唯一讓我跟真實世界連結起來的是，我再次羞辱地獨自在爸媽家過聖誕夜，睡在單人床上。也許老爸在這一刻正要跟老媽溫存。啊，啊，不，不。為什麼腦袋會跑出這種念頭？

12月25日星期一

59.4公斤（噢，天啊，變成了聖誕老人、聖誕布丁或類似的東西），酒2單位（徹底的勝利），菸3根（跟前面相同），卡路里2657（幾乎全是肉汁），非常瘋狂的聖誕禮物12件，有任何意義的聖誕禮物0件，對聖靈感孕[9]的意義的哲學反思0，個人守貞的年數，嗯嗯嗯。

跟跟蹌蹌走下樓，希望頭髮聞起來沒有菸味，發現老媽跟尤娜正

在聊政治，同時在孢子甘藍尾端劃十字。

「噢，對，我想那個叫什麼的非常不錯。」

「唔，是啦，我是說，他成功推動了那個叫什麼的法案，本來大家以為都他辦不到，是吧？」

「啊，可是話說回來，是這樣的，還是必須小心，因為我們可能不小心就碰上那個叫什麼名字的瘋子，就是以前管理礦工的那位。妳知道吧？我發現煙燻鮭魚的問題就是會讓我有反芻症狀，尤其在我吃很多巧克力巴西豆的時候。噢，哈囉，親愛的，」老媽說，注意到我，「好了，聖誕節妳打算穿什麼？」

「就這個。」我悶悶不樂地嘀咕。

「噢，別傻了，布莉琪，聖誕節妳不能這樣穿。好了，在妳換衣服以前，來起居室跟尤娜阿姨、傑佛瑞叔叔打聲招呼吧。」老媽用特別爽朗、氣音很重、「一切是不是超棒」的那種語調說，意思是：「照我說的做，要不然我攪爛妳的臉。」

「所以，來吧，布莉琪！妳的感情生活如何啊？」傑佛瑞打趣說，給我他那種特別的擁抱，然後臉色泛紅，調整自己的長褲。

「還好。」

---

[9] 聖靈感孕（Virgin of Birth）是《聖經》的典故，耶穌的母親馬利亞在懷耶穌時，是因為聖靈的能力在她身上感孕而有，而不是經過性行為而有。

「所以妳還沒找到伴嘛。嘖！我們要拿妳怎麼辦！」

「那是巧克力餅乾嗎？」奶奶說，直直看著我。

「打直身子站好，親愛的。」老媽用氣音說。

親愛的神，請幫幫我。我想回家。我想找回自己的生活。我不覺得自己像個成人，反倒像個惹人人心煩的青少年。

「所以生孩子的事，妳要怎麼辦才好？」尤娜說。

「噢，看，小雞雞。」奶奶邊說邊舉起大大的管狀聰明豆巧克力。

「我去換個衣服！」我說，對老媽露出過度殷勤的笑容，然後衝上樓回臥房，打開，點燃一根絲卡。然後我注意到傑米的腦袋探出樓下的窗戶，他也在抽菸。兩分鐘過後，臥室窗戶打開，精心打理過的紅褐色腦袋探出來，點燃了菸，是該死的老媽。

12:30 p.m. 交換禮物就是惡夢。總是為了糟糕的禮物做出過度補償的反應：歡喜大叫。那就表示隨著每年過去，我拿到的禮物越來越可怕。蓓嘉——我還在出版業工作的時候，送我一系列越來越差、書本造型的禮物：衣服毛刷、鞋拔和髮飾——今年則送我一個場記板造型的冰箱磁鐵。尤娜——對她來說每項家務都有相應的小器具——送我一系列迷你扳手，可以適用於廚房裡不同的罐蓋或瓶蓋。老媽送我禮物，是為了讓我試著將自己的人生變得更像她的人生，這次送了我單人用的慢燉鍋。「妳只需要在上班前把肉的表面煎出顏色，再丟點蔬菜進去。」（她到底知不知道，有些日子的早上，我光是弄杯水而不嘔吐就有多難了？）

「噢,你們看,那不是小雞雞,是餅乾。」奶奶說。

「我想這個肉汁會需要篩過,潘姆。」尤娜呼喚,舉著鍋子從廚房走出來。

噢,不,別這樣,拜託不要。

「我想沒那個必要,親愛的,」老媽說,咬著牙,惡狠狠地說,「妳試過攪拌一下嗎?」

「少自以為是了,潘姆,」尤娜說,露出威嚇的笑容。兩人像是打鬥的人一樣繞著對方打轉。每年的肉汁都會碰到這種狀況。幸好有件事讓大家分了心:一聲巨響和尖叫,有個人影從落地窗衝進來。是朱力歐。

大家都僵住身子,尤娜尖聲一叫。

朱力歐沒刮鬍子,抓著一瓶雪莉酒,踉踉蹌蹌走向老爸,挺直了身子。

「你睡了我的女人。」

「啊,」老爸回答,「聖誕快樂,呃⋯⋯要不要倒杯雪莉酒給你——啊,你已經有了。很好。要吃百果甜派嗎?」

「你睡了,」朱力歐威嚇地說,「我的女人。」

「噢,他好拉丁裔喔,哈哈哈。」老媽嬌媚地說,其他人都驚恐地怔怔看著。每次我只要遇到朱力歐,他都乾乾淨淨、打理講究,

拎著紳士提包。現在他狂野不羈、醉醺醺、不修邊幅，老實說，就是會讓我心動的那種類型。難怪老媽一副性致勃勃，而不是難為情的樣子。

「朱力歐，你這個淘氣的傢伙。」老媽柔聲說，噢，天啊，老媽還愛著他。

「妳和他，」朱力歐說，「睡了。」他對著中國式地毯啐了口水，然後快步衝上樓，老媽追在後面，回頭用高亢的聲音對我們說：「肉麻煩你切了，老爹，然後請大家先入座？」

沒人有動作。

「好了，各位，」老爸說，用緊繃嚴肅、富有男子氣概的語調說，「樓上有個危險的罪犯，挾持了潘姆。」

「噢，就我看，潘姆似乎不介意，」奶奶發話，在不當的時機，腦袋難得清明起來，「噢，你們看，大理花裡面有餅乾。」

我望出窗外，差點魂飛魄散。馬克·達西動作輕巧，活像個自命不凡的年輕人，越過草地，穿過落地窗走進來。他渾身是汗，髒兮兮，滿頭亂髮，襯衫扣子解開。迷死人了！

「大家冷靜下來，保持安靜，好像一切都很正常。」達西輕聲說。我們全都驚呆了，而他的權威感令人亢奮。我們開始照他的吩咐做，彷彿被催眠的殭屍。

「馬克，」我端著肉汁路過他身邊時，低聲說，「你在說什麼？

這個狀況一點都不正常。」

「我不確定朱力歐會不會使用暴力。警察在外頭。如果我們可以讓妳母親下樓來,留他自己在樓上,他們就可以進來抓他。」

「好,交給我。」我說,然後走到樓梯底部。

「媽!」我嚷嚷,「我找不到鋪在鹹點底下的花邊紙墊。」

人人屏氣凝神,沒有回應。

「再試一次。」馬克低語,佩服地看著我。

「叫尤娜把肉汁端回廚房。」我嘶聲說。他照我說的做,然後對我比了大拇指。我也對他回比了大拇指,然後清清喉嚨。

「媽?」我再次順著樓梯井往上喊,「妳知道篩子在哪裡嗎?尤娜有點擔心肉汁的狀況。」

十秒之後樓梯傳來砰砰下樓聲,老媽衝了進來,一臉泛紅。

「**鹹點花邊紙墊**就在牆上的紙墊架裡,妳這傻瓜。好了,尤娜把肉汁怎麼了?噴!我們必須用調理機處理!」

老媽說這些話的同時,有腳步聲奔上樓梯,樓上傳來一陣扭打的聲音。

「朱力歐!」老媽尖聲呼喚,開始跑向門口。

站在客廳門口的警探我認得,是警局那位。「好了,大家,保持

鎮定。一切都在控制當中。」他說。

朱力歐被上了手銬，跟一位年輕警員扣在一起，現在正在走廊上，從警探背後被押出前門。

我看著老媽先整頓心情，再來環顧室內、評估局勢。

「唔，感謝老天，我成功讓朱力歐平靜下來。」她在停頓之後快活地說，「真是大驚小怪！你還好嗎？老爹？」

「妳的上衣反了——媽咪——裡外穿反了。」老爸說。

我盯著這個可怕的場景，覺得全世界彷彿都崩塌下來。接著感覺有隻強壯的手搭上我的胳膊。

「來吧。」馬克・達西說。

「什麼？」

「不要說『什麼？』，布莉琪，要說『請再說一遍』。」老媽嘶聲說。

「瓊斯太太，」馬克堅定地說，「耶穌聖嬰誕生日剩下的時間，我要帶布莉琪一起去慶祝。」

我深吸一口氣，抓住馬克・達西伸出的手。「聖誕快樂，各位，」我說，面帶不失禮貌的笑容，「期待在火雞咖哩餐會見到大家。」

接下來發生的事情：

馬克・達西帶我到亨特爾沙姆廳,享用香檳和遲來的聖誕午餐,非常美味。尤其享有在聖誕火雞上淋肉汁的自由,這可是我人生頭一遭,不用表明立場說支持哪一方。沒有老媽和尤娜在身邊的聖誕節感覺奇怪又美妙。跟馬克聊天出乎意料地輕鬆,尤其有朱力歐跟警方圍攻的歡樂場景可以好好解析。

原來上個月馬克花了大把時間在葡萄牙,扮演暖人心扉的私家偵探。他跟我說,他一路追蹤朱力歐到豐沙爾,對於資金的去向查出好些線索,但無法成功勸誘或威脅朱力歐退還任何款項。

「不過,我想他現在可能會了。」他咧嘴笑著說。他真的很貼心,馬克・達西,也超級聰明。

「他怎麼會回英國來?」

「唔,抱歉很老套,可是我查出他的罩門了。」

「什麼?」

「不要說『什麼?』,布莉琪,要說『請再說一遍』,」馬克說,我吃吃笑,「我意識到,雖然妳母親是全世界最難纏的女人,但朱力歐愛她。他真的愛她。」

該死的老媽,我暗想。她是怎麼成為令人無法抵擋的性感女神的?說到底,也許我應該去找色彩諮詢顧問。

「所以你怎麼做?」我說,一屁股壓住自己的雙手,制止自己吶喊:「那我呢?我?為什麼沒人愛我?」

「我只是跟他說,她要跟妳父親一起過聖誕節,而且他們恐怕會睡同一張床。我就是有種感覺,他夠瘋狂也夠傻,會想辦法,呃,破壞那些計畫。」

「你怎麼知道?」

「直覺吧,走我這行的人都會有。」天啊,他好酷。

「可是你人真好,丟著工作不管,花這麼多時間。你為什麼不嫌麻煩呢?」

「布莉琪,」他說,「還不夠明顯嗎?」

噢,我的天。

上樓的時候,發現原來他訂了一間大套房。太棒了,非常高檔,該死的好玩極了。我們試用了房內所有的客用設施,暢飲更多香檳,然後他跟我說了他有多愛我:那些甜言蜜語,老實說,就是丹尼爾老是掛在嘴邊的話。

「那你聖誕節以前,為什麼沒打電話給我?」我狐疑地說,「我留了兩次留言給你耶。」

「在完成這個任務之前,我不想跟妳通話。我覺得妳不怎麼喜歡我。」

「什麼?」

「唔,妳知道的,妳為了吹乾頭髮放我鴿子?頭一次見到妳的時

候,我穿著那件蠢毛衣,還有我阿姨送的大黃蜂襪,表現得像個徹底的呆瓜。我以為妳認為我是那種可怕的死板傢伙。」

「唔,也是,有一點啦,」我說,「可是⋯⋯」

「可是什麼⋯⋯?」

「不是應該說『請再說一遍』嗎?」

接著他拿走我手裡的香檳酒杯,吻了我,然後說:「沒錯,布莉琪‧瓊斯,我要讓妳想『再來一遍』。」再將我一把摟進懷裡,抱著我走進臥房(那裡有四柱床!),做了各種事情。未來只要我看到方塊圖樣的V領毛衣,就會不由自主羞愧到燒起來。

12月26日星期二

4 a.m. 終於體會到跟男人之間的幸福祕密,我帶著深深的遺憾、憤怒和令人難以招架的挫敗感,不得不引用一位出軌的人、罪犯之共犯以及G咖[10]名人的話:

「不要說『什麼?』,要說『請再說一遍』,親愛的,照你老媽說的話做。」

---

[10] 名氣連C咖都比不上的人物。

1月—12月／摘要

January–December: A Summary

- 酒 3836 單位（差）

- 菸 5277 根

- 卡路里 11,090,265（噁心）

- 脂肪單位 3457（大約）（就每方面來說都令人厭惡）

- 增加的體重 32.65 公斤

- 減掉的體重 33.11 公斤（太棒了）

- 猜中的樂透數字 42 個（非常好）

- 錯誤的樂透數字 387 個

- 購買的刮刮樂總數 98 張

- 刮刮樂總共贏得 110 鎊

— 刮刮樂總收益 12 鎊（耶！耶！以捐助者的身分支持值得的主張，一面擊敗了體制）

— 透過 1471 查詢（打了很多通）

— 情人節卡片 1 張（非常好）

— 聖誕節卡片 33 張（非常好）

— 沒有宿醉的日子 114 天（非常好）

— 男朋友 2 位（但是其中一位到目前為止只交往了 6 天）

— 好的男朋友 1 位

— 新年新志向實現的數量 1 個（非常好）

今年進步**卓越**。

BJ 單身日記 1──內在安定／海倫・費爾汀（Helen Fielding）著；謝靜雯譯. -- 初版. -- 台北市：時報文化，
2025.2；344 面；14.8 × 21 公分　（藍小説；361）
譯自：Bridget Jones's Diary: A Novel
ISBN 978-626-419-214-9（平裝）

873.57　　　　　　　　　　　　　　　　　　　　　　　　　　　　　　　　　　　　114000477

BRIDGET JONES'S DIARY by HELEN FIELDING
Copyright © Helen Fielding 1996
This edition arranged with Aitken Alexander Associates Limited
through BIG APPLE AGENCY, INC. LABUAN, MALAYSIA.
Traditional Chinese edition copyright:
2025 China Times Publishing Company
All rights reserved.

藍小説 361

BJ 單身日記 1──內在安定
Bridget Jones's Diary: A Novel

作者　海倫・費爾汀 Helen Fielding｜譯者　謝靜雯｜主編　陳盈華｜行銷企劃　石璦寧｜封面設計　張
閔涵｜校對　簡淑媛｜董事長　趙政岷｜出版者　時報文化出版企業股份有限公司／108019 台北市和平
西路三段 240 號｜發行專線─(02)2306-6842｜讀者服務專線─0800-231-705 (02)2304-7103｜讀者服務傳
真─(02)2304-6858｜郵撥─19344724 時報文化出版公司｜信箱─10899 台北華江橋郵局第 99 信箱｜時
報悅讀網──www.readingtimes.com.tw｜創造線 FB──www.facebook.com/fromZerotoHero22｜法律顧問　理律
法律事務所　陳長文律師、李念祖律師｜印刷　勁達印刷有限公司｜初版一刷　2025 年 2 月 28 日｜定價
新台幣 480 元｜版權所有　翻印必究（缺頁或破損書，請寄回更換）

時報文化出版公司成立於 1975 年，並於 1999 年股票上櫃公開發行，於 2008 年脫離中時集團非屬
旺中，以「尊重智慧與創意的文化事業」為信念。